KB246090

독경

허담 新무협 판타지 소설
FANTASTIC ORIENTAL HEROES

독경 4

허담 新무협 판타지 소설

초판 1쇄 찍은 날 § 2011년 9월 26일
초판 1쇄 펴낸 날 § 2011년 10월 4일

지은이 § 허담
펴낸이 § 서경석

편집부장 § 권태완
편집책임 § 어정원

펴낸곳 § 도서출판 청어람
등록번호 § 제1081-1-89호
등록일자 § 1999. 5. 31
어람번호 § 제2-2156호

주소 § 경기도 부천시 원미구 심곡2동 163-2 서경B/D 3F (우) 420-822
전화 § 032-656-4452 팩스 § 032-656-4453
http://www.chungeoram.com
E-mail § chungeoram@chungeoram.com

ⓒ 허담, 2011

ISBN 978-89-251-2638-8 04810
ISBN 978-89-251-2582-4 (세트)

독정

毒種

4

신황림

FANTASTIC ORIENTAL HEROES

허담 新무협 판타지 소설

청어람

만 가지의 독 중 가장 무서운 독은 심독(心毒)이라…

심독을 다루는 자 천하를 얻게 되리라.

目次

第一章
추격자들

“누군가 오고 있어요!”

허소산의 나직한 경고에 일행이 잠을 깼다. 고수들이란 잠이 들어도 본능이 살아 있는 사람들이기에 허소산의 경고는 어렵지 않게 그들을 일으켰다.

“어딘가?”

지우상이 그림자처럼 허소산의 곁으로 다가서며 물었다. 이에 허소산이 손을 들어 그들이 이틀 동안 걸어왔던 첫 번째 독림을 가리켰다. 그러자 지우상이 고개를 약간 숙인 후 독림의 정황을 살피기 시작했다. 그리고 잠시 후 무겁게 고개를 끄덕였다.

“그렇군.”

“누구일 것 같소?”

원보가 지우상에게 물었다. 그러자 지우상이 곰곰이 생각에 잠겼다가 입을 열었다.

“둘 중 하나일 것이오. 신황림 사람들이거나 혹은… 반역자들이 보낸 추격자들이거나. 이미 승룡에서 우리의 존재가 노출되었으니 반역자들이 우릴 추적하는 일은 그리 어려운 일이 아니었을 거요. 물론 우리가 서둘러 배에서 내려 조심하기는 했으나 그건 잠시 시간을 벌 뿐, 그들의 추격을 완전히 뿌리친 것은 아니오. 그들이 흑산에 신황림이 있다는 사실을 알았다면 분명 추격대를 보냈을 것이오.”

“음, 그럼 이제 어쩌면 좋겠소? 이대로 다음 독림으로 들어가리까?”

원보가 다시 물었다. 그러자 지우상이 고개를 끄덕였다.

“이곳에서라면 그들을 상대하는 게 결코 쉽지 않을 것이오. 차라리 독림에 들어가면 그들도 독충과 독물들로부터 자유롭지 못할 테니 그 편이 나을 것 같소.”

“좋소이다. 그럼 얼른 떠납시다.”

지우상이 손짓으로 오산금림의 사람들에게 노숙지를 거두게 신호를 보낸 후 첫 번째 독림 쪽으로 조금 더 들어가 다가오는 인기척을 살폈다. 그리고 잠시 후 일행이 노숙지를 모두 거두자 빠르게 되돌아온 지우상이 짧게 입을 열었다.

“최대한 빨리 두 번째 독림으로 들어갈 것이오. 추격자들은 곧 우리의 흔적을 발견할 것이오. 일단 독림에 들어간 이후에는 깊숙이 들어가지 않고 추격자들을 기다립시다. 이미 그들을 따돌리기는 어려운 지경이니 유리한 지형에 자리를 잡고 기다리는 것이 상책이오. 서두릅시다!"

지우상의 말에 일행이 서둘러 짐을 챙겨 들고 두 번째 독림으로 향했다. 그런데 막 두 번째 독림으로 들어서기 전에 하거웅이 자신의 짐 속에서 뭔가를 꺼내 일행에게 나눠 주었다.

팔뚝만 한 막대기에 명주 뭉치로 무엇인가를 싸서 매단 것인데 그 무게가 제법 묵직했다.

"이게 뭐요?"

"우리 마을에 대대로 내려오는 방책이지요. 이 명주 꾸러미 안에는 독충을 쫓는 약재가 들어 있습니다. 비록 독림의 모든 독충을 막을 수는 없겠지만 얼마간 도움이 될 것입니다."

"오! 그런 준비도 해오셨소이까? 우리가 안내자를 정말 잘 모신 듯하구려."

원보가 막대기를 받아 들며 고개를 끄덕였다.

일행은 하거웅이 나눠 주는 막대기를 하나씩 나눠 들고 독림으로 향했다.

곧 거대한 나무들이 하늘을 가린 숲이 일행 앞에 나타났다. 하거웅의 말처럼 숲에는 키 작은 초목들이 보이지 않았다. 대신 높게 쌓인 낙엽과 그 낙엽이 썩으며 뿜어내는 음습한 습기, 그리고 불쾌한 냄새가 일행을 맞이했다.

"제길, 정말 불길한 곳이군."

원보가 나직하게 중얼거렸다.

"너희들은 내 곁으로 오너라."

독림에 들어서자 허소산이 감명과 감아라를 곁으로 불렀다. 본래 여행을 할 때 두 사람은 항상 감천홍 곁에 머물렀다. 그러니 두 아이를 자신의 곁으로 부르는 허소산의 행동은 별스러운 것이었다.

그래서인지 감명과 감아라가 선뜻 허소산 곁으로 가지 못하고 감천홍을 바라봤다. 그러자 감천홍이 고개를 끄덕였다. 그로서도 허소산의 무공이 자신보다 뛰어날 뿐만 아니라, 허소산에게 숨겨진 능력이 있을 것 같다는 느낌을 가지고 있었다. 그러니 이렇게 위험한 숲에서 위험한 적을 마주친다면 자신보다는 허소산이 아이들을 더 안전하게 지킬 수 있을 터였다.

감천홍의 허락이 있자 감명과 감아라가 허소산 곁으로 다가왔다. 허소산은 두 사람을 앞에 세우고 앞선 일행을 따라 독림을 걷기 시작했다.

"좋군."

문득 지우상이 걸음을 멈추고 주변을 돌아봤다. 좌우로 늪지와 같은 웅덩이가 수백여 장 넓이로 퍼져 있었고, 그 안에는 이름 모를 독충들이 우글거리고 있었다. 늪지라고 해도 다른 늪처럼 수풀이 우거진 것은 아니었다. 수백 년 쌓인 낙엽이 늪지를 검게 물들이고 있었고, 낙엽과 수많은 생명들이 죽어 만든 검고 끈적끈적한 액체가 웅덩이들을 가득 채우고 있었다.

그 늪지를 지나는 것은 사람의 힘으로는 거의 불가능해 보였다. 유일한 길은 그 웅덩이들 사이를 따라 이어진 마른 계곡이었다.

거무스름한 바위들 사이로 이어진 마른 길은 바위 때문에 나무들이 높게 자라지 못했고, 덕분에 독림에서는 보기 드물게 빛이 들어오는 곳이기도 했다. 폭은 넓은 곳은 삼 장, 좁은 곳은 채 일 장도 되지 않았다.

"이곳에서 추격자들을 맞으시려오?"

원보가 물었다.

"이만한 곳을 찾기는 어려울 것 같소이다."

지우상이 대답했다. 그러자 원보가 고개를 끄덕이다가 문득 깊은 눈빛으로 지우상을 보며 물었다.

"살초를 쓸 생각이시오?"

원보의 물음에 지우상의 낯빛이 어두워졌다. 그의 입에서 쉽게 대답이 나오지 않았다. 추격자들이 오산금림의 고수들이라면 그들은 어쨌거나 얼마 전까지 한 배를 탄 동료들이었다. 그중에는 평생을 함께한 사람들도 있을 터였다.

이번 금림에서의 반역의 와중에도 서로의 목숨을 노리는 일은 극히 드물었다. 사실 반역의 폭풍은 오산금림의 일반 무사들이 아닌 수뇌들 사이의 일이었기에 변란 중 오산금림의 일반 무사들이 크게 피를 흘린 것은 아니었다. 그러니 이번 추격에 일반 무사들이 동원되었다면 그들을 상대하는 일은 여간 곤욕스런 것이 아니었다.

"만약 살초를 쓸 생각이면 매복을 하는 것이 좋을 것이고, 단지 이곳에서 그들의 추격을 멈추게 하고 되돌려 보낼 생각이라면 굳이 매복을 할 필요는 없을 것이오."

매복을 하면 추격자들을 설득할 기회는 포기해야 한다. 매복은 곧 생사결의 선택이었다. 그때 뒤에서 정아원의 목소리가 들려왔다.

"일단 그들을 만나 봐요."

"하지만 소림주!"

평소 조용하던 장로 홍목공이 정아원의 결정을 반대하려는 순간 정아원이 다시 입을 열었다.

"형제들의 피를 흘려 다시 오산금림을 되찾으면 반역한 그들과 다를 바가 없잖아요."

"하지만 말로 설득될 사람들이 아닙니다."

"이곳의 지형이 일당백의 힘을 발휘할 수 있는 곳이죠?"

"그렇습니다."

이번엔 지우상이 대답했다.

"이런 지형을 만나게 된 것은 하늘이 우리에게 형제들의 피를 흘리지 말라는 계시일 거예요. 하늘의 뜻을 어기면 결국 파멸밖에는 남지 않겠지요. 그리고… 삼왕 어르신들을 만나러 가면서 혈향을 풍길 수는 없지요. 독림이 신황림의 일부라면 이미 우리는 그분들의 땅에 들어온 것이니까요."

"소림주의 뜻이 그러시다면 따르겠습니다."

정아원의 단호함에 홍목공이 순순히 자신의 뜻을 꺾었다.

그러자 지우상이 입을 열었다.

"일단 저들은 나와 홍 장로가 만나겠으니 다른 사람들은 소림주님을 뫼시고 뒤로 물러나 있으시게."

지우상의 말에 일행이 계곡 안쪽으로 들어갔다. 지우상과 홍목공은 일행이 안으로 들어가자 나란히 길을 막고 서서 추격자들을 기다리기 시작했다.

"멀었느냐?"

노고수의 서늘한 목소리가 독림을 울렸다. 그러자 낯선 이방인을 향해 다가들던 독충들이 제풀에 놀라 썩은 낙엽더미 속으로 사라졌다.

"이제 지척이옵니다."

앞장선 사내가 대답했다.

"속도를 높인다. 이미 이탈한 자가 여럿이다. 이대로 가다가는 소림주를 만난다 해도 금림으로 모셔갈 여력이 없을지도 모른다."

노인의 입에서 조급함이 느껴졌다. 처음 그가 데리고 온 인원은 이십사수라 칭한 자들을 비롯하여 서른 명에 가까웠으나 이젠 스무 명이 갓 넘고 있을 뿐이다.

노인의 명이 떨어지자 추격자들이 속도를 높이기 시작했다. 그러자 낙엽 속에 숨어들었던 독충들이 그들을 따라 움직이는 소리가 소나기 쏟아지는 소리처럼 들리기 시작했다.

그런데 추격자들의 걸음은 속도를 높이기 시작한 후 겨우 일각도 지나지 않아 멈췄다. 마른땅이라 여겼던 독림에 습지와 비슷한 검은 웅덩이들이 하나둘 나타나더니 이내 웅덩이 사이 좁은 길을 제외하고는 온통 독물이 득실대는 독연(毒淵)들이 사방을 가득 메우기 시작했던 것이다. 그리고 그런 웅덩이들보다 더 두려운 존재가 그들 앞에 나타났다.

"왔는가!"

지우상의 목소리가 은은하게 독림을 퍼져 나갔다. 그러자 무서운 속도로 달려오던 추격자들이 걸음을 멈췄다. 개중 앞에선 자들은 자신들도 모르는 사이에 지우상과 홍목공을 향해 고개를 숙여 보였다.

"여기들 계셨군요!"

수하들이 길을 막은 두 고수의 등장에 제풀에 기가 꺾이는 순간, 추격자들을 인솔해 온 노인이 훌쩍 신형을 날려 추격대의 앞으로 나섰다.

"우생, 우생… 설마 그대가 올 줄이야……."

지우상이 나직하게 탄식을 흘렸다.

"여우생이 노형들을 뵈오!"

추격대를 이끌고 온 노고수가 정중하게 고개를 숙여 보였다.

"여 아우, 왜 꼭 자네가 와야 했는가?"

홍목공도 탄식을 흘리며 물었다.

"애초에 이 일을 주도한 것이 교 장로와 나였으니 제가 오지 않을 수 없었지요."

노고수가 굽혔던 허리를 펴며 말했다. 일단 허리를 바로 세우자 정중하던 그의 모습은 간 곳이 없고 서슬 퍼런 추격자의 기세가 드러났다.

"우생, 교황조의 간교함을 정녕 모르는 것인가?"

지우상이 탄식하며 물었다. 그러자 여우생이란 자가 고개를 저으며 대답했다.

"제가 어찌 그를 모르겠습니까? 천하에서 그를 가장 잘 아는 사람이 있다면 바로 이 여우생일 것입니다."

"그런데도 그와 손을 잡은 것인가?"

지우상이 꾸짖듯 물었다.

"그를 알기에 그와 손을 잡은 것이지요. 그를 몰랐다면 절대 이번 일을 일으키지 않았을 것입니다."

"그가 결국은 림주를 해하고 오산금림을 자신의 손에 넣어 독패의 길로 갈 것이란 걸 알면서도 그와 손을 잡았다는 것인가?"

지우상이 노기를 드러내며 물었다. 그러자 여우생이라 불린 노인도 지지 않고 대답했다.

"교 장로는 절대 스스로 오산금림의 주인이 되지는 못할 것입니다. 또한 림주께서도 안전하실 것입니다. 교 장로가 심기가 깊은 자이기는 하나 한 무리의 우두머리가 될 수 있는 성품은 아니지요."

순간 지우상의 안광이 번뜩였다. 여우생의 입에서 흘러나오는 말이 그로 하여금 한 가지 사실을 추측하게 만들었던 것이다.

"우생… 혹 다른 자가 있는 것인가?"

그러자 여우생이 묵묵히 고개를 끄덕였다.

"누군가? 누가 아우와 교 장로를 거둘 수 있단 말인가?"

그러자 여우생이 나직하게 입을 열었다.

"그가 우리를 거둔 것이 아닙니다. 우리가 그를 거둔 것이지."

여우생의 말에 지우상이 그 말의 의미를 정확하게 파악하지 못하고 고개를 갸웃했다. 그런데 그때 그들의 뒤쪽에서 한줄기 목소리가 들려왔다.

"혹 그대들이 거뒀다는 그가 목인몽인가요?"

순간 여우생이 크게 놀란 눈으로 목소리의 주인공을 바라봤다. 여우생을 놀라게 한 사람은 오산금림의 소림주 정아원이었다.

"소림주가 그걸 어떻게……?"

"세상엔 비밀이 없는 법이죠. 그런데 여 장로께서는 목인몽이 어떤 사람인지 알고 있나요?"

"물론 알고 있소. 우리가 그에 대해 모르고서야 어찌 그를 금림의 차기 주인으로 정할 수 있었겠소. 솔직히 말하자면 소림주의 재질도 천하에 짝을 찾기 어렵다는 걸 모르지 않소. 그가 아니었다면 우린 절대 소림주를 포기하지 않았을 거요. 하지만 그가 있었기에… 그가 소림주를 능가하는 재능과 천하를 품을 야망을 지닌 인물이었기에 소림주를 포기하고 그를 선택하게 된 것이오.”

여우생이 마치 자신들의 행동을 설득시키려는 듯 정아원에게 말했다. 그러자 정아원이 다시 물었다.

“정녕 그에 대해 모르는 것이 없다고 생각하나요?”

“우린 그가 채 스무 살이 되기 전부터 그를 알고 있었소. 오늘날의 그는 교 장로와 내가 만든 것이나 마찬가지요. 그런데 어찌 그를 모르겠소이까? 그에 대해 우리가 모르는 것은 없소.”

“정말 그럴까요?”

정아원이 의미심장한 표정으로 물었다. 그러자 여우생이 기이한 느낌이 들었는지 꺼림칙한 표정으로 되물었다.

“소림주는 어떻게 그를 알고 있소? 우리가 그의 존재를 드러낸 것은 림주를 현궁에 모신 이후였는데…….”

“그리고 여 장로님과 교 장로께서는 저 대신 그를 후계자로 지목하라고 아버님께 요구하셨겠지요?”

“그렇소. 이미 그 내막을 모두 알고 있다니 역시 림주와 소림주 사이에는 우리가 모르는 선이 닿아 있었던 모양이구려.”

여우생의 질문에 정아원이 고개를 저었다.

“당신들이 아버님을 현궁으로 모신 이후 난 아버님을 뵌 적이 없어요.”

“믿을 수 없소. 그렇지 않다면 어찌 인몽 그 아이에 대해 알 수 있단 말이오?”

“아, 당신들은 정말 목인몽에 대해 제대로 아는 것이 하나도 없군요."

"왜 자꾸 그런 말을 하는지 모르겠구려. 그는 우리가 키운 사람이라고 말하지 않았소. 그런 그를 우리가 모르면 누가 알겠소이까?"

"그를 처음 만난 것이 언제라고 했지요?"

"지금으로부터 십이삼 년 전 그가 열여덟 살 때의 일이오."

"그럼 그 이전에는 그가 어떻게 살아왔는지 알고 계시나요?"

"그, 그것은……."

여우생이 말꼬리를 흐렸다.

"그는 당신들을 만나기 전에 이미 열여덟 해를 살았어요. 그런데 당신들은 그의 십팔 년을 전혀 알지 못할 거예요. 아니, 어쩌면 그냥 부모를 잘못 만나 비루한 삶을 사는 천재 정도로 알고 있었을지도 모르겠군요."

"그, 그것은 사실이오. 그는 열두 살 때 양친을 여의고 홀로 저자를 떠돌며 살아온……."

"그는 천재가 아니던가요?"

"그… 렇소."

"양친이 없다고는 해도 천재적인 두뇌와 재질을 지닌 그가 당신들을 만나기 전에 너무 비참하게 살았다고 생각되지 않으세요? 그의 재능이라면 비록 어린 나이라 해도 그렇게까지 비참한 생활을 하지는 않았을 거란 생각… 없으셨어요?"

정아원의 질문에 여우생이 더 이상 대답을 하지 못했다. 아마도 정아원의 추궁에 반박할 말을 찾지 못한 듯 보였다. 그러자 정아원이 차가운 표정으로 말했다.

"나와 아버지는 이미 십여 년 전부터 그의 존재를 알고 있었어요."

순간 여우생의 눈이 커졌다.

"어, 어떻게……?"

"비록 당신들이 그를 평범한 하급무사로 위장해 놓았지만 우리는 이미 그를 눈여겨보고 있었지요. 단지 우리의 실수는 설마 당신들이 그를 앞세워 반역을 일으키고 오산금림을 차지하려 할 줄은 몰랐다는 거예요. 아버지께서는 당신들이 그의 재능이 비범함을 드러내면 자칫 그의 성장에 문제가 생길까 하여 그를 감추고 있다고 생각하셨어요. 그래서 아버지께서도 그의 존재를 모른 척하신 거예요. 하지만 그러면서도 그가 과연 오산금림을 위해 큰일을 할 사람인지는 계속 관찰하고 계셨죠. 그런데 그 관찰의 결과가 뭔지 아세요?"

정아원의 물음에 여우생이 신중한 표정을 지으며 물었다.

"그 결과가 뭐요?"

"아버지의 결론은 그가 결코 오산금림에 도움이 될 사람이 아니라는 것이었어요. 아마도 그래서 아버님은 당신들의 요구에 응하지 않으셨을 거예요. 만약 그에 대한 아버님의 평가가 달랐다면 당신들이 반역을 일으켰어도 아버님은 당신들의 요구를 받아들이셨을 거예요."

"소림주의 말씀에 동의할 수 없소이다. 그는 천고의 기재

요. 지금껏 보아왔던 그 어떤 사람보다 뛰어난 재능을 가지고
있고, 이제 드디어 그 무공을 완성해 천하제일을 넘볼 수 있는
경지에 도달했소. 더군다나 그는 대업을 도모할 만한 두뇌 역
시 갖추고 있소. 그런 사람이 왜 오산금림에 적합하지 않단 말
이오?"

여우생이 단호한 표정으로 정아원의 말을 반박했다. 그러자
정아원이 불쑥 물었다.

"열여덟 이전의 그의 과거가 당신들이 알고 있는 것과 다르
다면요?"

순간 여우생이 흠칫한 표정을 지었다.

"그에게 다른 과거가 있단 말이오?"

"어쩌면요."

"어쩌면이라……. 그 말은 소림주도 확실한 것은 모른다는
것이구려."

여우생의 얼굴에 득의한 표정이 돌았다. 그러자 정아원이
고개를 끄덕였다.

"그래요. 저도 정확한 사실은 몰라요. 하지만 한 가지는 확
실하죠. 그가 결코 천애고아로 비참하게 자란 소년은 아니었
다는 사실."

"어떻게 그걸 확신하시오?"

"삼왕께서 그리 말씀하셨으니까요."

"삼왕께서……!"

정아원의 말에 여우생도, 그녀의 말을 듣고 있던 지우상과

홍목공도 놀란 표정을 지었다. 그리고 이번에는 지우상이 물었다.

"소림주, 삼왕께서도 이미 그의 존재를 알고 계셨단 말입니까?"

"그래요. 사실 삼왕께서는 그래서 오산금림을 떠나는 것을 망설이셨어요. 하지만 그때 그는 어렸고, 또한 삼왕께서도 설마 장로들께서 반역을 일으킬 것이라고는 생각지 못하셨죠. 그래서 비록 그가 삼왕께서 우려하셨던 대로 자신의 능력을 숨긴 야심가라 할지라도 아버님과 장로들께서 충분히 그를 통제할 수 있을 거라 생각하셨던 거예요. 아버지와 제가 그의 존재를 알게 된 것도 사실은 삼왕께서 금림을 떠나시며 그에 대한 언질을 주셨기 때문이지요."

"삼왕께서 그가 자신의 능력을 숨기고 있는 야심가라 했다고 했소이까?"

여우생이 물었다.

"그래요. 삼왕께서는 당신들이 그를 거두던 당시 이미 그에게 적지 않은 무공이 있음을 알고 계셨어요. 그리고 그 무공의 정체에 대해 의구심을 가지고 있었지요."

"아니, 그럴 리가 없소. 그는 당시 그냥 평범한 소년에 지나지 않았소."

여우생이 고개를 저으며 말했다.

"삼왕 어르신의 능력을 의심하시는 건가요?"

"그… 그건 아니지만……."

"삼왕께서 금림을 떠나시며 어린 제게 신황림의 위치를 알려주신 이유가 뭔지 아세요?"

"그야 삼왕께서는 소림주를 친손녀처럼 생각하셨기 때문이 아니오?"

"아니에요. 그분들은 당시 금림과는 완전히 인연을 끊을 생각이셨어요. 애초에 그분들이 오셨던 곳으로 돌아갈 때에는 세속의 인연을 모두 끊어야 한다고 하셨지요. 그러나 그 인연의 한 꼬투리를 남겨두신 것은 혹시라도 당신들의 목인몽이 만약 그 누구도 통제할 수 없는 존재가 되었을 경우를 생각해서일 거예요. 그래서 그에 의해 금림의 존폐가 경각의 위기에 처하게 된다면 그때 어르신들을 찾아오라는 의미에서 제게 신황림의 위치를 남기신 거예요. 사실 삼왕 어르신은 그의 과거에 대해 어떤 불안한 예감을 가지고 있으신 듯 보였는데 그에 대해서는 말씀을 아끼시더군요. 자, 이래도 목인몽이 당신들이 키운 사람인가요?"

정아원이 차갑게 물었다. 그러자 여우생이 일그러진 얼굴로 물었다.

"왜 그 말을 이제야… 이 독림에 도착해서야 하는 것이오?"

"우리에게 그런 이야기를 나눌 시간이 있었던가요?"

"하지만… 림주께서는……."

"만약 아버님께서 이런 이야기를 당신들에게 했다면 당신들이 과연 목인몽을 버리고 아버님을 선택했을까요? 아버지께선 아마도 오히려 목인몽에 대한 이야기를 꺼내는 것이 아버님을 위태롭게 한다고 생각하셨을 거예요. 왜냐하면 사실은 그대들이 목인몽을 거둔 것이 아니라 목인몽이 그대들을 거둔 것이니까요. 아버님이 목인몽에 대한 비밀을 꺼내 드는 순간 목인몽은 어떻게 해서든 아버님을 해하려 했을 거예요. 그것보다야 삼왕 어른을 기다리는 편이 훨씬 유리하죠."

정아원의 말이 끝나자 장내가 독림의 어둠만큼이나 무겁게 가라앉았다. 수하들을 희생하며 추격에 열을 올렸던 여우생은 그 침묵의 무게를 홀로 감당하는 사람처럼 어깨를 늘어뜨리고 있었다.

한순간 정아원이 일깨워 준 사실들이 그와 그의 동료들이 지난날 목인몽이라는 사람에 대해 행했던 모든 일을 다시 돌아보게끔 해주고 있었다.

그러나 정아원이 말한 모든 것이 사실이라고 해서 과연 그가 걸어온 길을 한순간에 부정할 수 있을까. 그가 걸어온 길을 단번에 되돌릴 수 있을까. 여우생이 천천히 고개를 저었다. 그리고 나직하게 입을 열었다.

"그 모든 것이 사실일지라도… 우린 이미 너무 먼 길을 왔소."

순간 지우상이 나직하게 탄식했다.

"아, 우생… 자네……."

"형님, 삼왕을 모시러 가는 일은 이쯤에서 포기하시지요. 우리와 같이 금림으로 돌아가셔야겠습니다."

여우생이 냉정하게 말했다.

"그 목인몽이라는 자에게 자네의 모든 것을 걸 것이란 말인가? 그가 자네들을 이용하고 있어도?"

"사실 그가 어떤 사람이든 그건 이젠 저에게 그리 중요하지 않습니다. 이 경우는… 금림과 그 아이 중 하나를 선택하는 일과 같지요. 그런데 형님, 과연 세상에 자식을 포기하는 부모가 있겠습니까?"

여우생의 말을 숨어서 듣고 있던 허소산이 자신도 모르게 흠칫했다. 그의 말이 맞았다. 세상에 자식을 포기하는 부모는 없다. 설혹 자식을 버리는 부모일지라도 그건 자식을 포기하는 게 아니라 자식을 위해 자신의 생명과도 같은 존재를 떠나보내는 것일 뿐이다.

'쉽지 않겠어. 그가 목인몽이라는 자에 대해 느끼는 감정이 부모의 그것이라면.'

허소산이 고개를 저었다. 여우생은 목인몽이 극악한 마인이라도 그를 배신할 것 같지는 않았다. 그에게 목인몽이라는 사람은 혈육이었던 것이다.

"부모라……. 자네에게 그렇게 소중한 존재였나?"

지우상이 물었다.

"우리가 그 아이와 함께한 시간이 십삼 년이 넘었지요. 그 세월이라면 설명이 되겠지요."

"알겠네. 자네의 결심을 비난하지 않겠네. 그러나 나 또한 포기할 수 없는 것이 있다는 걸 알고 있을 거네."

"노형을 향해 검을 들고 싶지 않습니다."

"나도 자네들을 베고 싶지 않네. 보아하니 자네가 끌고 온 사람들은 모두 금림의 중추가 될 기재들. 난 단 한 사람도 베고 싶지 않아. 그러니 그만 돌아가게."

"소림주와 함께가 아니라면 절대 돌아갈 수 없습니다."

"나 역시 소림주를 내어줄 수 없네."

"두 분께서 우리 전부를 막을 수는 없습니다."

여우생이 지우상과 홍목공을 번갈아 보며 말했다. 그러자 지우상이 빙긋 미소를 지었다.

"이 지형을 보게. 우리 두 사람만으로도 능히 일천의 적을 막을 수 있는 곳이네. 더군다나… 이곳엔 우리 두 사람만 있는 게 아닐세."

순간 여우생이 눈을 들어 소림주 정아원 뒤쪽을 살폈다. 그러나 그의 눈에 허소산 등의 모습은 보이지 않았다.

"소림주를 호위하는 몇 아이로는 역시 우릴 감당할 수 없지요."

여우생이 지레짐작을 하고는 말했다.

"과연 그들이 전부일까?"

"자취를 살폈지요. 십여 명을 갓 넘는 숫자더군요."

"후후후, 역시 면밀하군. 하지만 싸움은 숫자로 하는 것이 아닐세. 배에 탔던 종우군과 우금 두 장로가 실패한 이유를 잘 생각해 보게."

"그들은… 그들은 어찌 되었습니까?"

문득 여우생이 잊고 있던 존재들을 떠올렸다.

"몇은 죽었고 몇은 섬에 남았지."

"섬이라면……."

"이름은 모르겠네. 무인도야. 하지만 죽지는 않을 걸세. 거기서 수 년 동안 산 사람들도 있으니까. 훗날 금림이 제자리를 찾으면 한번 들러볼 수는 있겠지. 섬의 위치를 기억하니까. 물론 자네들 손에 죽는다면 그들도 영원히 섬에서 살아야 할 거고."

"노형들께 살수를 쓰고 싶지는 않습니다."

"나도 자네들에게 살검을 쓰긴 싫으이. 하지만 소림주를 내어줄 수도 없으니 어쩌겠나. 제 팔자대로 살 수밖에. 자네가 먼저 오려나?"

스르응!

지우상의 검이 검집을 벗어났다. 우물처럼 숲에 뚫린 하늘을 통해 내려온 햇살이 지우상의 검날에 부딪쳐 쏟아져 내렸다. 번들거리는 검광이 검은 땅에 어른거렸다. 일렁이는 검광이 죽음을 유혹하듯 부르고 있었다.

"정녕… 살검을 쓰실 생각이시구려."

여우생이 은은한 두려움이 담긴 눈으로 지우상을 보며 말했다.

"어쩔 수 없는 일이지. 운명이라 생각하세. 아니면 걸음을 돌리든지."

"나도 운명을 거스를 사람은 아니지요. 정중하게 모셔라!"

여우생의 명이 떨어지자 그의 뒤에 늘어섰던 무사들이 일제히 도검을 빼 들었다. 검은 숲이 검과 검이 만들어내는 광채에 한순간 환하게 밝아졌다.

"와라! 금림의 미래를 보자!"

지우상과 홍목공이 이 장여 거리를 두고 단단히 길을 막으며 소리쳤다. 그러자 한순간 네 명의 무사가 여우생을 스쳐 지나며 지우상과 홍목공을 공격했다.

차앙!

서릿발 같은 충돌음이 독림을 퍼져 나갔다. 그 소리에 놀라 독충들이 낙엽 속으로, 바위 속으로, 그리고 썩은 나무 등걸 속으로 숨어들었다.

지우상과 홍목공은 몸을 한 바퀴 회전하며 좌우에서 달려드는 금림의 무사들을 상대했는데, 그들이 풍차처럼 검을 휘두르자 두 사람을 향해 달려들던 무사들이 마치 단단한 벽에 부딪친 것처럼 삼사 장 뒤로 튕겨져 나왔다.

"겨우 이 정도인가?"

마치 수련하는 후배들을 독려하듯 지우상이 소리쳤다. 그러자 이번에는 다시 새로운 네 명의 무사가 뒤로 물러난 자들을 스쳐 나가며 두 사람을 공격했다.

차창!

다시 우레와 같은 충돌음이 허공을 가득 메웠다. 결과는 앞서와 같았다. 지우상과 홍목공을 공격했던 자들은 무리하지 않고 일 합을 겨루고는 뒤로 물러났다. 그러자 또 다른 자들이 동료들을 스치고 지나며 두 사람을 공격했다.

“차륜이군.”

원보가 걱정스러운 표정으로 말했다.

“힘을 빼겠다는 건가요?”

“그렇지. 시간은 많다는 거지. 이렇게 되면 결국 두 사람이 무리할 수밖에 없을 거야. 승부를 내자면 저들 속으로 들어가야 할 테니.”

“하지만 그러면 승부를 장담하기 어렵겠지요.”

허소산이 대답했다.

“그렇겠지. 하지만 그것 말고는 다른 방법이 없을 것 같은데?”

“저들을 흔들 다른 방법이 없는 것은 아니죠.”

허소산이 말했다. 그러자 어느새 다시 바위 뒤로 돌아온 소림주 정아원이 물었다.

“허 소협께 특별한 방책이 있나요?”

그러자 허소산이 짧게 대답했다.

“우리가 떠나는 것이지요.”

“네?”

정아원이 허소산의 말뜻을 알아듣지 못했는지 의아한 표정으로 되물었다.

“우리가 이곳을 떠나면 저들을 흔들 수 있다는 말입니다. 저들의 목적은 두 어르신이 아니라 소림주님이지요. 그러니 소림주께서 움직이시면 저들도 지금처럼 여유있게 차륜전을 쓰지는 못할 겁니다. 소림주님을 따라잡기 위해 무리를 할 것이고, 그리 되면 두 분께 기회가 생기겠지요."

"하지만 그렇게 되면 저들이 일거에 밀고 들어와 두 분이 위험해지지 않을까요?"

정아원이 물었다. 그러자 허소산이 별일 아니라는 듯 대답했다.

"길이 좁잖아요. 애초에 이곳에서 저들을 기다린 이유가 그것 아닌가요?"

허소산의 대답에 정아원이 자신의 머리를 치며 자책했다.

"맞군요. 정말 허 소협 말씀이 맞아요. 여러 일을 겪다 보니 제가 바보가 된 듯하군요. 그런 간단한 사정도 살피지 못하고. 두 분, 저 좀 보세요."

정아원이 뒤쪽에서 후방을 경계하고 있던 금림삼룡 어주복과 왕신을 불렀다. 그러자 두 사람이 얼른 정아원 곁으로 다가왔다.

"제가 움직여야겠어요."

두 사람이 다가오자 정아원이 말했다.

"소림주께서 직접 싸움에 나서시겠다는 말씀이십니까?"

어주복이 놀란 얼굴로 물었다.

"그런 게 아니라 제가 이곳을 떠나 저들에게 혼란을 주겠다는 말이에요. 제가 미명과 은사 두 사람을 데리고 이곳을 떠날게요. 그러면 저들은 분명 무리를 해서라도 두 분 장로님을 우회해 절 추격하려 할 거예요. 그러면 저들의 진영이 흐트러질 것이고, 장로님들도 좀 더 수월하게 저들을 상해할 수 있을 거예요. 두 분은 저들 중 장로님들을 피해 이 계곡을 들어서는 자가 있다면 그들을 상대해 주세요.”

정아원의 말에 어주복이 금세 그녀의 계획을 알아듣고는 대답했다.

“알겠습니다. 한 명도 이 계곡을 통과하지 못하게 하겠습니다.”

그런데 그때 문득 원보가 두 사람의 대화에 끼어들었다.

“두 분은 소림주를 모시고 함께 떠나시오. 이곳은 우리가 맡겠소.”

“그렇게 하세요. 독림 안쪽에 어떤 일이 기다리고 있을지 모르니 소림주님만 보내는 것은 위험해요.”

허소산도 원보의 말을 거들었다.

“하지만 두 분께 위험한 일을 맡길 수는 없어요. 이 일은 금림의 일인데……”

정아원이 고개를 저었다.

“하하, 이제 와서 무슨 그런 말씀을 하시오. 이미 승룡에서 길을 달리 하지 않고 소림주를 따라온 것은 힘을 보태드리기 위해서였소이다. 그러니 이젠 우리도 힘을 좀 써야 할 때라오. 감 녹사!”

원보가 이번에는 감천홍을 불렀다. 그러자 감천홍이 원보를 바라봤다.

“감 녹사도 아이들을 데리고 소림주와 함께 떠나시구려. 이곳은 아무래도 위험하니."

"알겠습니다. 그렇게 하지요."

감천홍이 순순히 원보의 말에 수긍했다. 감천홍은 고지식할 정도로 의기있는 사람이지만 그렇다고 쓸데없는 고집을 부리는 사람은 아니었다. 그도 지금은 감명과 감아라를 데리고 떠나는 것이 오히려 원보와 허소산에게 도움이 된다는 것을 알고 있었다.

"자, 그럼 떠날 사람은 어서 떠나시구려. 한 십 리쯤 가서 적당한 자리를 찾아 기다리면 머지않아 다시 만나게 될 것이오."

원보가 마치 앞일을 훤하게 내다보는 사람처럼 말했다.

"그럼… 부탁드려요."

"하하, 걱정 마시구려. 섬에서 우리 실력을 보지 않았소이까?"

"두 분만 믿겠어요. 그럼 우린 가요."

정아원이 말하자 어주복과 왕신이 고개를 숙여 보이고는 계곡 안쪽을 향해 길을 열기 시작했다. 그 순간 정아원이 큰 소리로 싸움이 벌어지고 있는 계곡 앞쪽을 향해 소리쳤다.

"두 분 장로님, 저는 먼저 떠날게요! 뒤를 부탁드려요!"

갑자기 들려온 정아원의 목소리에 지우상과 홍목공, 그리고 그들을 공격하고 있던 오산금림의 고수들이 잠시 당황스런 모습을 보였다. 그들이 아는 소림주 정아원은 절대 자신을 위해 싸우는 사람들을 뒤에 두고 도주할 여인이 아니었다.

그런데 당황도 잠시, 지우상이 이내 큰 소리로 소리쳤다.

"소림주님, 이곳은 걱정 마시고 어서 가십시오! 길은 우리 두 사람이 충분히 막을 수 있습니다! 어서 독림을 통과해 삼왕 어른들을 찾으십시오!"

"알았어요, 장로님! 도리는 아니나 금림의 운명이 걸린 일이니 먼저 떠납니다!"

정아원의 대답이 들리는 순간 바위 뒤쪽에서 일단의 사람들이 불쑥불쑥 모습을 드러내더니 숲의 깊은 곳으로 달려가기 시작했다. 그러자 여우생의 얼굴에 다급한 빛이 떠올랐다.

"길을 열어라! 절대 소림주를 보내면 안 된다!"

여우생의 다급한 명에 오산금림의 고수들이 일제히 계곡을 향해 밀려들었다. 그러나 급격히 좁아지는 길은 오직 네 사람 정도의 인원만이 통과할 수 있는 넓이였고, 그 길은 이미 지우상과 홍목공에 의해 단단히 막혀 있었다.

"돌아가라!"

한순간 지우상의 입에서 노성이 토해지더니 달려드는 오산금림의 고수들을 향해 일검을 휘둘렀다. 그러자 그의 검에서 푸른 검기가 일렁이더니 다가드는 자들을 폭풍처럼 쓸어갔다. 횡으로 늘어선 채 길을 뚫으려던 오산금림의 고수들이 급히 검을 들어 지우상의 검기를 막았다.

콰릉!

검기와 네 개의 검이 격돌하며 천둥치는 듯한 굉음이 일어났다.

"웃!"

“컥!”

지우상의 검기를 받아낸 오산금림의 고수들이 신음성을 흘리며 뒤로 물러났다. 지우상 역시 네 명의 고수를 홀로 상대한 것이 기운에 부쳤는지 두어 걸음 뒤로 물러났다. 그러나 추격자들을 노려보는 눈빛은 여전히 서슬 퍼랬다. 그 눈빛에 추격자들이 더 이상 길을 열 엄두를 내지 못하자 여우생이 노기를 담은 채 다시 명을 내렸다.

“뭣들 하는 것이냐? 두려움에 몸을 사릴 자는 이곳을 떠나라! 아니면 오산금림 이십사수의 기백을 보여라!”

여우생의 호통에 그의 뒤에 있던 무사들이 뜨거운 안광을 토해내며 앞으로 달려나왔다. 그리고는 다시 차륜의 수법으로 지우상과 홍목공을 공격하기 시작했다.

“장로님, 이대로라면 결국 소림주를 놓칠 것입니다.”

문득 여우생 곁으로 한 명의 중년인이 다가서며 말했다.

“알고 있다.”

“하면…….”

“노형들을 이곳에 잡아두고 후방으로 들어간다. 변이두가 이곳을 맡는다. 구처담과 호생은 날 따라오너라.”

“명을 받듭니다.”

여우생을 둘러싼 삼 인이 고개를 숙였다.

여우생이 천천히 앞으로 걸어나왔다. 그의 앞쪽에선 오산금림의 고수들과 지우상, 홍목공 양측 간의 치열한 싸움이 벌어지고 있었다. 길은 여전히 막혀 있었고 오산금림의 고수들은 일 보의 전진도 이뤄내지 못하고 있었다. 지형의 이점을 생각하더라도 이십여 명에 달하는 오산금림 고수의 걸음을 막고 있는 지우상과 홍목공의 무공은 놀라운 것이었다.

"좌측의 바위가 보이느냐?"

여우생이 그를 따라온 두 명의 중년 고수를 보며 물었다.

"옛!"

"한 번의 도약으로 도달할 수 있겠느냐?"

"…한번 해보겠습니다."

조금은 불안한 음성이 사내의 입에서 흘러나왔다.

"두려움을 없앤다면 충분히 가능할 것이다. 너희들의 무공은 이십사수 중 제일이니. 일단 저 바위까지 당도한 후 앞의 웅덩이를 넘어 계곡 안쪽으로 내려선다. 앞뒤에서 협공을 하면 아무리 노형들이라 해도 길을 열지 않고는 배기지 못할 것이다."

"알겠습니다."

"좋아, 날 따라라!"

여우생이 천천히 왼쪽으로 걸음을 움직이기 시작했다.

第二章
청년 고수

허소산의 눈에 새처럼 허공을 가르며 독 웅덩이를 날아 넘은 삼 인이 보였다. 그들은 단 한 번의 도약으로 녹 웅넝이들이 가득한 땅을 건너 검은 바위 위에 내려섰다. 그리고는 두어 걸음 움직여 다시 탄력을 받은 후 재차 허공을 날아 허소산과 원보가 숨어 있는 바위 앞쪽으로 날아오고 있었다.

"지금이다!"

여우생을 비롯해 삼 인의 오산금림 고수가 바위를 차고 허공을 나는 순간 원보가 앞으로 뛰어나갔다. 그리고는 번개처럼 도를 휘둘렀다. 한순간 번쩍이는 섬광과 함께 한줄기 도기가 허공을 갈랐다.

"음!"

“헛!”

두 마디 당혹성이 동시에 흘러나오면서 가장 앞서 웅덩이를 날아 넘던 여우생과 바로 그 뒤를 따르던 중년 사내가 허공에서 급히 몸을 틀어 원보의 도기를 피했다. 그러자 원보의 도기가 두 사람 사이를 뚫고 들어가 그 뒤쪽에서 날아오던 또 다른 오산검림의 고수를 번개처럼 뚫고 지나갔다.

“악!”

앞선 두 사람으로 인해 시야가 가려져 있던 사내가 원보의 도기를 피하지 못하고 비명을 터뜨리며 아래로 추락했다. 살 맞은 새처럼 땅으로 떨어진 사내의 한 발이 독 웅덩이를 밟았다. 순간 웅덩이 안에서 독충들이 사내를 향해 까맣게 달려들었다.

“익!”

순간 사내가 고통 속에서도 노성을 발하며 다시 허공으로 솟구쳤다. 이미 그의 다리에 달라붙었던 몇 마리 독충이 땅으로 떨어져 내렸다. 원보의 도기에 치명적인 부상을 입었음에도 사내는 놀라운 인내력으로 결국 독 웅덩이를 벗어나 비틀대며 마른땅 위에 내려섰다.

“이놈!”

수하의 중상에 분노한 여우생이 원보를 향해 노성을 발하며 달려들었다. 순간 그의 앞에 검은 그림자가 어른거리더니 한 자루의 검이 뇌전처럼 그의 목을 파고들었다.

“억!”

오산금림 최고의 고수 중 한 명인 여우생이 당혹성을 터뜨리며 급히 몸을 틀었다.

삭!

순간 날카로운 파열음과 함께 그의 목 언저리에 가는 혈선이 그어졌다.

"이놈!"

여우생이 거의 땅에 닿을 듯 뉘어진 자세에서도 노기를 드러내며 검을 위로 그어 올렸다. 그러자 검은 그림자가 허공에서 빙글 회전하더니 이내 여우생의 검을 피해 왼쪽으로 내려서며 천근의 힘으로 발을 차 올렸다.

여우생이 예상치 못한 상대의 각법에 놀라 다시 몸을 비틀었으나 상대의 발에 허벅지를 허용하는 것은 감수할 수밖에 없었다.

"턱!"

묵직한 타격음과 함께 여우생의 몸이 허공으로 둥실 떠올랐다. 그리고는 삼 장여를 날아 비틀거리며 겨우 땅에 몸을 세웠다. 그러고도 가격당한 허벅지의 고통을 이겨내지 못하고 그의 다리가 사시나무 떨리듯 부들부들 떨고 있었다.

"금림의 식구가 아니구나. 웬 놈이냐?"

여우생은 오산금림을 탈출한 정아원을 호위하고 있는 사람들의 면면을 모두 알고 있었다. 그런데 자신을 공격한 이자들은 정아원의 호위들이 아니었다.

"어쩌다 금림과 인연을 맺게 된 사람이지요."

허소산이 담담하게 대답했다.

"감히 금림이 일에 관여를 하다니… 겁이 없구나."

"친구들의 위급을 보고 돕지 않으면 군자라 할 수 없지요. 금림의 소림주 일행 분은 제 친구들이지요."

허소산이 여전히 여유를 보이며 대답했다. 그러자 여우생이 눈을 가늘게 뜨며 물었다.

"이름이 뭐냐?"

"허소산이라 하지요."

"허소산… 들어보지 못한 이름이군. 사문이 어디냐? 얼마나 대단한 사문을 배경으로 두었길래 감히 금림의 일에 관여하는 것이냐?"

"사문이라고 부를 만한 곳은 없지요. 그리고… 꼭 대단한 사문이 있어야만 금림의 일에 관여할 수 있는 것도 아니지요. 친구를 위한 의기가 있다면 사문이야 어떠하든 금림이 아니라 황제의 일에도 참견할 수 있지 않겠습니까?"

"듣자 하니 오만하구나. 네게 감히 천하를 상대할 의기가 있다는 말이냐?"

"의기까지야 무슨… 단지 친구의 위험을 모른 척할 비열함이 없을 뿐이지요."

허소산이 대꾸와 함께 한줄기 미소를 지었다. 허소산의 여유에 여우생은 더욱더 허소산을 경계할 수밖에 없었다. 비록 나이는 많아 보이지 않지만 허소산이 보인 무공은 절대 자신의 아래가 아니었다.

겨우 스물이 넘었음 직한 나이에 자신을 능가하는 무공, 거기에 더해 위급한 상황에서도 침착함을 잃지 않는 배포, 이런 그릇은 여우생 평생 오직 한 번만 만나본 적이 있는 인물이었다. 그리고 그 한 번이 오늘날 그를 금림의 반역자로 만들지 않았던가.

"세상은 넓은 것인가? 세상에 그 아이와 견줄 인물은 다시 없을 줄 알았는데……."

여우생이 나직하게 중얼거렸다. 그러자 허소산이 다시 입을 열었다.

"어르신께 한 가지 충고를 하지요. 이쯤에서 수하들을 데리고 독림을 떠나십시오. 그리곤 오산금림으로 돌아가 틀어진 일들을 바로잡아 놓으세요. 그러면 모든 일이 잘 해결될 겁니다. 이곳에서 굳이 피를 흘릴 필요는 없지요. 어제의 형제들끼리 말입니다."

"네가 관여할 일이 아니다."

"아니지요. 이미 검을 들어 싸움에 끼어들었으니 이젠 제 일이기도 하지요. 만약 걸음을 돌리지 않겠다면… 저도 살초를 쓰지 않을 수 없을 겁니다. 아시다시피 저는 금림의 사람이 아니라서 내 목숨을 노리는 자에게 살초를 마다할 이유가 없지요."

"억!"

그때 한마디 신음성이 두 사람의 귀에 들렸다. 어느새 원보가 여우생과 함께 계곡 안쪽으로 들어온 중년 고수의 어깨를 베어내 그를 땅 위에 무릎을 꿇리고 있었다.

"나도 나지만 특히 저 어르신은 손에 사정을 두는 분이 아니지요. 지금 그나마 목숨을 취하지 않는 것은 지 노사님과 홍 노사님의 체면을 생각하시기 때문일 겁니다. 하지만 계속 이대로 수하들을 독림으로 몰아대신다면 결국 저분의 노기가 폭발하고 말 겁니다. 그러니… 이쯤에서 걸음을 돌리세요."

허소산이 다시 정중하게 충고를 했다. 그러자 여우생의 얼굴이 살짝 일그러졌다. 소림주 정아원에게 이런 절정고수의 친구들이 있을 줄은 예상치 못한 일이다. 그러나 여우생은 오산금림의 장로였다. 강호팔황의 명성은 거저 얻어진 것이 아니다.

"널 베지 못한다면 물러가도록 하지."

여우생이 허소산을 노려보며 말했다.

"사양치는 않겠지만 내가 왜 금림 행사에 열쇠가 되어야 하는지는 모르겠군요."

"그건 단순한 이유다. 네가 내 앞을 막았기 때문이다."

여우생의 말에 허소산이 고개를 갸웃하다 이내 여우생의 말에 수긍했다.

"그렇군요. 그것도 이유는 이유죠. 그럼 시작해 볼까요?"

허소산이 천천히 검을 들어 올렸다. 그러자 여우생이 신중하게 검을 들어 허리와 수평이 되도록 눕혔다. 공수의 의도가 불분명한 여우생의 기수식에 허소산이 검을 든 채 그 자리를 지켰다. 그러자 여우생이 먼저 움직였다.

삭!

여우생의 검이 그의 허리 높이에서 횡으로 그어졌다. 그러자 그의 검에서 한줄기 검기가 일어나더니 마치 채찍이 휘둘러지듯 허소산의 허리를 베어왔다.

'위와 아래 어느 쪽도 쉽지 않구나.'

그제야 허소산은 여우생의 기수식이 지닌 위험을 깨달았다. 허리 높이에서 움직이는 검은 상하 어느 쪽으로 피하기가 어려웠다. 더군다나 횡으로 그어졌으나 좌우로 움직이는 것 역시 답은 아니었다.

'그렇다면 부딪칠 밖에!'

허소산이 번개처럼 검을 휘둘렀다.

콰릉!

천둥 같은 격돌음이 장내를 뒤흔들었다. 허소산과 여우생이 동시에 삼사 장 뒤로 물러났다. 멀리 뒤쪽에서 원보가 기이한 눈으로 허소산을 보고 있었다. 원보가 아는 한 허소산의 풍로검은 절대로 이런 식의 격돌을 만들어내는 검법이 아니었다.

상대의 허점을 노려 극쾌의 초식을 만들어내는 것이 살검인 풍로검의 검법. 그런데 지금 허소산은 그런 풍로검법의 특징을 완전히 무시한 채 무겁게 검을 펼치고 있었다.

그런 허소산의 모습을 보고 있는 원보의 눈에는 두 가지 감정이 담겨 있었다. 저렇게 풍로검의 초식을 무시하고도 절정 고수인 여우생을 상대할 수 있을까 하는 걱정과 그럼에도 불구하고 일합의 격돌에서 우세를 차지한 허소산의 공력에 대한 놀라움이 그것이었다.

"무섭구나. 도대체 어떻게 너와 같은 나이에……."

여우생 역시 경악스런 눈으로 허소산을 바라보고 있었다. 그가 펼친 검법은 강호의 그 누구도 쉽게 받아낼 수 없는 검법이었다. 사방의 퇴로를 막고 상대의 허리를 베어가는 그의 검법에 지금까지 수많은 강호 고수들이 쓰러졌다. 그런데 이 젊은 고수는 그런 자신의 절기를 너무도 쉽게 받아냈던 것이다.

"이번엔 제가 가지요."

허소산이 여우생의 감탄을 귀 뒤로 흘리며 훌쩍 신형을 날렸다. 그러자 그의 몸이 바람개비처럼 회전하며 허공을 날아 여우생의 머리 위로 떨어져 내렸다. 여우생은 전후좌우없이 움직이는 허소산의 신형을 곤혹스런 표정으로 응시하고 있었다. 이런 신법이란 역시 그가 강호에서 처음으로 접해보는 것이었다.

기실 허소산 역시 이런 움직임은 오늘 처음 시도해 보는 것이었다. 그의 신법은 이산공에 기반을 두고 있었다. 절정의 박투술인 이산공은 결국 발의 움직임이 그 기본이 되는 것이므로 그 투로를 신법으로도 활용할 수 있는 무공이었던 것이다.

특히나 이산공은 상대가 예측할 수 없는 움직임을 지닌 투술이었기에 신법으로서도 무척 신묘한 효과를 발휘했다.

투툭!

허소산의 움직임을 제대로 파악하지 못한 여우생이 훌쩍 신형을 날려 뒤로 물러났다. 그러자 허소산은 여우생이 서 있던 자리에 내려서는 듯하다가 이번에는 거의 땅에 깔리다시피 몸을 낮추며 여우생을 따라붙었다. 역시 이산공의 투술에서 나온 움직임이었다.

"핫!"

계속해서 뒤로 물러나다가는 결국 지우상과 홍목공이 있는 곳까지 물러나야 했기에 여우생이 더 이상 양보할 수 없다는 듯 강렬한 기합성과 함께 다가오는 허소산을 향해 검을 떨쳐냈다.

우웅!

여우생의 검이 묵직한 검음을 일으켰다. 그러자 그의 검에서 다시 두터운 검기가 만들어졌다. 이미 허소산의 공력이 자신을 능가하는 것을 확인했기에 여우생은 이 일 검에 모든 공력을 쏟아내고 있었다.

그러자 바닥을 쓸고 오던 허소산이 기다렸다는 듯 신형을 떠올리며 검을 휘둘렀다. 여우생은 당연히 허소산의 검이 자신의 검을 막을 것이라 생각하고 더욱더 강력한 진기를 검에 쏟아 부었다.

그런데 두 사람의 검이 다시 한 번 천번지복의 격돌을 하려는 순간 허소산의 검이 거짓말처럼 여우생의 시야에서 사라졌다.

콰아앙!

허깨비처럼 사라져 버린 허소산의 검을 미처 따라잡지 못한 여우생의 검기가 그대로 땅에 꽂혀 내리면서 강력한 소음을 만들어냈다. 순간 여우생이 급히 신형을 틀었다. 사라진 허소산의 검이 자신을 공격할 것을 대비한 행동이었다.

“삭!

한순간 여우생의 귀에 아주 작고 미세한 소음이 들려왔다. 여우생이 재빨리 고개를 뒤로 젖혔다. 그러자 어느새 다가왔는지 허소산의 검이 그의 머리칼을 한 줌 자르며 지나쳤다.

“음!”

여우생이 신음성을 흘리며 중심을 잃은 채 뒤로 물러났다. 그러자 그의 머리를 베고 지나갔던 허소산의 검이 허공에서 뚝 직각으로 꺾이더니 한순간에 그의 가슴을 찔러왔다.

“엇!”

여우생이 다급성을 토해냈다. 그러면서 본능적으로 몸을 틀었다.

“삭!

허소산의 검이 번개처럼 여우생의 가슴을 훔치고 달아났다. 이번에야말로 제대로 된 풍로검이 펼쳐진 것이다.

“욱!”

여우생이 신음성을 흘리며 급히 뒤로 물러났다. 그러나 그의 움직임은 이미 허소산의 검세 안에 있었다.

“아!”

누군가의 탄식이 흘러나왔다. 살아 있는 뱀처럼 움직이는 허소산의 검이 어느새 여우생의 목 앞에서 혀를 날름거리고 있었던 것이다. 한 자만 더 내밀면 단숨에 여우생의 목이 꿰뚫릴 거리에서 허소산이 검을 멈췄다.

"제 충고는 여전합니다. 물러가면 살초를 쓰는 일이 없을 겁니다."

지나치게 담담한 허소산이 목소리가 오히려 여우생의 간담을 서늘하게 만들었다. 자신과 치른 일전에도 호흡이 고르다는 것은 이 젊은 고수가 여전히 자신의 모든 것을 드러내지 않았다는 의미다.

"죽여라!"

여우생이 마지막 자존심을 드러냈다.

"무사의 명예를 지키는 것은 소중하지요. 하지만 그 명예보다 더 귀중한 것이 동료와 수하들의 목숨이 아닐까요? 당신이 죽으면 저들도 결국 모두 죽게 될 겁니다. 저들은 결코 당신의 죽음을 두고 이곳을 떠나지는 않을 테니까요. 금림은… 좋은 문도들을 두었어요. 그러니 이미 반역을 저질러 떨어질 대로 떨어진 당신의 명예 따위는 저들의 목숨을 소홀히 할 가치가 없는 것 같습니다만……."

검보다 날카로운 허소산의 말이 여우생의 심장을 찔렀다. 여우생이 분노로 부들부들 몸을 떨었다. 그가 들을 수 있는 최악의 비난이 그의 귀에 천둥처럼 들리고 있었다.

"선택은 스스로 하십시오. 난 내 검에 당신의 피를 묻힐 생각이 없군요."

허소산이 가볍게 검을 거둬들였다. 그리고는 훌쩍 신형을 날려 원보 곁에 내려섰다.

"네 녀석은 정말 시간이 지날수록 날 놀라게 하는구나."

원보가 나직하게 허소산에게 말했다. 허소산의 무공을 두고 하는 말이었다.

"사실은 저도 제 자신에게 놀랐어요."

허소산이 정색을 하며 말했다.

"이러다 천하제일인이 탄생하는 거 아닌지 몰라."

원보가 너스레를 떨었다.

"아무도 하지 않겠다면 제가 하지요."

허소산이 농으로 원보의 말을 받았다. 그때 지우상의 목소리가 들려왔다.

"모두 여 장로를 모셔라!"

지금껏 도검을 나눈 적이었던 자들에게 마치 수하를 부리듯 명을 내리는 지우상이었다. 그러자 그와 홍목공을 공격하던 자들이 잠시 망설이더니 두 사람에게 가볍게 고개를 숙여 보이고는 재빨리 여우생에게 다가가 그를 부축했다.

"괜찮다. 혼자 움직일 수 있다."

여우생이 수하들의 손길을 뿌리쳤다. 그리고는 검을 지팡이 삼아 비틀거리는 몸으로 오산검림의 고수들이 기다리는 곳으로 걸어갔다. 지우상과 홍목공은 자신들을 스쳐 가는 여우생을 지켜볼 뿐 어떤 제지도 하지 않았다.

여우생이 힘겹게 검림의 고수들 앞에 도착하더니 천천히 신형을 돌려 지우상과 홍목공을 보며 말했다.

"노형들께선… 굳이 신황림에 갈 필요가 없을 듯하군요."

“무슨 말이신가?”

“그는 제가 만난 그 어떤 인물보다 강합니다. 그런 친구를 두었으니 굳이 삼왕이 필요하겠습니까?”

여우생의 시선이 허소산에게 가 닿았다.

“허 소협의 무공은 우리도 미처 알지 못했던 것이네. 뛰어난 줄은 알았지만 여 아우를 능가할 줄은 몰랐군. 물론 섬에서 이미 종우군을 제압하긴 했으나 그때는 종우군이 방심을 했다고 생각했었지.”

지우상의 말에 여우생이 고개를 끄덕였다.

“노형의 말씀이 틀리지 않을 겁니다. 그의 무공은… 아, 저런 기재를 다시 보게 될 줄이야.”

“그 목가 아이와 비교하면 어떤가?”

지우상이 마치 친구에게 묻듯 물었다. 그러자 여우생이 고개를 저었다.

“두 사람을 비교하는 것은 쉽지 않군요. 물론 무공으로는 저 청년이 뒤진다고 할 수 없으나 인물의 가치는 무공만으로 평가할 수 없지요.”

“후후, 여전히 그에 대한 믿음이 강하군. 그래서 우린 여전히 삼왕이 필요하다네. 삼왕께서 나서신다면 오산금림의 뭇 고수들도 순순히 삼왕 어른들의 말에 따를 터이니 피를 보지 않고 문제를 해결하자면 그보다 좋은 것이 없지.”

“그렇군요. 여전히 형님들은 금림의 피를 두려워하시는군요.”

"그렇다네. 지금도 가장 두려운 것은 형제들끼리 피를 보는 일일세. 그러니… 그만 돌아가게."

지우상의 말에 여우생이 순순히 고개를 끄덕였다.

"알겠습니다. 일단 돌아가지요. 하지만 삼왕 어른들이 돌아오신다고 해서 오산금림이 예전으로 돌아갈 거라 자신하실 수는 없을 겁니다."

"삼왕 어른과 맞서기라도 하겠다는 건가?"

"그것이 아니라 이제 금림으로 돌아가면 전 금림의 형제들을 설득해 볼 생각입니다. 우리가 생각하는 금림의 이상을 형제들에게 말하고 그들의 선택을 기다릴 것입니다. 그들이 우리의 이상에 동의한다면 아무리 삼왕 어른이라 하더라도 금림을 과거로 되돌릴 수는 없을 겁니다."

"그렇군. 그도 좋은 방법일세. 만약 금림의 모든 형제들이 자네들의 뜻에 따른다면 나도 또 림주께서도, 아니, 삼왕께서도 금림을 예전으로 돌리자 고집을 피우지는 않으실 걸세. 뜻이 다르다면 금림을 떠나면 그뿐이니까. 단 한 가지는 명심하게."

"말씀하시지요."

"만약 금림 형제들의 뜻이 자네들의 강요에 의한 것이라면… 그리고 그 과정에서 지난번처럼 피가 뿌려진다면 우린 반드시 그 살업의 대가를 받아낼 걸세. 설혹 금림의 뿌리가 파헤쳐지고 오산이 피로 물든다 해도 말일세."

지우상의 경고에 여우생이 한순간 두려운 빛을 보였다.

“노형께서 그런 독한 말씀을 하실 줄은 몰랐습니다.”

“날 독하게 만든 사람들이 자네들이란 걸 잊지 말게.”

“명심하지요. 그럼… 부디 무사히 다녀오시기 바랍니다.”

여우생이 정중하게 포권을 해보였다. 그러자 그의 뒤에 있던 오산금림의 고수들도 일제히 허리를 숙여 보였다.

“자네들도 조심해서 돌아가시게. 가지.”

지우생이 홍목공을 보며 말하자 홍목공이 고개를 끄덕이고는 먼저 걸음을 옮겼다.

“정말 이대로 돌아가실 생각이십니까?”

허소산 일행이 장내를 떠나자 오산금림의 고수 중 한 명이 여우생에게 물었다. 그러자 여우생이 탄식을 흘리며 대답했다.

“그럼 이 몸으로 저들과 다시 싸우란 말이냐? 지치는구나. 몸도 마음도.”

정아원 등은 어두운 독림의 숲 그늘에서 초조하게 허소산 등을 기다리고 있었다. 그들은 드디어 허소산 등이 나타나자 그제야 얼굴에 근심을 거두고 그들을 맞이했다.

“어찌 되었어요?”

정아원이 급히 물었다. 그러자 지우상이 미소를 지으며 대답했다.

“더 이상 그들의 추격을 걱정하실 필요는 없습니다. 그들은 돌아갔습니다.”

“아, 다행이에요. 두 분 수고하셨어요.”

“이 모든 것은 여기 원 노사와 허 소협의 덕분이지요. 특히… 허 소협의 무공은 정말 놀랍더구려.”

지우상이 뒤늦게 허소산의 무공을 칭찬했다. 그러자 허소산이 가벼운 미소로 대답을 대신했다.

“두 분의 도움에 감사드려요. 덕분에 이젠 신황림으로 가는 일만 남았네요.”

정아원이 원보와 허소산을 보며 말했다.

“어차피 이런 일을 하자고 동행한 길이니 괘념치 마시구려. 얼른 가십시다. 한바탕 몸을 썼으니 쉬는 것이 좋겠지만 이 독림은 쉴 곳도 마땅치 않으니. 이보시오, 하 노인.”

“예, 말씀하시지요.”

하거웅이 얼른 대답했다. 그는 앞서 도검을 든 무인들의 무서운 싸움을 목격했기에 무척 긴장해 있었다.

“이 이상한 숲을 벗어나려면 얼마나 남았소?”

“아직 반도 못 왔습니다. 아직 하루는 더 가야 합니다.”

“음, 하루라……. 쉽지 않은 길이겠군. 서둘러야겠소이다.”

원보의 말에 지우상이 고개를 끄덕였다.

“원 노사의 말씀이 맞소이다. 자, 그럼 피곤하지만 길을 떠납시다. 하 노인, 부탁하오.”

지우상의 말에 하거웅이 얼른 일행의 앞으로 나서 길을 열기 시작했다.

두 번째 독림은 일행에게 극심한 피로를 느끼게 만들었다. 독충도 독충이지만 깊어질수록 숲을 가득 메운 매캐한 독무가 일행의 생명을 수시로 위협했다. 그나마 노련한 길잡이 하거 웅과 뛰어난 고수들이 있어 일행은 독의 위험을 피하며 앞으로 전진할 수 있었다.

하거웅 옆에는 주거복과 왕신 두 중년 고수가 호위하듯 따르면서 독충과 독무를 쫓아내고 있었다. 하지만 그럼에도 가끔은 지우상과 홍목공까지 나서 장력을 휘둘러야 독림의 길이 열리기도 했다.

그런데 그런 위험한 길을 남들 모르게 무척 편하게 이동하는 사람들이 있었다. 그들은 바로 허소산과 그를 따르는 감명, 감아라 두 남매였다.

독림의 독은 허소산을 위협하지 못했다. 아니, 오히려 영약의 밭에 들어온 것처럼 허소산의 기운을 북돋았다.

천독공이 새겨진 동경은 첫 번째 독림에서와 마찬가지로 사방의 독기를 흡수해 허소산의 공력을 높여주고 있었다. 덕분에 허소산 주변의 독기는 사람들 모르게 희미하게 사라져 감명과 감아라까지도 거의 독의 영향을 받지 않고 길을 갈 수 있었던 것이다. 물론 이런 내막을 두 남매는 모르고 있었지만.

독충과 독기와의 싸움은 지루하게 이어졌다. 여행자들의 다리에 힘이 빠지고 눈은 잠을 자지 못해 천근처럼 무거워졌다.

"정신들 차려라! 자칫하면 목숨을 잃는다!"

앞서 가는 사람들과 소림주 정아원을 호위하는 두 명의 여고수를 향해 가끔씩 지우상의 주의가 떨어져 그들의 지친 심신을 깨웠지만 그런 호통의 효과는 그리 오래가지 못했다.

"악!"

한순간 정아원을 호위하던 여고수 중 한 명이 비명을 지르며 쓰러졌다.

"은사, 무슨 일이에요?"

정아원이 깜짝 놀라며 쓰러진 여고수를 향해 몸을 숙였다.

"가까이 오지 마세요. 미명, 소림주님을 모셔."

쓰러진 은사가 다른 호위녀 미명에게 급히 소리쳤다. 그러지 미명이 재빨리 정아원을 붙들고 뒤로 물러났다.

"독에 당한 것인가?"

어느새 다가온 지우상이 급히 물었다.

"독충에 물린 것 같습니다."

은사가 고통을 참으며 말했다.

"어디지?"

다시 지우상이 묻자 은사가 오른쪽 발목을 내보였다. 그러자 이미 검게 변한 종아리가 모습을 드러냈다.

"음."

지우상이 은사의 다리를 보고는 침음성을 흘렸다. 한눈에 봐도 극독을 품은 독충에 물린 것이 분명했다.

"이러고 있으면 안 됩니다."

그때 은사 옆으로 다가온 허소산이 다급하게 말하며 재빨리 회색 천으로 은사의 무릎 위쪽을 묶었다. 독이 혈관을 타고 상체로 이동하는 것을 막기 위함이었다. 지우상은 얼떨결에 허소산에게 자리를 내어주고는 뒤로 물러났다.

허소산이 능숙하게 은사의 다리 몇 군데의 혈도를 짚었다. 그러자 은사의 얼굴에서 고통이 사라졌다. 은사의 변화를 살핀 허소산이 이번에는 품속에서 작은 소도를 꺼내 들었다. 그리고는 은사를 보며 말했다.

"독충이 문 곳을 벨 거예요. 괜찮죠?"

허소산의 물음에 은사가 고개를 끄덕였다. 그러자 허소산이 거침없이 은사의 종아리 부근 검게 변한 피부를 칼로 갈랐다. 순간 검은 피가 용천수처럼 흘러나왔다. 허소산은 몇 차례 힘주어 은사의 종아리에서 피를 짜냈다. 그리고는 다시 흰 천으로 상처를 닦아낸 후 이번에는 서슴없이 상처로 입을 가져가 빨기 시작했다.

"아!"

허소산의 행동에 뒤쪽에서 소림주 정아원이 탄식을 흘렸다. 지금 허소산의 모습은 죽음을 무릅쓰고 환자를 돌보는 성스런 의원과 비슷했다. 사람들은 허소산의 행동에 감동했는지 입을 다물고 허소산의 치료를 바라보고 있을 뿐이었다.

그런데 사실 허소산은 은사의 치료에 무척 어려운 방법을 택하고 있었다. 기실 그가 은사의 독을 치료하는 것은 그리 어려운 일이 아니었다. 천독공을 운용해 독충의 독을 뽑아내면 그뿐이었다. 굳이 이렇게 어렵고 복잡하게 독을 해독할 필요가 없었던 것이다.

그러나 허소산으로서는 여러 명의 시선 앞에서 함부로 천독공을 운용할 수 없었다. 천독공의 존재는 원보조차도 모르고 있었다. 그러니 어쩔 수 없이 어릴 때 산을 타며 배운 해독법을 쓸 수밖에 없었던 것이다.

그러나 그렇다고 허소산이 아예 천독공을 사용하지 않은 것은 아니었다. 허소산은 은사의 상처에 입을 대고 독혈을 빨아낼 때 다른 사람들이 눈치채지 못하게 천독공을 운용하고 있었다. 천독공의 힘을 빌어야 은사의 몸에서 독기를 완전히 제거할 수 있었기 때문이다.

"퉤!"

허소산이 연신 은사의 몸에서 피를 뽑아내 땅에 뱉었다. 그러자 어느 순간부터 은사의 종아리에서 나오는 피가 검은색에서 선홍색으로 변하기 시작했다. 그제야 허소산이 고개를 들고는 은사의 무릎 위를 묶었던 천을 풀어내고 또한 혈도를 풀었다.

"아!"

은사의 입에서 나직한 탄성이 흘러나왔다. 막혀 있던 혈도가 풀리자 시원한 기운이 다리 아래쪽에서부터 온몸으로 퍼져 올라왔기 때문이다. 파랗게 변했던 그녀의 얼굴도 피가 돌자 생기를 띠기 시작했다.

"혹 몸을 보할 수 있는 환약을 가지고 있는 사람이 있나요?"

허소산이 뒤에 서 있는 사람들을 돌아보며 물었다. 그러자 정아원이 얼른 다가와 작은 비단 주머니를 건넸다.

“정기환이라고, 몸이 허할 때 복용하는 환약이에요.”

정아원이 비단 주머니에 든 환약을 설명했다.

허소산이 비단 주머니에서 환약을 꺼내 살짝 냄새를 맡은 후 조금 떼어내 입에 넣고 씹더니 고개를 끄덕였다.

“적당하군요. 이걸 드세요.”

허소산이 환약을 은사에게 건넸다. 그러자 은사가 순순히 환약을 집어 들고는 입에 넣었다.

“운기를 하면 한결 회복이 빠를 거예요.”

환약을 삼키는 은사를 보고 나서야 허소산이 은사 앞에서 물러났다.

“이제 독은 걱정없는 것이냐?”

물러난 허소산을 보며 원보가 물었다.

“이미 몸 깊이 들어간 독이야 어쩔 수 없지만 대부분의 독은 뽑아냈어요. 미미하게 남아 있는 독은 환약을 복용하고 운기를 하면 자연스레 사라질 거예요.”

“음, 수고했구나.”

원보가 대견한 듯 허소산의 어깨를 두드렸다. 그러자 정아원이 얼른 입을 열었다.

“정말 고마워요.”

“별말씀을…….”

“아닐세. 자네가 사람 생명 하나 살렸네. 그런데 해독술은 또 어디서 배운 건가?”

이번에는 지우상이 다가서며 물었다.

“제가 어릴 때는 해동 백두에서 약초를 캐고 사냥을 하며 살았지요. 그곳에도 맹독을 가진 뱀과 독충들이 있어서 이런 해독법을 배웠지요. 뭐, 산꾼들이 쓰는 비상책이니 대단한 것은 아닙니다.”

허소산이 겸연쩍은 표정으로 말하고는 한 발 뒤로 물러났다. 그런 허소산을 지우상이 깊은 눈으로 한 번 더 살피고는 운기 중인 은사를 살폈다.

은사는 정아원이 내놓은 정기환을 복용한 이후라 그런지 희미한 연무를 코로 흘려내며 운기에 열중하고 있었다. 사람들은 그 틈을 타서 잠시의 휴식을 달콤하게 취했다. 그렇게 이각여가 지났을 때 은사가 눈을 떴다.

“괜찮겠는가?”

지우상이 운기를 끝낸 은사를 보며 물었다.

“괜찮습니다. 제가 그만 실수를 하여…….”

“아닐세. 모두가 피곤한 상태이니 자네 탓은 아니지. 하지만 우린 다시 길을 가야 하네. 갈 수 있겠는가?”

“소림주께서 내려주신 정기환 때문인지 독충에 물렸을 때보다 오히려 몸은 좋습니다.”

“좋아, 그럼 다시 가세.”

지우상이 힘주어 말을 하고는 하거웅을 보며 고개를 끄덕였다. 그러자 하거웅이 다시 독림을 길을 열기 시작했다.

일행은 은사가 독충에 물린 곳에서 다시 반나절의 거리를 이동했다. 사방에서 이름 모를 독충들이 꿈틀대고 있었으나 이젠 그런 광경에도 익숙해져 일행의 걸음은 오히려 빨라지고 있었다.

그리고 어느 순간 일행의 눈에 색다른 빛이 들어왔다. 그건 독림의 어둡고 음습한 모습과 비슷하면서도 그 위에 별들이 내려앉은 듯 반짝이는 신비로운 빛의 향연이었다.

"이제 호수에 도착했습니다. 저기 보이는 빛이 바로 호수에서 흘러나오는 것입니다."

선두에 서 있던 하거웅이 손을 들어 독림의 저편에 반짝이고 있는 빛을 가리켰다.

"드디어 도착한 것인가?"

지우상이 감개무량한 표정으로 말했다. 그러자 하거웅이 이마에 맺힌 땀을 닦으며 말했다.

"역시 무림의 고수 분들은 다르시군요. 독물도 고수님들을 알아보나 봅니다."

"그게 무슨 소리요?"

원보가 묻자 하거웅이 주변을 돌아보며 말했다.

"예전에 제가 이곳까지 왔을 때 우리 일행은 스무 명 중 오직 셋만이 살아남아 있었지요. 사방에서 몰려드는 독충을 쫓느라 정신이 없었던 것은 물론이고요. 그런데 웬일인지 이번에는 독충들이 주위를 어슬렁거릴 뿐 사람에게 달려드는 경우가 거의 없었습니다. 아마도 독충들이 여러분이 특별한 분들이란 걸 아는 모양입니다."

“음, 그렇소? 독충이 고수를 알아본다는 말을 들은 적이 없는데……."

원보가 고개를 갸웃했다. 하지만 어쨌든 그들은 원주민들이 공포의 대상으로 여기는 두 개의 독림을 큰 손실 없이 지났으니 하거웅이 말이 맞는지도 몰랐다. 아니면 허소산의 품속에 있는 동경의 힘일지도 모르는 일이었다.

“만약 그렇다면 이곳에서 사는 독물들은 정말 영험한 놈들이겠지요.”

감천홍이 두 아이가 무사히 독림을 통과했다는 것에 안도가 되는지 오랜만에 말을 흘렸다.

잠시 후 일행은 이제 완전히 독림을 벗어나 드디어 호수 앞에 도달했다.

호수는 기이했다. 그들을 맞이한 것은 아름다움과 괴기스러움이 동시에 느껴지는 호수였다. 호수의 수면은 그 어떤 곳의 호수보다도 아름답게 햇살을 반사하고 있었다. 독림 안에서 보았던 빛은 바로 호수 면에 부서지는 햇살이었다.

그러나 그 햇살의 향연을 만들어내는 호수의 수면 아래는 어둡고 음습했다. 깊이를 알 수 없는 수심은 단 한 자 깊이의 속내도 사람들에게 드러내지 않고 있었다.

온통 검은 물로 채워진 호수, 그러면서도 티끌이 없어 투명한 어둠을 간직한 호수는 한편으로 무척 공포스럽게 느껴지기도 했다.

“참 이상한 곳이군.”

원보가 주변을 돌아보며 중얼거렸다.

"그러게 말이외다. 마치 먹을 갈아놓은 듯하구려."

지우상도 생전 처음 보는 광경에 긴장한 듯 말했다.

"저기 호수의 북쪽에 보이는 산 아래 호수물이 이어지는 동굴이 하나 있다고 합니다. 그 동굴을 통과하면 흑산이 나온다고 하지요. 하지만 저 또한 여기까지밖에는 와보지 못했습니다. 호수에 어떤 위험이 있는지, 혹은 그저 건너기만 하면 흑산에 도달할 수 있는 것인지는 잘 모르겠습니다."

하거웅이 자신이 할 수 있는 일은 모두 끝났다는 듯이 말했다.

"헤엄을 쳐서 건널 수는 없는 곳이고… 뗏목이라도 만들어야 할 것 같소이다."

홍목공이 지우상에게 말했다. 그러자 지우상이 고개를 끄덕였다.

"아주 크고 단단한 뗏목이 필요할 거요. 이 호수는 왠지 불길해."

"하지만 몹시 잔잔한 걸요?"

어느새 오산금림의 사람들과도 친해진 감명이 말했다.

"본시 큰 위험이란 고요 속에 감춰져 있는 법이란다. 너도 이런 이치를 잘 기억해 두거라. 세상을 살다 보면 웃음 뒤에 감춰진 칼에 몸을 베일 때가 있으니까."

지우상이 감명의 어깨를 가볍게 토닥이며 말했다.

"어르신의 가르침, 명심할게요."

"그래, 넌 똑똑한 아이니까 이 모든 경험이 훗날 너를 큰 인물로 만들어줄 것이다. 자, 그럼 뗏목을 만들어보세. 다행히 주변에 나무는 많이 있으니."

지우상의 말에 일행이 호수 주변에 아름드리 자란 나무들을 베어내어 뗏목을 엮기 시작했다.

뗏목은 무척 단단하게 만들어졌다. 어른 몸통보다도 굵은 나무들을 두 겹으로 겹쳐 바닥을 만들고 주변에도 굵은 나무들을 이어 엮어 혹시라도 호수 물이 뗏목 안으로 들어오는 것을 막았다. 보통의 경우라면 필요가 없을 외벽이었지만 이곳은 독의 호수이므로 물기 한 방울 닿는 것도 조심할 필요가 있었다.

덕분에 두터운 뗏목을 만드는 일은 제법 시간이 걸리는 일이라 장장 한나절의 시간이 뗏목을 엮는 데 소비됐다. 그리하여 뗏목을 완성하고 호수에 밀어 넣으려 할 때는 이미 해가 져서 사위가 어두워졌을 때였다.

밤에 호수를 통과하는 일은 또한 위험한 일이었기에 일행은 하는 수 없이 호수 변에서 하룻밤을 보내기로 했다.

일행은 제법 큰 모닥불을 호숫가에 피웠다. 독림과 멀지 않은 곳일뿐더러 또한 독의 호수에 어떤 생명들이 살고 있는지 알 수 없었기에 이물들을 물리치려면 불을 피우는 것이 최선이었다.

일행은 가급적 서로 떨어지지 않고 한데 모여서 그날 밤을 보냈다. 밤은 일행이 독의 세상에 들어와 있다는 것을 망각하게 할 만큼 아름다웠다. 하늘의 별은 그대로 검은 호수에 투영됐고, 숲 속에서 이름 모를 새들과 간혹 독을 이겨내며 살아가는 동물들의 소리가 들려왔다.

그러나 허소산 일행 중 그 밤의 아름다움을 경험한 사람은 많지 않았다. 독림을 여행하며 쌓인 피로가 그들을 금세 꿈나라도 데려갔기 때문이다.

첨벙!

갑작스런 소음에 허소산이 눈을 떴다.

"저저!"

그런데 눈을 뜬 사람은 허소산만이 아니었다. 한쪽에서 금림삼룡 어주복이 놀란 목소리를 흘려냈다. 허소산 역시 입 밖으로 소리를 지르지 않았지만 적잖이 놀란 눈으로 호수를 응시했다.

"무슨 일인가?"

뒤늦게 눈을 뜬 지우상이 어주복에게 물었다.

"호수에… 괴물이 삽니다."

"괴물?"

"그렇습니다. 아침 햇살에 눈이 부서 제대로 보지는 못했지만 무척 큰 놈이었습니다."

"물고기가 아니던가?"

이번에는 홍목공이 물었다. 그러자 어주복이 강하게 고개를 저었다.

"아닙니다. 물고기의 모양을 하고 있지 않았습니다."

그때 허소산이 입을 열었다.

"아마도 뱀인 듯합니다."

"뱀?"

사람들의 시선이 허소산에게로 모였다.

"아니오. 뱀일 리 없소. 내가 전부를 보지는 못했지만 무척 거대했소. 세상에 그렇게 큰 뱀이 있다는 말은 들어보지 못했소."

어주복이 고개를 저으며 허소산의 말을 부정했다.

"하지만 전 그 이물의 전부를 보았습니다. 그건 마치 이무기와 같은 모습이었어요. 제가 알기론 이 남쪽 밀림에는 황소도 삼킬 수 있는 뱀이 산다고 하더군요."

"음, 그런 소문이 있긴 있지. 하지만 그런 물건이 하필 이 호수에 살고 있단 말인가?"

지우상이 난감한 표정으로 중얼거렸다.

"만약 정말 그렇게 거대한 뱀이 살고 있다면 단단히 준비를 하고 떠나야 할 것이오."

원보가 뒤늦게 참견을 했다.

"그래야 할 것 같소이다. 그 이물이 혹시라도 뗏목을 공격한다면 뗏목이 뒤집힐 수도 있으니."

지우상이 고개를 끄덕였다.

"그런데 무슨 준비를 하면 좋겠소?"

홍목공이 물었다. 그러자 지우상이 주변을 돌아보며 말했다.

"마침 대나무 숲이 있으니 죽창을 여러 개 만들어 갑시다. 호수에 사는 이물이 뱀이라면 죽창이 쓸모가 있을 거요."

"아, 그렇겠구려. 바다에 나가서 고래를 사냥하는 자들도 죽창 같은 것을 쓰니."

홍목공이 고개를 끄덕였다.

다행히 호수 주변에는 대나무들이 하늘 높이 자라고 있었다. 기이하게도 모두가 검은색을 지닌 대나무들이었는데 그 높이가 이십여 장에 이르는 것도 있었다.

일행은 적당한 굵기의 대나무들을 베어내 오 장 길이의 죽창 수십 자루를 만들어 뗏목에 실었다. 그리고 해가 완전히 솟아 호수가 다시 빛의 보석들을 흩뿌리기 시작했을 때 뗏목을 저어 호수로 들어갔다.

第三章
독호(毒湖)를 건너다

쉬이익! 쉬이익!

호수에 들어선 지 채 일각이 지나지 않아 일행은 죽음의 소리를 들었다. 새벽에 잔잔하던 호수는 곳곳에서 소용돌이를 만들어내고 있었다. 소리는 바로 그 소용돌이의 중심에서 흘러나오고 있었다. 그러고 가끔씩 그 소용돌이의 표면에 번들거리는 검은색 몸뚱이가 나타났다 사라지곤 했다.

"한 마리가 아니야."

원보가 뗏목의 난간에 죽장 두 개를 들고 서서 중얼거렸다. 소용돌이를 만들고 있는 것은 허소산이 호수 변에서 본 거대한 뱀들이었다. 뱀들은 뗏목이 호수로 들어오자 호수 곳곳에서 움직이기 시작했다. 마치 먹이를 기다리던 사냥꾼처럼 서서히, 그러나 공포스런 모습으로 일행을 위협하기 시작한 것이다.

"앗!"

한순간 감아라의 비명이 터져 나왔다. 동시에 그녀의 손에 들려 있던 검이 뗏목 한쪽을 후려쳤다.

퍽!

감아라의 검에 길이가 반 장 정도 되는 흑사 한 마리가 두 동강이 나 호수로 떨어져 내렸다.

"큰 뱀만 있는 것이 아니군."

지우상이 반 토막이 나 죽어 있는 뱀을 보며 중얼거렸다.

"사체를 만지지 않게 조심해."

허소산이 뗏목 안쪽으로 떨어진 죽은 뱀의 반 토막을 보고 있는 감명과 감아라에게 경고했다. 그러자 두 사람이 흠칫한 표정으로 뒤로 물러났다. 허소산은 두 사람이 물러나자 번들거리는 피부를 지닌 뱀의 반쪽을 검에 걸어 호수에 집어 던졌다.

"너희들은 뗏목의 안쪽에 머물거라."

감천홍도 호수의 위험이 심상치 않음을 깨달았는지 감명과 감아라를 뗏목 중심의 정아원이 있는 곳으로 이동시켰다. 그러는 사이에도 어주복이 노를 잡은 뗏목은 서서히 동굴이 있다는 호수의 북쪽을 향해 이동하고 있었다.

쉬이익! 쉬이익!

일행이 탄 뗏목이 북쪽으로 이동할수록 거대한 뱀들이 만들

어내는 소리도 거칠어졌다. 그리고 한순간 홍목공의 목소리가
흘러나왔다.

"오는군."

홍목공의 말에 사람들의 시선이 홍목공이 서 있는 뗏목의
오른쪽으로 향했다. 그러자 사람들의 눈에 거의 오 장에 이르
는 거대한 뱀이 물살을 가르며 뗏목을 향해 접근하는 것이 보
였다.

"가까이 접근하지 못하게 해야 하오."

지우상의 말에 홍목공이 고개를 끄덕이고는 죽창을 어깨 위
로 들어 올렸다. 그리고는 뱀이 뗏목의 십여 장 안쪽으로 들어
섰을 때 벼락처럼 죽창을 던졌다.

슈우욱!

죽창이 날카로운 파공음을 내며 뱀을 향해 날아갔다.

퍽!

한순간 둔탁한 소음과 함께 뱀의 머리 바로 아랫부분에 죽
창이 꽂혔다.

꽤애액!

죽창에 찔린 뱀이 기이한 비명을 흘려냈다. 마치 사람이 내
지르는 듯한 처절한 비명에 일행 중 몇은 귀를 막았다.

"젠장, 뱀도 비명을 지르나?"

원보가 소름 끼치는 뱀의 비명 소리가 불쾌한 듯 소리쳤다.
그런데 그때 더 경악스런 일이 벌어졌다.

슈우욱! 슈우욱!

갑자기 사방에서 거대한 뱀들이 죽창을 맞은 뱀 쪽으로 움직이더니 이내 죽어가는 뱀을 휘감고 그 몸을 뜯어 먹기 시작했던 것이다.

"뱀이 아니다."

순간 원보가 말했다.

"맞아요. 뱀이 아니에요. 뱀은… 저렇게 먹을 수 없어요."

본시 뱀이란 동물은 먹이를 통째로 삼켜 뱃속에서 소화시키는 동물이다. 그런데 지금 죽어가는 동족을 향해 달려든 거대한 뱀들은 마치 늑대처럼 동족의 살을 뜯어 먹고 있었다. 그러니 놈들의 모습은 비록 뱀이지만 어쩌면 뱀이 아닐 수도 있었다.

꽤애액!

동족들에게 몸을 뜯기는 상처 입은 뱀의 비명이 더욱 처절해지더니 한순간 물거품을 일으키며 그 뱀을 뜯어 먹던 살육자들과 더불어 수면 아래로 사라졌다. 놈들이 사라진 수면은 마치 무슨 일이 있었냐는 듯 잔잔해졌다. 단지 번져 가는 붉은 혈흔만이 괴수들의 자취를 말해주고 있었는데, 그 혈흔조차도 먹처럼 검은 호수 물에 흩어져 이내 자취를 감췄다.

"섬뜩하군."

원보가 잔잔해진 호수를 보며 중얼거렸다. 오히려 침묵에 빠진 호수가 뱀들이 소리를 내며 소용돌이를 만들 때보다 더 공포스럽게 느껴졌다.

일행은 호수의 그 불쾌한 침묵을 깨고 계속해서 앞으로 전진했다. 호수는 밖에서 보던 것보다 훨씬 넓었다. 아마도 검고 어두운 호수 물이 그 넓이를 제대로 가늠하지 못하게 만들었는지도 몰랐다. 곧 닿을 것 같던 호수 북변은 근 반 시진을 이동해도 일행 앞에 모습을 보이지 않았다. 그리고 그즈음 다시 호수의 소용돌이가 시작됐다.

쉬이익! 쉬이익!

불쾌한 괴물들의 소음도 다시 일어났다. 일행은 재차 죽창을 들고 뗏목의 난간을 지키기 시작했다.

"퍼퍽!"

벌써 일곱 마리째 뱀 같지 않은 뱀이 죽창에 꿰였다. 그때마다 그 동족들이 달려들어 죽은 이물의 몸을 뜯어 먹었다. 비참한 모습이긴 했지만 한편으로는 그렇게 괴물 뱀을 죽이면서 전진하는 것이 일행에겐 큰 도움이 되었다. 간혹 뗏목에 근접하는 놈들도 있었지만 결국 죽창에 꿰여 죽음을 맞았고, 연후 놈들의 관심은 뗏목이 아니라 죽어가는 동족의 몸뚱이로 향했기에 뗏목은 수월하게 앞으로 전진하고 있었다.

그렇게 일행이 한나절 정도를 죽은 이물들의 시체를 발판 삼아 호수를 이동했을 때 드디어 검은 숲에 싸인 호수의 북변이 모습을 드러냈다. 그즈음에서 호수는 마치 강과 같이 굽이진 모습을 만들었고 일행은 강을 거슬러 오르듯 호수의 북쪽을 향해 이동했다.

깨액! 꽥!

일행이 나타나자 갑자가 북변의 산과 이어진 검은 숲에서 원숭이들의 울음소리가 터져 나왔다.

"이런 곳에도 원숭이가 사는군. 사람보다 나은 면이 있어."

여전히 뗏목의 난간에서 호수의 이물들을 경계하고 있던 원보가 문득 입을 열었다.

"그러게 말이에요. 사람이라면 절대 이런 곳에서 살지 못할 거예요."

허소산이 원보의 말에 맞장구를 쳤다. 그러자 그 말을 듣고 있던 감천홍이 고개를 저으며 말했다.

"그건 소산 네가 잘못 생각하고 있는 거다. 사람은 세상에서 가장 강한 생명이야. 이곳에서 살라고 하면 충분히 살아낼 거다. 숲과 호수의 이물과 생명들을 모두 죽이고서라도 말이지."

"그런가요?"

"그럼 사람처럼 독한 생명이 또 있겠느냐? 당장 이 호수를 지나 흑산이란 곳에도 사람이 살지 않느냐?"

"아, 생각해 보니 그렇군요."

허소산이 그제야 고개를 끄덕였다. 그들이 지금 이 호수 안쪽 흑산에 사는 사람들을 찾아가고 있다는 사실을 새삼스레 깨달은 것이다.

"저기 동굴이 있어요."

강 모양의 호수에 접근해 들면서 이물들의 공격이 뜸해지자 뗏목 앞쪽에 나와 섰던 감명이 소리쳤다. 일행이 시선을 돌려 보니 과연 길게 이어진 호수의 북쪽 끝에 거대한 절벽이 병풍처럼 서 있었고, 그 아래 검고 음습해 보이는 동굴이 연옥으로 가는 입구처럼 입을 벌리고 서 있었다.

"이제 다 온 건가?"

지우상이 감개무량한 표정으로 말했다. 강호의 일대고수인 그조차도 이번 여행은 결코 쉽지 않은 여정이었던 것이다.

"동굴은 쉽게 지날 수 있을까요?"

정아원이 걱정스러운 표정으로 물었다.

"사람이 드나드는 곳이라면 큰 위험은 없을 겁니다."

홍목공이 안심시키듯 말했다.

홍목공의 예상은 틀렸다. 일행은 동굴에 들어서자마자 사방에서 달려드는 독충과 독사들을 상대해야 했다.

파파팟!

무섭게 휘둘러지는 도검에 독사와 독충들이 가루가 되어 흩어졌다. 동굴은 어둡고 음습했다. 배가 지날 만큼 커다란 동굴이었음에도 불구하고 사방에서 몰려드는 독충과 독사들의 습격은 마치 독의 항아리에 들어온 것처럼 매서웠다.

이들이 각자의 무공에 일가를 이룬 사람들이 아니었다면 아마도 이들 대부분은 닥쳐드는 독충에 목숨을 잃거나 혹은 반신불수가 되었을 터다.

파팟!

허소산 역시 열심히 검을 휘두르고 있었다. 그의 검이 휘둘러질 때마다 여지없이 독물들이 뗏목 밖으로 튕겨 나갔다. 허소산이 검을 휘두르는 이유는 자신을 지키기 위해서가 아니었다. 그야 독충과 독사에게 물린다 해도 목숨이 위험할 일은 없었다. 오히려 그 독은 천독공의 운기를 거치면 그를 강하게 만들 영약이나 마찬가지였다.

그러나 감명과 감아라는 달랐다. 동굴의 독충들은 절독을 지니고 있어서 두 사람이 독에 노출되면 당장 위급한 지경에 처할 것이 분명했다. 허소산은 두 사람을 지키기 위해 그 어느 때보다도 빠르게 검을 휘두르고 있었다.

"조금 더 힘을 냅시다. 이제 끝이 보이오!"

다행인 것은 이 동굴이 그리 길지 않다는 점이었다. 동굴에 들어선 지 이각여가 되기 전에 어느새 반대쪽 출구가 보이기 시작했다. 그러자 뗏목의 노를 맡고 있는 어주복이 더욱 힘차게 노를 젓기 시작했다.

그리고 잠시 후 드디어 일행은 동굴의 출구에 도착했다.

쏴아악!

뗏목이 바람을 받은 듯 동굴을 관통했다. 그러자 전혀 다른 세상이 일행 앞에 모습을 드러냈다.

"아!"

누군가의 입에서 탄성이 흘러나왔다. 그들은 마치 이승과 저승의 경계를, 아니, 지옥과 천국의 경계를 넘어선 듯한 공간에 도달해 있었다.

물이 맑았다. 동굴 바깥쪽에도 역시 작은 호수가 자리 잡고 있었다. 그러나 그 호수의 물은 동굴 저쪽의 검고 음습한 물과는 전혀 달랐다. 오륙 장은 족히 될 법한 호수 바닥이 올올이 들여다보이는 맑은 물. 그 안에는 그들이 지나온 호수와 달리 이름 모를 고기들이 가득 헤엄치고 있었다. 그리고 그 어디서도 독사나 독충의 모습을 볼 수 없었다.

호수만이 아니었다. 호수를 둘러싼 숲은 녹음으로 우거져 있어서 독림의 음침함과는 거리가 멀었다. 단지 그 녹림 지대를 넘어 멀리 보이는 곳에 그리 크지 않은 산이 하나 있었는데, 그 산의 봉우리만이 그들이 거쳐 온 독림에 어울릴 만한 검은 색을 띠고 있을 뿐이었다.

"저게… 흑산인가?"

원보가 녹음의 숲 가운데에 서 있는 검은 봉우리를 보며 말했다.

"아마도 그런 것 같소이다."

지우상이 고개를 끄덕였다. 그러자 이번에는 홍목공이 물었다.

"그렇다면 신황림은 어딘 것 같소?"

그러나 그 물음에는 누구도 답을 하지 못했다. 흑산에 신황림이 있다고 삼왕이 말했다지만 그 어떤 이도 신황림의 정확한 위치를 알지 못했다.

"일단 흑산으로 가보십시다. 가보면 신황림의 위치를 알 수 있을 것이오. 뗏목을 호숫가에 대게."

지우상의 명에 어주복이 다시 힘차게 노를 저어 커다란 뗏목을 투명한 모래가 십여 장 넓이로 쌓여 있는 호수 변으로 밀

어 댔다. 그러자 사람들이 일제히 신형을 날려 뗏목을 벗어났
다.

"아름다워요!"

문득 감아라의 탄성이 흘러나왔다. 호숫가와 이어진 숲은
멀리서 보던 것보다 훨씬 아름다웠다. 이름 모를 기화이초가
만발했고, 곳곳에 오색의 새들이 날아다녔다. 그뿐이 아니어
서 독림에서는 좀체 볼 수 없었던 사슴이나 토끼 같은 순한 동
물들이 한가롭게 풀을 뜯고 있었다.

"어떻게 독으로 둘러싸인 곳에 이런 숲이 있을 수 있을까
요?"

감명이 눈앞에 펼쳐진 풍경이 믿겨지지 않는다는 듯 중얼거
렸다.

"세상에는 눈으로 보지 않으면 믿을 수 없는 일이 많이 있단
다. 그러니 무슨 일이든 속단하면 안 되는 법이지. 그러니 너
도 반드시 네 눈으로 본 것만을 믿도록 하거라."

감천홍이 이런 상황에서도 한마디 가르침을 잊지 않았다.

"알았어요, 아버지."

감명이 고개를 끄덕이자 감천홍이 감명의 머리를 부드럽게
쓰다듬었다. 처음 해적선에 탔을 때 감천홍은 무척 강직한 성
품의 사내였다. 당연히 그는 아이들에게도 엄격한 아버지였지
만 시간이 지나면서 그도 부드러운 성품을 갖추어 가고 있었
다. 아마도 사헌부의 일을 떠나 있다는 것이 그의 성품에 영향
을 준 모양이었다.

“자, 가봅시다.”

모두가 뗏목에서 내리자 지우상이 앞장을 서서 숲으로 들어
갔다.

숲에는 예상대로 일행을 위험에 빠뜨릴 만한 것이 전혀 없
었다. 독충은 눈을 씻고 찾아봐도 없었고, 곳곳에 사람이 마실
수 있는 샘물과 과일들이 존재했다.

그렇게 얼마나 갔을까. 흑산이 얼추 그 모습을 명확하게 드
러내기 시작할 때쯤 새로운 풍경이 일행을 맞이했다.

“예전에 이곳에 제법 큰 마을이 있었던 모양이군.”

원보가 주변을 돌아보며 말했다. 그도 그럴 것이, 흑산이 가
까워지자 곳곳에 폐허가 된 마을의 흔적이 모습을 드러냈기
때문이다. 대부분의 집들이 돌로 만들어져서 그 뼈대는 온전
히 보존되어 있었지만 사람이 살지 않은 지 오래여서 그런지
석옥들의 지붕과 벽은 나무뿌리와 넝쿨들로 뒤엉켜 있었다.

“이런 집들을 지었다면 보통 사람들이 아니었을 것 같은데
요.”

허소산이 폐허가 된 석옥들을 돌아보며 입을 열었다.

“그러게 말이야. 설마 독림과 독 호수를 뚫고 석공들을 데려
왔을 리는 만무하고… 어떤 사람들이 이 석옥들을 지었을꼬?”

원보가 잔뜩 호기심을 드러냈지만 그의 의문에 답을 해줄
사람은 아직 나타나지 않고 있었다.

일행은 그렇게 폐허가 된 과거의 마을 사이를 지나 흑산으

로 다가갔다. 그러자 다시 주변의 풍경이 서서히 변하기 시작
했다. 어느새 녹음은 사라지고 황량한 잿빛 풍경이 여기저기
서 모습을 보이기 시작했다.

"또 독인가?"

원보가 잔뜩 경계심을 드러내며 중얼거렸다.

"독의 기운은 느껴지지 않아요."

허소산이 말했다. 허소산은 천독공을 익힌 이후 독의 기운
을 본능적으로 알아낼 수 있었다.

"그래? 그렇다면 이상하군. 왜 풍경이 이렇게 삭막하지?"

원보가 고개를 갸웃했다. 그러자 허소산이 잠시 주변을 살
핀 후 입을 열었다.

"살아 있는 것이 없는 것 같아요."

"듣고 보니 과연 그렇군. 이건 완전히 죽음의 땅인걸. 나무
도 없고, 하다못해 쥐새끼도 하나 없군."

"바위 때문이 아닐까요?"

문득 감명이 물었다.

"바위?"

"주변에 흙을 거의 볼 수 없잖아요. 온통 바위, 그것도 마치
죽어 있는 바위들 같아서 생명이 자라기에는 너무 척박한 것
같아요."

"음, 네 말에도 일리는 있다만 그렇다고 모든 의문이 풀리지
는 않는구나. 우리가 지나온 숲과 이 삭막한 풍경의 변화가 너
무 극적이야. 이상한 땅이구나. 들어오기도 힘들지만 와서도

사람 머리를 아프게 하는군."

원보가 고개를 들어 눈앞에 우뚝 선 흑산을 바라봤다. 어느새 일행은 흑산 바로 아래까지 당도해 있었다.

흑산의 높이는 그리 높지 않았다. 천하 어느 곳에 가든 이 정도 높이의 산은 존재한다. 그러나 그럼에도 불구하고 흑산은 감히 범인이 범접하기 어려운 모습을 하고 있었다.

온통 검은색 일색의 암벽들, 그 위쪽으로도 나무 한 그루 자라지 않은 땅과 바위가 흑산을 이루고 있었다. 이 산에 살아 있는 생명은 단 하나도 존재하지 않은 것 같았다.

"도대체 이 산 어디에 신황림이 있다는 거지? 결코 숲이 있을 것 같지 않은데……."

오산금림의 소림주 정아원이 자기 스스로에게 묻듯 중얼거렸다. 그러나 일행 중 그녀의 물음에 답할 사람은 없었다. 이곳으로 일행을 인도한 것은 다름 아닌 그녀였다. 그러니 신황림을 찾는 것은 이제 그녀의 몫이었다.

그런데 그때 거짓말처럼 그녀의 고민을 해결해 주는 목소리가 일행의 앞을 막은 바위 뒤쪽에서 들려왔다.

"신황림을 찾아왔소?"

갑작스런 사람의 목소리에 일행이 경계심을 드러내며 제각기 도검을 잡아갔다. 그러자 어느새 커다란 잿빛 바위 위에 한 명의 마의노인이 모습을 드러냈다.

"신황림을 찾아오셨소?"

노인이 다시 물었다. 그러지 지우상이 앞으로 나서며 말했다.

"그렇소이다. 우린 신황림을 찾아왔소이다."

"어디서 오신 분들인데 신황림을 찾으시오?"

"우린… 오산금림에서 왔소이다."

"오산금림! 흠, 그럼 삼노의 손님들이신가?"

노인이 고개를 갸웃했다.

"우린 삼왕 어르신을 찾아왔소이다."

"삼왕이라……. 바깥세상에선 그들이 그렇게 불렸다고 듣기는 했지. 어쨌든 삼노의 손님이란 말이군."

"삼왕 어르신들께서는 이곳에 계시오?"

"물론 그들은 이곳에 있소."

"그럼 우릴 그분들께 안내해 주실 수 있으시겠소이까?"

"당연히 그럴 거요. 왜냐하면 난 이 신황림의 문지기니까."

노인이 고개를 끄덕였다.

"도대체 신황림은 어디 있는 건가요?"

문득 정아원이 앞으로 나서며 물었다.

"신황림이 어디 있냐고? 왜 그런 바보 같은 질문을 하지?"

노인이 의아한 표정을 지으며 물었다.

"그게 왜 바보 같은 질문인가요?"

정아원이 다시 물었다.

"당연히 바보 같은 질문이지. 그대들이 서 있는 이곳이 바로 신황림이니까."

"여기가… 신황림이라고요?"

정아원이 놀란 얼굴로 되물었다. 그러자 마의노인이 깊은 눈으로 정아원 등을 바라보다 고개를 끄덕이며 말했다.

"이제 보니 삼노가 그대들에게 신황림에 대해 제대로 설명해 주지 않은 모양이구려."

"삼왕 어르신은 단지 신황림이 흑산에 있다고만 하셨지요. 그 이외의 말씀은 하지 않으셨어요."

"흠, 삼노가 과연 신황림의 규칙을 크게 어기지는 않았군. 신황림의 비밀을 지켰으니… 다른 늙은이들의 추궁은 없겠어. 어쨌든 그대들이 서 있는 그 땅이 바로 신황림이오. 지금은 비록 이런 모습이지만 전설에 의하면 과거에는 이 흑산에 세상 그 어떤 곳보다도 푸르고 아름다운 숲이 있었다고 하오. 물론 나도 내 사부로부터 들은 말이니 사실인지 아닌지는 잘 모르겠고, 어쨌든 신황림에 온 것을 환영하오. 날 따라오시오. 아직 전설의 끝자락을 지키는 신황림의 일부가 존재하니까. 그대들이 만나고 싶어 하는 삼노는 그곳에 있소."

마의노인이 훌쩍 바위에서 뛰어내리더니 이내 신형을 돌려 바위 뒤쪽으로 걸어가기 시작했다. 일행은 잠시 망설이다가 지우상의 눈짓에 마의노인의 뒤를 따라 걸음을 옮기기 시작했다.

우우웅!

허소산은 다시금 동경의 울음소리를 몸으로 듣고 있었다. 그들이 녹음이 우거진 숲을 지나 죽어 있는 흑산 어귀에 다가섰을 때부터 울기 시작한 동경의 울음은 마의노인을 따라 걸음을 옮길수록 더욱 강해졌다.

'왜 이럴까. 이곳엔 독도 없는데…….'

독림을 통과하며 동경이 독에 반응하여 진동을 한다는 것을 알았기에 어떤 독기도 느껴지지 않는 땅에서 동경이 다시 울자 허소산으로서도 의구심을 가질 수밖에 없었다.

허소산은 걸음을 옮기며 주변을 세심히 살폈지만 어디서도 독의 기운은 발견되지 않았다. 거대한 잿빛 암석과 메마른 땅, 그리고 그 땅 위에 우뚝 솟은 흑산만이 일행이 지나는 대지에 존재하는 전부였다.

스스로 신황림의 문지기라 자칭한 노인은 일행을 흑산의 북변으로 데려갔다. 그런데 흑산의 북면은 풍경이 조금 달랐다. 이제 바위는 사라지고 절벽이 길 주변을 에워싸기 시작했다. 산은 남쪽과 달리 수직의 암벽으로 이루어져 위태로워 보였고, 길은 그 암벽들 사이로 이어져 있어 일단 절벽들 사이로 들어서면 산 주변의 경관이 눈에 들어오지 않았다.

노인은 그렇게 거대한 절벽 사이로 난 길을 따라 이각여를 이동했다. 그러자 웅장한 수직의 절벽이 병풍처럼 앞을 가로막더니 그 아래로 검은 동굴이 모습을 드러냈다. 그즈음 노인이 걸음을 멈추고 일행을 돌아봤다.

"이제 다 왔소이다. 이 동굴을 지나면 삼노를 만날 수 있소. 그런데 내가 이 동굴로 들어가기 전에 한 가지 충고할 게 있소."

"말해보시오."

지우상이 말했다. 그러자 노인은 이제까지와 달리 조금 음침한 눈으로 일행을 돌아보며 말했다.

"여러분은 이 신황림이 어떤 곳인 줄 알고 왔소?"

"신황림에 삼왕 어른이 계시단 것 이외는 이곳에 대해 아는 것이 없소. 이미 말씀드리지 않았소."

"음, 그렇다고 했지. 늙으니 정신이 깜빡깜빡하는군. 그럼 내가 삼노를 대신해 한 가지 충고를 해주겠소. 내 이야기를 듣고도 이 동굴을 통과해 삼노를 만나러 갈지 아닐지는 당신들이 결정하시오."

노인이 마치 경고를 하듯 말했다. 그러나 여기까지 와서 삼왕을 만나지 않고 돌아갈 일행이 아니었다.

"할 이야기가 뭐요?"

지우상이 묻자 노인이 고개를 돌려 동굴을 손으로 가리키며 말했다.

"아주 오랜 옛날에는 그대들이 통과한 호수의 동굴이 신황림의 입구였소. 그러던 것이 오늘날에는 여기 이 동굴이 신황림의 문이 되어버렸소이다. 그 세세한 사정이야 차차 알게 될 것이고……."

노인이 한 차례 더 일행을 쓸어봄으로써 사람들을 긴장시키더니 다시 입을 열었다.

"내가 하고자 하는 말은 이거요. 신황림에는 오래전부터 하나의 율법이 내려오고 있소. 그 규칙은 신황림에 든 자는 영원히 신황림을 벗어나지 못한다는 것이오. 그 율법은 오늘날에도 여전하오. 예전이었다면 그대들은 이미 신황림을 나갈 수 없는 처지요. 하지만 오늘날 이 동굴이 새로운 신황림의 문이 되었으니 그대들에게는 아직 이 땅을 떠날 기회가 있소. 그러니 혹 세속에 여전히 미련이 남아 있다면 지금 이곳을 떠나시오. 이 동굴로 들어가면 다신 세속에 나갈 기회가 없을 것이오.”

노인의 말에 일행이 당혹스런 표정을 지었다. 노인의 말대로라면 그들이 삼왕을 만난다고 하더라도 삼왕을 데리고 오산 금림으로 돌아갈 수가 없다는 말이다.

“신황림의 주인은 누구요?”

문득 원보가 물었다. 본래 세상의 규칙이란 결국 그 주인이 정하게 마련인 법이다.

“신황림의 주인? 나도 모르오.”

노인이 이해할 수 없는 대답을 내놓았다.

“그게 무슨 말이오? 신황림의 사람이 신황림의 주인을 모르다니. 그럼 도대체 누가 신황림에서 사람이 나가는 것을 막는단 말이오?”

그러자 노인이 단호하게 말했다.

“신황림에 사는 우리 모두가 그대들이 나가는 것을 막을 것이오. 그대들이 찾아온 삼노조차도.”

“그럼 신황림의 사람들은 그 누구도 이곳을 벗어날 수 없다는 거요?”

“바로 그렇소.”

"이상하구려. 그럼 과거에 삼왕은 어떻게 신황림을 벗어나 오산금림에 머물게 된 것이오?"

원보의 질문에 노인이 살짝 얼굴을 찌푸렸다. 그리고는 회피하듯 말했다.

"거기엔 또 그만한 내력이 있소. 그 일에 대해서는 그대들이 알 필요없소."

"어쨌든 누군가는 무슨 이유에서든 이곳을 벗어났었다는 말이 아니오?"

원보가 끝까지 삼왕의 일을 추궁했다. 그러자 노인이 불쾌한 표정을 짓더니 화를 내며 말했다.

"까짓, 그렇게 따지고 들겠다면 나도 더 이상 충고하지 않겠소. 들어갑시다. 어차피 당신들이 선택한 운명이니! 흥!"

노인이 더 이상 말을 하고 싶지 않다는 듯 냉소를 내뱉고는 몸을 돌려 동굴로 향했다.

동굴은 앞서 호수를 지나며 통과했던 동굴과는 달랐다. 달려드는 독충도 없었고 물기도 없어 건조했다. 일행이 지나온 흑산 언저리처럼 죽은 땅이 그대로 이어진 듯싶었다.

그러나 동굴을 통과하는 순간 일행의 입에서 작은 탄성이 흘러나왔다. 그들 앞에 펼쳐진 광경은 그들의 예상과는 전혀 다른 풍경이었던 것이다.

탑의 높이는 대부분 십여 장을 넘었다. 하늘을 향해 뾰족한 모양으로 솟아 있는 탑들의 중간 중간에는 작은 창들이 나 있어 탑이 복을 빌기 위해 세운 것이 아니라 사람이 거처하기 위해 세운 것이라는 점을 말해주고 있었다.

그러나 정작 일행을 놀라게 한 것은 기형적으로 만들어진 아름다운 탑들이 아니었다. 그 탑과 탑 사이에 우거진 숲이 일행을 경탄하게 만드는 진정한 풍경이었다.

숲은 아름다웠다. 그들이 지금껏 거쳐 왔던 숲과는 전혀 다른 모습의 숲, 이 더운 지방에서는 살기 힘든 뾰족한 잎을 가진 침엽수가 사람 몸통보다 굵은 기둥을 자랑하며 수백 장의 숲을 이루고 있었다. 탑은 그 숲 중간 중간에 솟아 있어 오히려 숲의 장엄함에 파묻힌 듯 느껴질 정도였다.

"이곳이 그대들이 원하는 땅이요. 이제 신황림은 이곳만을 말한다고 할 수 있소. 과거의 신황림은… 이미 먼 옛적의 전설이지."

노인의 입에서 왠지 서글픈 감상이 느껴졌다. 그러나 일행은 신황림의 장엄함에 압도당해 누구도 노인의 감정에 관심을 기울이지 않았다. 사람들의 반응이 없자 노인이 씁쓸한 웃음을 흘리며 다시 입을 열었다.

"따라오시오. 당신들이 만나고 싶어 하는 사람들을 만나게 해주겠소."

노인이 조금 목소리를 높여 신황림의 경관에 빠져 있는 사람들을 일깨웠다. 그러자 일행이 문득 정신을 차리고 노인의 뒤를 따라 신황림으로 들어갔다.

땅땅!

신황림으로 들어가자 곳곳에서 바위 깨는 소리가 들려왔다.

"이건 무슨 소리요?"

노인의 뒤를 바싹 따라가던 원보가 물었다. 그러자 노인이 퉁명스럽게 대답했다.

"집을 짓는 소리요."

"집이라……."

"이곳 사람들은 모두 자신만의 탑을 가지고 있소. 탑이 곧 집이고 수련 장소요. 사부와 제자도 같은 탑에 머물지 않소. 보다시피 집은 모두 석탑으로 지어져 있소. 그래서 새로 집을 짓든지 아니면 예전의 집을 고쳐 쓰든지 어쨌든 자신의 거처를 만들려면 한동안 손에서 망치를 놓지 못한다오. 그게… 신황림의 사람이 되는 첫 번째 과정이오. 자신의 손으로 자신의 석탑을 짓는 것 말이오. 낭신돌도 아마 스스로 자신의 석탑을 만들어야 할 거요."

노인이 저주하듯 말했다.

노인은 일행을 흑산 후면에 펼쳐진 신황림의 동쪽 끝으로 데려갔다. 숲의 안쪽에 들어서자 세월의 흔적들이 느껴지는 석탑들이 연이어 나타났다. 어떤 석탑은 오랫동안 사람이 살지 않아서인지 반쯤 부서진 것도 있었고, 또 어떤 석탑은 이제 갓 지어진 것으로 보이기도 했다.

오래된 석탑일수록 높이가 높았는데 그건 아마도 세월이 지나며 탑에 사는 사람들이 점차 자신의 석탑을 높여갔기 때문인 듯싶었다.

그렇게 세월과 함께한 석탑들을 두려운 눈으로 살피며 일행이 도착한 곳에서 세 개의 석탑이 키를 나란히 한 채 일행을 기다리고 있었다.

땅땅땅!

그리고 귀에 익은 정 소리. 석탑 앞에서 세 명의 노인이 마의를 입고 노구의 허리를 굽힌 채 커다란 돌들을 다듬고 있었다.

"삼노!"

허소산 일행을 안내해 온 노인이 세 사람을 불렀다. 그러자 노인들이 손에 든 정과 망치를 놓고 누가 먼저랄 것 없이 고개를 돌렸다.

"어르신!"

순간 정아원 일행의 입에서 동시에 반가운 탄성이 흘러나왔다. 그리고 누가 먼저랄 것도 없이 오산금림의 사람들이 일제히 허리를 숙였다. 순간 돌을 다듬고 있던 노인들 표정이 묘하게 변했다. 반가움과 번거로움, 그리고 불안한 걱정이 동시에 그들의 얼굴로 드러났다.

"이들이 삼노를 찾아왔다고 하는데… 제대로 찾아온 사람들 맞소?"

허소산 일행을 안내해 온 노인이 물었다. 그러자 돌을 다듬고 있던 노인 중 한 명이 입을 열었다.

"맞소이다. 우리와 인연이 있는 사람들이오."

"그렇구려. 오삼금림에서 왔다던데?"

노인이 의심 어린 목소리로 다시 물었다.

"나중에… 이야기합시다."

삼왕 중 한 명이 회피하듯 말했다.

"알겠소이다. 마침 오늘 밤이 구신노가 회합을 하는 날이니 그때 이야기를 듣도록 합시다."

"알겠소. 그럼 신황탑에서 봅시다."

삼왕이 말하자 노인이 고개를 끄덕인 후 허소산 일행을 주욱 둘러보고 나서 장내를 벗어났다.

"어르신들!"

일행을 안내한 노인이 장내를 벗어나자 지우상이 삼왕이라 불린 노인들에게 다가섰다.

"지 장로가 소림주와 함께 왔다면… 보통 일은 아니군."

삼왕 중 안내자와 대화를 나눴던 노인이 지우상을 보며 말했다.

"금림에 반역이 일어났습니다."

"반역이라……. 역시 그렇군."

노인은 별로 놀라지도 않는 모습이다. 그러자 다른 삼왕이 물었다.

"림주는 어떠신가?"

"지금 현궁에 유폐되어 계십니다."

"그래? 역시 그 목가 아이 때문인가?"

"예상하고 계셨습니까?"

지우상이 놀란 얼굴로 물었다.

"금림을 떠나면서 문제가 생긴다면 바로 그 아이 때문에 생길 거라 생각했었지. 그 이야기는 소림주에게 들었을 테지?"

"그렇습니다. 하지만 그에 대해선 여전히 잘 모르고 있습니다."

"우리도 모르긴 마찬가지지. 단지……."

노인이 말꼬리를 흐렸다. 그러다가 문득 주변을 돌아보며 말했다.

"이곳에서 이러고 있을 게 아니네. 이곳엔 눈이 많아. 내 거처로 가세."

노인이 삼각형을 이루며 서 있는 세 개의 석탑 중 가운데 석탑으로 일행을 이끌었다.

석탑은 밖에서 보던 것과는 달리 내부가 제법 넓었다. 아마도 위로 치솟은 높이 때문에 밖에서 보기에 좁아 보인 듯싶었다. 노인은 일행을 석탑 안쪽 중앙에 위치한 석실로 이끌었다.

"금림의 사람이 아니라고?"

일행이 제각기 자리를 잡고 앉은 후 지우상이 뒤늦게 허소산 일행을 소개하자 삼왕이 놀란 눈으로 허소산 등을 바라보며 되물었다.

"그렇습니다. 해동에서 온 사람들입니다."

"해동에서?"

삼왕이 해동이란 말에 관심을 보였다.

"그렇습니다. 우린 모두 고려 사람이지요."

원보가 일행을 대신해 대답했다. 본시 원보는 타인에게 크게 예의를 차리는 사람은 아니었다. 하지만 이들 삼왕은 한눈에 보기에도 그 나이가 근 백여 세에 이르러 보일 뿐 아니라 알 수 없는 신비한 기운까지 지니고 있어 자연스레 말을 조심해서 하고 있었다.

"음, 고려라……. 한번 가봤어야 할 곳이지."

삼왕 중 한 명이 왠지 모를 아쉬움을 드러내며 말했다.

"지난 일을 후회한들 무슨 소용인가?"

다른 삼왕이 위로하듯 말했다.

"어쨌든 당시에는 어쩔 수 없는 선택이었지 않은가. 그 근방에서 그들의 흔적이 발견되었으니까."

"그렇긴 하지. 그런데 다시 그들이라?"

"과연 그들과 연관이 된 자일까? 난 아직도 의심스럽네. 정말 그들과 연관된 자라면 그들이 그렇게 대담하게 그를 우리에게 노출시킬 수 있었을까?"

"등하불명이라……."

삼왕이 사람들이 알아들을 수 없는 말을 주고받았다. 그러자 정아원이 조심스럽게 물었다.

"삼왕께서 말씀하시는 그가 목인몽인가요?"

정아원의 물음에 그제야 삼왕이 다시 일행에게 시선을 돌렸다.

"그렇단다."

"왜 삼왕께선 그에게 그렇게 관심을 두셨던 거죠? 그리고 위험한 자임을 알았다면 당시 왜 그냥 그를 놓아두고 금림을 떠나신 건가요?"

"음, 우린 사실 당시에도 너무 오래 금림에 머물러 있었던 것이다. 해서 그즈음에는 금림을 떠나지 않을 수 없었단다. 그에게 관심을 둔 것은 그의 재질이 너무도 뛰어났기 때문이지. 그리고 그가 어떤 한 사람과 무척 닮았다고 느꼈기 때문이다. 하지만 단지 그것만으로 그를 금림에서 추방하거나 제거할 수는 없는 일 아니냐? 의심은 의심일 뿐 확신은 아니니까. 그리고… 만약 그가 정말 우리가 생각하는 사람이었다면 우리가 손을 쓰는 순간 금림에 무서운 일이 벌어질 수도 있었고."

"도대체 그는 어떤 사람인가요? 아버지와 저는 그를 십 년이 넘게 지켜보았지만 여전히 그에 대해 잘 모르겠어요."

"글쎄다. 확인된 일은 아니니 여전히 뭐라 말하긴 어렵다."

삼왕이 고개를 저었다.

"금림에 함께 가주실 거죠?"

정아원이 꾹 참았던 질문을 던졌다. 그러자 삼왕의 얼굴이 대번에 어두워졌다. 순간 한줄기 불안감이 일행을 휘감았다.

"그게… 그리 간단한 일이 아니구나."

"못 가신다는 말씀이신가요?"

"꼭 그렇게 단정할 수는 없지만……."

삼왕이 말꼬리를 흐렸다. 순간 지금까지 침묵하고 있던 원보가 더 이상 궁금함을 참을 수 없다는 듯 불쑥 입을 열었다.

"도대체 이 신황림이란 곳은 어떤 곳입니까? 인근 마을에선 마신들이 사는 땅이라고 두려워하던데, 정말 마인들이 모여 사는 곳입니까?"

원보의 질문은 신황림에 들어선 이후 줄곧 가졌던 의문이다. 그들의 눈앞에 드러난 신황림의 모습은 그들이 가졌던 상상과는 조금 차이가 있는 모습이었다. 어둡고 음습했으며 한편으로는 몰락한 문파의 모습이기도 했다.

원보의 질문에 삼왕이 잠시 생각에 잠겼다가 그중 하나가 천천히 입을 열었다.

"좋소. 금림의 일은 잠시 미뤄두고 일단 이 신황림에 대한 이야기부터 해야겠군. 당장은 이 신황림에 적응하는 것이 더 큰 문제일 테니."

"그 말은 당장은 이곳을 떠나기 어렵다는 말입니까?"

원보가 다시 물었다.

"그렇소. 일단 이 신황림에 들어온 이상 이곳을 떠나는 일은 결코 쉽지 않소. 그래서… 되도록 금림에서 누군가가 우릴 찾아오는 일이 없길 바랐던 것이오."

"이곳의 주인은 누굽니까? 누구기에……."

원보의 말 중간에 말을 건네던 노인이 고개를 저으며 원보의 말을 끊었다.

"이곳에 주인이 애초부터 없었던 것은 아니지만 이미 오래 전에 그 맥이 끊겼소. 지금은 주인의 시종이었던 우리 신황구

신노가 공동으로 이 신황림을 꾸려가고 있지. 뭐, 이젠 여섯,
육신노라고 해야겠지만 입에 익어서 계속 구신노라고 부르고
있소.”

노인이 말꼬리를 흐리자 다른 노인이 말을 이었다.

“먼저 가장 중요한 사실을 말해주겠소. 이 신황림은… 독의
땅이라 할 수 있소.”

“독이요? 물론 독림과 독호를 지났지만 이곳에 도착해서는
독의 기운을 느끼지 못했습니다만……?”

원보가 고개를 갸웃했다. 그러자 노인이 고개를 끄덕였다.

“물론 이 신황림에는 더 이상 독이 남아 있지 않소. 하지만
과거 한때 이 신황림은 천하에서 가장 강력하고 무서운 독이
모여 있는 곳이었다오. 가히 천하만독의 요람과 같은 곳이었
소. 그것이 이곳에 신황림이 생겨난 이유요.”

그렇게 삼왕이 신황림의 신비한 역사에 대한 이야기를 시작
했다.

第四章
신황림

삼왕이 말하는 신황림은 독의 나라였다. 그들의 입에서 흘러나오는 신황림의 역사는 하나같이 신비했다. 하시만 그중 가장 믿기 힘든 이야기는 석탑들이 들어선 땅, 아니, 허소산 일행이 호수의 동굴을 통과한 후 만난 아름다운 숲과 죽음의 흑산, 그리고 석탑이 들어서 있는 지금의 신황림이 과거에는 하나같이 그들이 지나온 독림과 독 호수처럼 독의 땅이었다는 것이다.

그런 독의 땅이 오늘날같이 신비롭고 아름다운 숲으로, 신이 사는 신황림으로 불리게 된 사연 또한 믿을 수 없을 만큼 기이했다.

과거 이 독의 요람에 한 명의 신인이 찾아들었다. 그는 천하에서 가장 강한 기운을 찾아다니는 수도자이자 절대자였다. 그 신인은 오행의 기운을 모두 다룰 수 있는 무공의 일대종사였는데 그는 이 땅에서 목기(木氣)를 다루기 시작했다.

신인은 만독은 목(木)의 기운에서 발생한다며 독의 기운을 목기로 단정했는데 그 자신의 이론에 따라 오행 중 목의 기운을 얻기 위해 이 독의 대지를 찾아들었던 것이다.

이 땅을 찾았을 때 이미 그의 능력은 하늘에 닿아 있었다. 그는 독의 대지에서 독의 기운을 없애기 시작했다. 그가 독을 다루는 방법은 독특했다. 다른 독의 달인들처럼 독을 채취하고 가공해 절대지독을 만드는 것이 아니라 만독의 기운을 몸으로 받아들여 그 기운을 자신의 진기로 삼는 것이 신인이 독을 다루는 방법이었던 것이다.

그렇게 그는 흑산을 중심으로 펼쳐진 독의 대지에서 독을 흡수했다. 천하 만독의 근원과도 같은 흑산은 신인이 독기를 흡수해 감에 따라 독의 옷을 벗어버리고 세상에서 가장 아름다운 산으로 변하기 시작했다. 그것이 삼왕이 전하는 신황림의 시작이었다.

허소산의 등줄기에 소름이 돋았다. 삼왕의 입에서 흘러나오는 모든 이야기, 신황림의 전설 같은 역사는 결코 다른 세계, 다른 사람들의 이야기가 아니었다. 그 이야기는 곧 자신의 이야기였으며, 천독공의 이야기였고, 동경의 시작에 대한 이야기였던 것이다.

신황림의 사람들이 신황이라 부르던 신인이 흑산에 머문 것은 단 오 년이었다고 한다. 그 시간 동안 그는 흑산의 독기를 모두 흡수했고, 흑산은 세상에서 가장 아름다운 숲으로 변했다.

그리고 그가 한 일이 또 하나 있었다. 그는 흑산에 천하에서 가장 뛰어난 독인들을 후인으로 남긴 것이다. 그는 어디에선가 열 명의 기재를 데려와 그들에게 자신이 흑산에서 이룩한 독공을 전했다.

그러나 열 명의 기재는 비록 천하에서 그 재질을 견줄 자가 없을 만큼 뛰어난 인재들이었지만 신인의 무공을 모두 이어받지 못했다. 그래서 신인은 자신의 심득을 담은 하나의 구리거울을 제자들에게 남겼다. 그 구리거울을 신황림에선 독경(毒鏡)이라 불렀고, 그 안에 기록된 무공을 천독공이라 칭했다.

그러나 독경을 볼 수 있는 자는 오직 한 명, 신황이 거둬들인 열 명의 제자 중 그 재질이 가장 뛰어난 사비천이란 인물이었다. 그는 신황이 흑산을 떠날 즈음 그의 후계자로 결정됐고, 나머지 아홉 명의 제자는 그의 가신이 되었다. 그것이 신황림의 시작이었다.

신황의 독공을 이어받은 후인들은 신황림에 머물며 독공의 수련에 매진했다. 세월이 흐르면서 그들의 독공은 흑산 주변의 독림을 흑산과 마찬가지로 아름답고 신비로운 숲으로 만들었다.

　그렇게 신황림에는 세상에 알려지지 않은 절대독인들의 세계가 건설되었던 것이다.

　삼왕은 천화명, 설도우, 화불엄이라는 이름을 가지고 있었다. 그들은 번갈아가며 신황림의 역사에 대해 이야기하면서 자연스럽게 자신들의 이름을 밝혔다. 그런데 그 이름들은 이미 그들을 알고 있는 오산금림의 사람들도 당황시켰다. 왜냐하면 그들의 이름은 오래전 오산금림의 절대고수로 활동하던 시기의 이름이 아니었기 때문이다.

　그러나 사람들은 그들이 이름을 바꾸고 강호에서 활동한 이유보다는 그들이 전해주는 신황림의 전설과 역사에 더욱 관심을 기울이고 있었기에 그들의 개인사에 대한 의문은 잠시 뒤로 밀어두었다. 대신 다른 질문들이 꼬리를 물었다.

　“그런데 오늘날의 신황림은 어째서 이런 모습이 된 것입니까?”

　홍목공이 물었다. 평소에는 과묵한 그였지만 신황림의 신비한 전설 앞에서는 그도 다른 사람들처럼 호기심에 목마른 강호의 무인일 뿐이었다.

　“신황림이 오늘날과 같은 쇠퇴를 겪게 된 것은 바로 독경이 사라졌기 때문이네.”

　삼왕 중 한 명인 천화명이 대답했다.

　“독경이 사라지다니요? 어떻게 그런 일이……?”

　지우상이 믿지 못하겠다는 듯 물었다.

"독경의 주인이 사라졌으니 독경도 사라지게 된 것이네."

"무슨 말씀이신지 모르겠군요."

지우상이 고개를 저었다.

"본래 신황의 후예이자 독경의 주인인 독경주에겐 대대로 한 가지 사명이 전해 내려온다네. 그건 신황이 세상의 비처에 남긴 오행지기의 다른 네 명의 후인과 삼십 년 주기로 대회합을 하는 것이지. 말이 대회합이지, 사실은 다섯 후인이 모여 일검을 겨루는 것이라고 하더군. 그 비무에서 승리하는 자가 신황께서 남긴 마지막 심득이 있는 조화성이란 곳에 들 수 있다고 전해지네. 그런데 지금으로부터 이백여 년 전 회합을 위해 떠났던 독경의 마지막 주인이 이 신황림으로 돌아오지 않았네. 더불어 독경 역시 영원히 사라져 버렸지."

"후인들의 비무에서 패한 것인가요?"

"모르겠네. 이후 신황의 후예를 자처하는 자들을 강호에서 보지 못했으니 아마 다섯 사람이 동패구사했을 가능성이 가장 큰 것 같기는 한데… 어쨌든 그때 독경이 사라진 이후 신황림은 쇠퇴하기 시작했네. 기이한 일이지. 독경이 사라졌다고 흑산이 저렇게 죽은 산으로 변할 줄 누가 알았겠나. 더군다나 그 죽음의 기운은 세월이 흐를수록 점점 더 커져가고 있네. 우리가 살고 있는 이 숲도 언제 죽음의 땅으로 변할지 모르지. 그러고 보면 신황께서 그 독경에 어떤 신비한 기운을 숨겨둔 것일지도 모르지."

천화명이 석탑 밖으로 펼쳐진 장대한 신황림을 보며 말했다. 말은 그랬지만 당장은 그 숲이 죽음의 땅으로 변하는 일은 없을 것 같았다.

"그럼 이후 신황림의 사람들은 어찌 되었습니까?"

지우상이 물었다. 그러자 이번에는 삼왕 중 설도우란 이름을 쓰는 사람이 대답했다.

"족쇄에 묶였지."

"네?"

"말 그대로 말의 족쇄에 묶였다네. 말이란 곧 약속인데, 과거 신황의 열 제자 중 하나가 독경의 주인이 되고 나머지가 그의 가신이 되었다고 말했지?"

"그렇습니다만……."

"당시 아홉 가신은 그 주인에게 한 가지 언약을 했네. 그들이 되었든 그들의 후손이 되었든 누구라도 독경의 주인이 허락지 않는 한 이 신황림을 벗어나 강호로 나가지 않겠다는. 여러 가지 이유가 있지만 신황께선 자신의 무공이 강호를 어지럽히는 걸 원치 않으셨다고 하더군. 그래서 그런 약속을 독경을 이은 후인에게 다짐받았고, 그 다짐은 아홉 명의 가신에게도 전해진 거지."

"하면 그 세월 동안 이곳에서……."

원보가 놀란 얼굴로 물었다.

"그렇소. 이후 신황림의 식솔들은 이곳에 갇혀 살아왔소. 사람의 약속이란 참으로 무섭지 않소? 그까짓 것 깨버리면 그만인 약속인데도 뭐가 무서운지, 아니면 자존심 때문일까? 하

여간 이유야 어떻든 우린 이렇게 신황림에 갇혀 살아가고 있
다오."

"그러면 주변 마을에서 어린아이들을 데려오는 것은……?"

"신황림을 이어가기 위한 고육책이라고 할 수 있소. 우린 사
실 거의 대부분이 이 근방 출신의 사람들이라오. 아마도 그래
서 큰 죄책감 없이 마을 사람들에게 아이들을 요구하는 것인
지도 모르오. 아이들을 보내는 부모들에겐 애달픈 일이겠지만
사실 우리는 그 아이들을 혈육으로 느끼고 있으니… 더군다나
그로인해 아이들이 마을에서 살았으면 얻지 못할 절대무공을
익힐 수도 있고. 흐흠!"

설도우가 변명하듯 말했다. 그러자 이번에는 정아원이 물었
다.

"하지만 삼왕 어른께선 강호에 나오셨잖아요? 그건… 선대
의 언약을 어긴 것 아닌가요?"

"음, 거기엔 피치 못할 사정이 있단다."

천화명이 고개를 저으며 대답했다.

"어쨌든 나갈 수도 있다는 것 아닙니까?"

다시 원보가 물었다.

"그야 그렇지만 그건 어디까지나… 음, 뭐, 이미 깨어진 전
통이기는 하나… 어쨌든 누군가 신황림 밖으로 나가려면 아홉
가신 후예의 합의가 필요하다고 할 수 있소. 물론 이젠 여섯
사람이지만."

"왜 여섯인지요?"

이번엔 지우상이 물었다.

"음, 사실 그 일은 우리 세 사람이 강호로 나갔던 것과 깊은 관련이 있다네. 이 신황림에서 평생을 보내는 것은 누구나에게 쉬운 일이 아니지. 그 운명을 스스로 받아들이고 수긍하려면 아주 오랜 시간이 필요하다네. 그리고 신황림의 모든 사람이 그 운명의 법을 오롯이 받아들이는 것도 아닐세. 간혹 그 운명을 거슬러 신황림을 벗어나려는 사람도 있지."

"그렇겠지요."

"그런데 그런 시도를 한 사람은 모두 죽었네."

순간 일행이 흠칫한 표정을 지었다. 죽음이란 언제 어느 때 들어도 섬뜩한 말이다.

"그 사람들이 어떻게 죽었는지 아는가?"

"그야 당연히 신황림의 전통을 지키려는 사람들이……."

"맞네. 우리 아홉 가신… 음, 신황림에서 우린 구신노라고 부르네. 아무튼 우리 구신노는 본래 각기 맡고 있는 일이 다르네. 신황구신노는 각기 외천삼노, 내천사노, 그리고 신황법노 이렇게 세 부류로 나눠 각자의 일을 맡고 있네. 외천삼노는 바로 우리 세 늙은이를 이르는 말일세."

천화명이 설도우와 화불엄을 가리키며 말했다.

"아까 문지기노인은 내천사노 중 하나겠군요?"

원보가 물었다.

"그렇다오. 그는 내천사노 중 한 명이라오."

"구신노는 각기 어떤 일을 하는지요?"

이번에는 다시 지우상이 물었다.

"우리의 일은 이렇게 나눠지네. 내천사노는 신황림 내부의 일을 책임지네. 신황림에 사람을 들이는 것부터 해서 신황림 내의 모든 일은 내천사노의 몫이지. 사람들이 이곳을 벗어나는 일을 막는 것까지 말이네. 그리고 신황법노 두 사람은 과거 독경의 주인이 있던 시절 경주의 호법 역할을 했었지. 독경의 주인이 사라진 이후에는 그 율법을 수호하는 상징적인 존재로 남아 있네. 그리고 우리 삼노는 신황림 외부의 일을 맡았네. 율법을 어기고 신황림을 벗어나는 자에 대한 처단은 우리 삼노의 몫이네. 그리고… 외부에서 신황림의 전통을 이어갈 아이들을 구해오는 것 역시. 그 일은 사실 가장 하기 싫은 일이긴 하지만 신황림을 위해선 누군가 꼭 해야 하는 일이지."

"그럼 세 분만이 자유롭게 신황림을 나갈 수 있는 분들이군요."

정아원이 반색을 하며 물었다.

"뭐, 자유롭게는 아니지. 새로운 사람을 구할 때, 그리고 누군가 신황림을 탈출했을 때 그 두 가지 경우에만 우리도 신황림을 나갈 수 있단다. 우리가 오산금림에 머물렀던 시절이 얼마였는지 기억하시는가?"

천화명이 지우상에게 물었다.

"제가 기억하기론 이십여 년 정도로 알고 있습니다만……."

"맞네. 우리가 신황림을 벗어나 이십여 년이나 외부에 머문 것은 그때가 유일하네. 신황림의 역사에도 그렇게 오래 신황림을 나가 있었던 인물은 없지.”

“어떻게 그렇게 오래 금림에 머무실 수 있었던 것인지요?”

“그건 우리가 당시 외천 신노로서의 일을 하고 있었기 때문이라네.”

“어르신들의 일이라면……?”

“당시 신황림에는 독경의 주인께서 사라진 이후 최대의 변이 발생했네. 바로 신황구신노 중 세 명이 신황림을 나간 것이지. 우리 삼노는 그들을 찾아 단죄를 하기 위해 신황림을 떠나 오산금림에 머물렀던 것일세. 구신노가 탈출했으니 그들을 치죄하는 일도 당연히 쉬운 일이 아니었지. 그래서… 이십여 년이란 세월을 금림에서 보냈던 것일세.”

“하지만 당시 어르신들께서는…….”

지우상이 다시 의문을 드러내는데 천화명이 손을 들어 지우상의 말을 제지하며 말했다.

“물론 당시 오산금림의 그 누구도 우리가 누군가를 찾고 있다는 걸 몰랐지. 우리도 그 일을 숨기기 위해 더욱더 오산금림이 강호의 패자가 되는 것을 도왔고. 하지만 우린 그 와중에도 그 삼 인의 탈출자들을 찾는 일을 게을리 하지 않았네. 아니, 오히려 세력이 커진 오산금림의 힘을 충분히 이용하기도 했지. 우리가 오산금림에 해준 일보다 그들로부터 받은 도움이 더 클지도 모르네. 물론 그 사실을 그대들은 모르고 있지만.”

“그래서 역도들은 처단했습니까?”

원보는 다른 일에 관심이 있는 모양이었다.

"아니오. 그들은 무척 오래전부터 철저히 계획을 세우고 신황림을 떠난 모양이더구려. 도저히 그 흔적을 찾을 수 없었소. 그러나 한 사람은 찾아냈지. 내천사노 중 일인인 도완이란 자였는데, 정말 우연히 그를 만나 제거할 수 있었소. 물론 그를 제거하기 위해 우리도 적지 않은 손해를 봤지만 말이오. 사실 우리가 오산금림을 떠나 신황림으로 급히 돌아온 것도 도완을 제거하면서 우리가 입은 부상이 적지 않았기 때문이라오. 당시 그 몸으로 다시 두 명의 배신자를 상대했다가는 우리가 당할지도 모른다는 위기감이 있었던 것이오. 특히나 둘 중 신황법노의 법통을 이은 인물 중 하나인 목우라는 자는 사실 우리 구신노 중에서도 최강을 다투는 인물이었으니까."

천화명이 목우라는 사람에 대해 말할 때 허소산은 이들이 아직도 그자를 두려워하고 있다는 것을 깨달았다. 본능적인 두려움은 은연중에 그 몸짓에 나타나게 마련인 것이다.

"그런데 왜 다시 강호로 나가지 않으신 거죠? 지난 세월이면 세 분의 몸은 충분히 회복되지 않았나요?"

정아원이 물었다. 그러자 천화명이 살짝 얼굴을 찌푸리며 말했다.

"음, 그렇긴 하단다. 우린 이제 완전히 몸을 회복했다. 그러나… 솔직히 말하자면 우리가 복귀하자 이곳에 남아 있던 다른 구신노들이 우리의 출도에 더 이상 동의하지 않았단다."

"무슨 이유죠?"

"솔직히 정확히는 모르겠다. 반역자들인 목우와 요소빙 두 사람을 쫓는 것이 더 이상 무의미하다고들 말하고는 있지만 우리 생각에는 그들은 아마도 우리도 강호에 나가 다시는 돌아오지 않을 것이라는 의심을 품고 있는 듯하구나.”

“왜 그런 의심을……?”

“어찌 보면 당연한 의심이다. 우리가 오산금림에 머문 시간이 너무 길었던 거지. 그들은 오산금림을 우리가 강호에 사사로이 만들어놓은 또 다른 세력이 아닐까 하는 의심을 품고 있지. 뭐, 우리가 오산금림을 위해 한 일을 생각하면 그 의심도 무리는 아니지만.”

“그럼 이젠 영원히 이곳을 벗어나지 못하는 건가요?”

정아원이 두려운 표정으로 물었다. 그러자 천화명이 신중한 표정으로 대답했다.

“모르겠다. 오늘 구신노의 회합이 있으니 그 자리에서 다시 이 문제를 논의해 보도록 하겠다. 그러나… 일이 쉽지만은 않을 것 같구나. 최근 들어 우리 구신노 사이에도 보이지 않은 알력이 많이 생겨서… 사실 신황림의 역사와 내력을 이렇게 자세히 이야기해 주는 것도 최악의 경우를 대비해서이다.”

“최악의 경우시라면……?”

홍목공이 두려운 얼굴빛으로 물었다.

“자네들이 이 신황림을 벗어나지 못하는 경우일세.”

천화명은 일행이 걱정하던 말을 꺼냈다. 일행은 사실 문지기를 자처하던 노인의 경고를 듣기는 했지만 일단 삼왕을 만나면 신황림에 갇혀 사는 일은 없을 거라고 생각하고 있었다.

그런데 천화명은 그 일을 현실이 될지도 모른다고 말하고 있다.

"삼왕 어른의 힘으로도… 안 되나요?"

정아원이 조심스럽게 물었다. 그러자 천화명이 난감한 표정으로 말했다.

"아원아, 솔직히 말하자면 우리에겐 오산금림보다 이 신황림이 더 중요하단다. 이곳은 우리의 뿌리이자 전부이다. 우리가 신황림의 법도를 어기고 너희들을 다시 강호로 내보내려 한다면 필시 다른 신노들과 싸움이 일어날 게다. 그들은 지금 무척 예민해져 있어. 만약 우리 삼노와 나머지 세 명의 신노가 싸운다면 그건 곧 신황림의 공멸을 의미하게 될 것이다. 우린 결코 그런 일을 벌일 수는 없다. 우리가 할 수 있는 최선은 그들을 설득하는 것뿐이다. 그러니……."

천화명이 말꼬리를 흐렸다. 순간 좌중에 암울한 기운이 깃들었다. 원보는 지친 듯 의자 등받이에 깊이 등을 파묻었다. 허소산은 깊은 숨을 들이쉬며 창밖으로 보이는 신황림을 뚫어지게 바라보고 있었다.

*　　　　*　　　　*

당금의 신황림에는 여섯 명의 신노가 있었다. 과거 신황구 신노로 불리던 아홉 사람의 신노 중 세 명은 신황림의 굴레를 스스로 벗어던지고 강호로 나갔고, 그중 한 명인 도완은 삼왕에게 죽임을 당했다.

그리고 나머지 두 명, 목우와 요소빙은 강호의 어딘가에서 자신들만의 세상을 만들어가고 있었다.

그리고 남은 여섯 사람의 신노, 그들은 무너져 가는 신황림을 늙은 눈으로 바라보며 신황림에 머물고 있었다. 삼왕, 신황림에선 외천삼노로 불리는 사람들의 말에 의하면 신황림은 날이 갈수록 쇠퇴하고 있었다. 과거 번창하던 시기에 신황림의 문도 수는 근 일백에 달했다고 한다. 그러나 지금은 그 숫자가 겨우 삼십여 명에 불과했다.

그러나 숫자가 줄어든 것은 기실 큰 문제가 아닐 수도 있었다. 그보다 더 큰 문제는 그들이 후인을 근방의 마을에서 데려오는 것에 있었다.

신황림에 전해 내려오는 무공들은 하나같이 절대의 무공들이었다. 그 절대의 무공을 수련하기 위해선 타고난 재능이 필요했다. 그런 기재들이란 본래 천하를 뒤져서 데려와야 하는데 지금의 신황림 후예들은 모두 근방의 마을에서 강제로 데려온 사람들이었다.

물론 간혹 그들 중에도 뛰어난 재능을 지닌 사람도 있었지만 그건 가뭄에 콩 나듯 만나는 인연일 뿐이었다.

신황림의 무공을 온전히 이어받을 수 있는 기재의 부족, 이것이 오늘날의 신황림을 몰락하는 숲으로 만드는 가장 큰 이유라고 삼노는 말했다. 그럼에도 불구하고 신황림에 존재하는 모든 사람들은 고수였다.

그들은 신황림에 대대로 전해지는 독공을 수련하고 있었는데, 허소산이 면밀히 살펴본 바에 의하면 그들은 모두 천독공의 첫 번째 비결인 독정의 비결을 수련하고 있는 듯 보였다.

그렇다고 그들은 천독공의 모든 비결을 수련치는 않았다. 허소산이 이삼 일 신황림을 돌아본 바에 의하면 이곳에 있는 사람들이 수련하는 천독공은 오로지 첫 번째 비결 독정이 전부였다.

구신노의 경우는 다를 수도 있을 테지만 그들 역시 온전한 천독공 비결을 알고 있는 것 같지는 않았다. 만약 그들이 천독공의 모든 비결을 알고 있다면 독경의 주인이 사라졌다고 해서 신황림이 몰락할 일은 없었을 터였다.

그런데 신황림 사람들은 천독공의 일부를 수련하는 이외에 다른 수련을 병행하고 있었다. 그건 바로 독술이었다.

엄밀히 따지만 천독공은 독술이라고 할 수 없었다. 독을 이용해 자연의 진기를 받아들이는 별스런 기공이라고 하는 것이 천독공을 설명하는 데 오히려 적당한 말이었다. 그런데 신황림의 사람들은 그 천독공을 벗어나 순수한 독술의 연마에도 열중하고 있었던 것이다.

어쩌면 천독공의 다른 비결들을 수련할 수 없다는 절망감이 그들을 독술 수련으로 이끌었을지도 모른다. 또한 한편으로 그들은 독술을 수련하기에 가장 적당한 사람들이었다.

밀림의 오지에서 어려서부터 독초와 독충들을 다루며 자랐고, 천독공의 비결로 인해 독에 당할 위험도 적었다. 독에 중독되어도 독정의 구결을 따라 그 기운을 흡수하면 독이 약으로 변하니 독을 다루는 데 두려움을 가질 필요가 없는 신황림의 사람들이었다.

그래서인지 신황림의 석탑 곳곳에는 독물을 가지고 독을 연구하는 자들이 자주 눈에 띄었다.

"제길, 정말 조심해야겠어. 곳곳에 독을 다루는 사람 천지니 잘못하다간 한순간에 목숨을 잃고 말 거야."

원보가 빠른 눈으로 주변을 살피며 말했다.

출행의 엄격한 통제와 달리 신황림 내에서의 활동은 무척 자유로웠다. 신황림은 마치 법이 없는 세상과도 같았다. 누구는 자고 있었고, 누구는 부지런히 독을 만들고 있었으며, 누구는 무공을 수련하고 있었고, 또 다른 누구는 먹을거리를 준비하고 있었다.

어디서도 갇혀 사는 사람들의 불안감이나 분노 같은 것은 찾아볼 수 없었다. 그러나 그렇다고 신황림에 생기가 흐르는 것도 아니었다. 사람들은 자유로운 와중에도 무언가에 지친 기색이 역력했다.

"희망이 없는 사람들 같아요."

허소산이 문득 말했다.

"그렇구나. 나도 이 사람들이 뭔가 이상하다고 생각하고 있었는데 이제 보니 이들은 희망이 전혀 없는 사람들의 얼굴을 하고 있구나. 하긴 평생을 이곳에 갇혀 살아야 한다니 당연히 그렇겠지. 그런데 그럼에도 불구하고 생활에는 무척 열중인 걸."

"그렇지 않으면 살아갈 수 없을 거예요. 무인도에서 우리가 그랬던 것처럼요."

"아하, 맞구나. 사람은 답답할수록 뭔가 하나에 열중하게 되는 법이지. 그런데 정말 우린 이곳에서 나갈 수 없을까?"

원보가 고개를 들어 신황림 중앙에 위치한 거대한 탑으로 시선을 돌렸다. 사람들이 신황탑이라 부르는 곳으로 과거 신황의 후예들이 거처했던 곳이다. 삼노를 비롯한 다른 구신노의 후예들은 삼 일 전부터 계속 그곳에서 모여 뭔가를 논의하고 있었다. 아마도 오산금림에서 찾아온 사람들에 대한 처분에 서로의 의견이 맞지 않는 모양이었다.

"여기서 영원히 살 생각은 없어요."

허소산이 말했다.

"나도 그렇긴 하다만 만약 저들이 우리의 출림을 허용치 않겠다면 결국 저들과 한판 싸움을 벌여야 하는데 그 구신노의 무공은… 음, 강호에 그런 자들이 있을 거라고는 생각지도 못했다."

"대단한 사람들이지요?"

"그럼 그럼. 독을 다루는 것도 그렇지만 일신에 갖춘 그들의 공력이란 것이 한눈에 보아도 절대의 경지를 넘보는 사람들이 분명하다. 그들이 오산금림을 강호팔황에 올려놓은 것만 봐도 알 수 있는 일이지. 그런 사람들과 싸워서 과연 이길 수 있을까?"

"자신 없으세요?"

"글쎄다. 한 사람이라면 어찌 승부를 내어볼 수도 있겠다만 둘이면 필패지. 더군다나 이곳은 그들의 땅이고 그들이 키우는 제자들도 스무 명이 넘으니."

그러자 허소산이 고개를 돌려 이번에는 죽은 땅 흑산을 보며 말했다.

"전 나갈 거예요."

허소산의 말투가 당장 오늘이라도 이곳을 나갈 수 있다는 말처럼 들렸다.

"뭐, 물론 네 무공이 이미 날 훌쩍 넘어섰다는 건 인정하마. 하지만 그렇다고 그리 쉽겠느냐?"

"일단 저들의 결정을 기다려 봐요. 그리고 그들이 어떤 결정을 내리는지에 따라 다음 일을 생각하지요. 하지만 어쨌든 우리는 이곳을 나가게 될 거예요."

"녀석, 네가 이렇게 호기를 부리는 것은 처음 보는구나."

"왜요? 해적선에서 탈출할 때도 그랬잖아요."

"오, 맞아. 그러고 보니 우린 전력이 있군. 해적선에서도 무인도에서도 탈출했고. 천운이 있는 건가?"

"맞아요. 우린 천운이 있어요. 이곳에서 평생을 보낼 사람들은 아니죠."

"하하, 좋다. 그럼 일단 저들이 결정을 내릴 때까지는 편히 쉬자꾸나."

원보가 너털웃음을 터뜨리며 허소산의 어깨를 두드렸다.

허소산은 마치 고향에 돌아온 듯한 느낌에 빠져 있었다. 신
황림은 백두에서 수천 리나 떨어진 곳이지만 그는 마치 그가
어릴 때 사냥을 하고 약초를 캐던 백두로 돌아온 것같이 느껴
졌다.

아마도 그건 이 신황림이 그의 무공 천독공이 새겨진 동경
의 고향이라는 생각 때문일지도 몰랐다.

동경의 고향은 이곳 신황림이 분명했다. 그건 동경의 은은
하면서도 강렬한 진동에서도 알 수 있었다. 동경은 신황림에
들어서면서 부드러우면서도 강한 진동을 계속해서 울려내고
있었다. 독림에서의 울음과는 또 다른 형태의 진동, 그건 수백
년 만에 집으로 돌아온 여행자의 안락함 같은 거였다.

허소산은 마음껏 천독공을 수련했다. 신황림에서의 생활은
그들의 법도에 따라 이뤄졌다. 허소산과 원보도 그들만의 탑
을 가졌다. 두 사람의 탑은 비록 십여 장 거리밖에 떨어져 있
지 않았지만 각자의 탑이 생겼다는 건 자신만의 완벽한 공간
이 생겼다는 의미다. 덕분에 그동안 사람들의 시선을 의식해
조심스레 익혀오던 천독공을 이 신황림에서는 마음껏 수련할
수 있었다.

탑의 구조는 대부분 동일했다. 보통의 경우 탑은 세 개의 공
간으로 이뤄져 있었다. 가운데에 손님을 맞을 수 있는 석실이

하나, 양쪽 옆에는 수련을 할 수 있는 석실과 침실이 배치된 구조였다.

허소산은 홀로 있는 대부분의 시간을 수련실에서 보냈다. 기이한 것은 신황림에는 독물이나 독초가 없음에도 천독공의 수련에 큰 진보를 본다는 점이었다. 독경은 그동안 모아두었던 독 기운을 모두 다 쏟아붓듯 허소산에게 자신의 기운을 온전히 내놓았다.

그리하여 허소산은 어쩌면 자신이 이 신황림에서 천독공의 네 번째 단계인 무형독의 경지까지 이룰 수 있지 않을까 하는 기대를 할 정도였다. 그런 기대는 그를 더욱 천독공의 수련에 몰두하게 만들었고, 원보나 다른 사람들은 그의 석탑 앞을 서성이다 제풀에 지쳐 돌아가기 일쑤였다.

"아!"

허소산이 오랜만에 밝은 햇빛 아래 모습을 드러냈다. 상쾌한 공기가 그의 코를 통해 가슴으로 들어왔다. 허소산은 온몸이 날아갈 것 같은 가벼움을 느꼈다.

"나왔느냐?"

계속 허소산의 석탑을 지켜보고 있었던 것일까? 어느새 원보가 허소산 앞에 나타났다.

"오셨어요?"

"살아 있었구나."

원보가 조금 서운한 투로 말했다.

"그럼 제가 죽은 줄 아셨어요?"

"뭐, 이틀 동안 코빼기도 비추지 않으니 그리 생각했지."

"이틀이요? 어? 시간이 벌써 그렇게 지났나요?"

허소산이 어리둥절한 표정으로 물었다. 그러자 원보가 기가 막힌 듯 혀를 찼다.

"도대체 시간 가는 줄도 모르고 뭘 하고 있었던 거냐?"

"당연히 무공 수련이죠. 아시잖아요?"

"그렇긴 하다만… 네 녀석이 그렇게 무던한 녀석인 줄은 몰랐구나."

"무슨 말씀이세요?"

"넌 정말 아무 걱정도 안 되는 거냐?"

원보가 정색을 하며 물었다.

"걱정이라면, 아, 신노들의 회합은 결론이 났나요?"

"참 빨리도 물어보는구나. 다른 사람들은 그들이 어떤 결정을 내릴지 불안해서 잠도 못 자고 먹지도 못하고 있건만 넌 그 와중에 시간 가는 줄 모르고 무공 수련을 했다니… 허허, 참!"

"어떻게 됐어요?"

허소산이 다시 물었다.

"모르겠다. 오늘 저녁에 신황탑으로 오라더라."

"음, 결정이 내려지긴 했나 보네요."

"그렇겠지. 그런데… 말을 전하는 천 노사의 표정이 썩 밝지 않았다. 좋지 않은 결정이 내려졌을 수도 있어."

원보는 심각하게 말했지만 허소산은 그리 걱정하지 않는 표정이었다.

"어떤 결정이 내려지든 결국 우린 이곳을 나가게 될 거예요."

허독산의 말에 원보가 기이한 표정으로 허소산을 보며 물었다.

"도대체 네 자신감의 근거가 뭐냐? 며칠간의 수련으로 또 다른 경지에 이른 것이냐?"

"뭐, 제법 성과가 있었지요."

"하하, 도대체 너란 녀석은. 아무튼 조심해야 해. 이곳 사람들이 무서운 사람들이란 걸 한시도 잊으면 안 된다."

그러자 허소산이 알 듯 모를 듯한 말을 중얼거렸다.

"모르죠. 그들 자신도 누군가가 자신들의 굴레를 벗겨주길 원하고 있을지."

신황탑은 다른 탑들에 비해 대여섯 배는 큰 규모를 지니고 있었다. 덕분에 그 중앙의 거대한 석실은 여섯 명의 구신노와 허소산 일행 모두가 들어가고도 공간이 남았다. 화려하지는 않지만 정갈하게 꾸며진 석실이 왠지 모르게 신황림의 과거 영화를 말해주는 듯했다.

허소산 일행을 불러들인 육신노은 잠시 침묵을 지켰다가 그 중 한 명이 입을 열었다. 삼노와 마찬가지로 백여 세에 이르러 보이는 나이에 흰 수염을 멋들어지게 가슴에 드리운 노인이었다.

"난 적청완이라 하오. 본시 신분이 신황법노로 대대로 이어지는 신황림의 법규를 지키는 일을 맡고 있소. 그래서 내가 우리 구신노를 대신해서 여러분의 거취를 말씀드리게 되었소."

신황림의 사람들은 구신노 중 셋이 강호로 나갔음에도 불구하고 이들 여섯 노인을 여전히 구신노라고 부르고 있었다. 그런 면을 보자면 이들은 과거에 얽매여 좀처럼 새로운 환경을 받아들이지 못하는 사람일지도 모른다고 허소산은 생각했다.

일행은 적청완이 입을 연 이후에도 누구도 질문을 하거나 말을 건네지 않았다. 그들은 그저 처분을 기다리는 죄인들처럼 적청완의 다음 말을 기다렸다.

"먼저, 그대들이 가장 궁금해할 문제에 대한 답을 드리겠소. 음, 우리 구신노는 그대들이 신황림에 머물러야 한다는 결론을 내렸소."

"으음."

"음."

허소산 일행이 저마다 침음성을 흘려냈다. 우려했던 일이 현실이 된 것이다.

"보아서 알겠지만 이 신황림은 그런 대로 살 만한 곳이오. 먹을 것도 충분하고 풍경은 그림 같소. 세속에 대한 욕심만 거둔다면 이곳처럼 살기 좋은 곳도 없소. 그러니… 인연이 이렇게 된 것, 과거의 삶은 접어두고 이곳에서 새로운 삶을 살기 바라오."

"어떤 경우에도 이곳을 나갈 수 없는 건가요?"

　정아원은 반드시 오산금림으로 돌아가야 할 사람이었다. 그녀의 절박함은 일행 중 누구보다 강했다.

　"그렇다네. 그대가 강호에서 오산금림의 소림주였다고 들었네. 그 자리는 물론 무척 영화로운 자리였겠지. 하지만 그 소림주 자리조차도 신황의 후예가 되는 영광에는 못 미치는 것이네. 신황의 무공을 접하게 되면 그대는 세상에 새로운 세계가 있음을 알게 될 것이네."

　마치 우는 아이를 달래듯 적천황이 말했다.

　"그러나 전 이곳에서 살기 위해 온 것이 아니에요."

　정아원이 단호한 목소리로 말했다.

　"물론 자네가 왜 이곳에 왔는지는 나도 잘 알고 있네. 하지만 그대들의 사정 때문에 신황림의 전통을 깨뜨릴 수는 없네. 그대들의 재질은 모두 하나같이 대단하니 신황림을 부흥시키는 데에도 무척 큰 도움이 될 거네."

　적천왕 역시 정아원 못지않은 단호함을 드러냈다. 그러자 문득 허소산이 물었다.

　"도대체 왜 그런 법규를 만든 것이죠?"

　그러자 적천왕이 유심히 허소산을 살피며 대답했다.

　"이 법규가 생겨난 이유는… 음, 두 가지 이유에서네. 이미 삼노에게 들었겠지만 신황 조사께서는 독경 말고도 천하에 네 개의 신경을 더 남기셨지. 그 신경의 후손들은 신황 조사의 뿌리인 조화성이 열리기 전에는 서로를 자극하지 말기로 약조를 했기 때문이네."

"지금도 여전히 오경의 후예들이 존재하나요?"

"모르겠네. 기실 지난 수백 년 동안 오경의 후예들에 대한 소문은 듣지 못했네. 오경의 경주들이 동패구사를 해서 그 후손들도 모두 뿔뿔이 흩어졌을 수도 있을 거네. 그런데 그건 왜 묻나?"

"오경의 경주들이 더 이상 존재하지 않는데 과연 과거의 제약을 굳이 현세까지 지켜야 하는지 의문이 들어서입니다."

"음, 자네 말에도 일리가 있어. 하지만 출림은 금지한 역대 경주들의 제약에는 다른 이유가 또 하나 있네. 그 이유를 듣는다면 자네도 이 율법의 뜻을 이해하게 될 걸세."

"그 이유가 뭔가요?"

다시 정아원이 물었다.

"그건 바로 우리가 수련하고 있는 무공의 무서움 때문일세. 우리가 수련하는 무공이 독공이라는 건 알고 있겠지?"

"알고 있어요."

"독은 천하에서 가장 무서운 물건이네. 잘못하면 한 방울에 수백, 수천의 사람이 죽을 수도 있지. 신황 조사와 역대 독경의 경주들께서는 바로 그 문제를 걱정했던 것일세. 신황림의 독공이 강호에 나가 천하를 어지럽히는 걸 경계하신 것이지."

"하지만 강호에는 이미 독의 대가들이 활동하고 있잖아요. 당문만 해도 수백 년을 내려온 독문이고요."

정아원이 반박했다.

"물론 그렇지. 하지만 신황림의 독공은 다른 독공에 비할 바

가 아닐세. 독경의 독공은… 천하를 피에 물들게 할 수도 있
어.”

“그러나 그 독경은 이미 사라지지 않았습니까?”

허소산이 재차 물었다. 원보는 그런 허소산을 기이한 눈으
로 바라보고 있었다. 본시 허소산이 어떤 일에 이렇게 적극적
으로 나서는 경우는 극히 드물었다. 더군다나 독경의 실종은
신황림엔 무척 아픈 역사이기도 했다.

“물론 독경은 사라졌네. 더불어 독경에 새겨진 천독공의 완
전한 비결도 사라졌지. 하지만 여전히 이 신황림에는 천독공
의 두 가지 비결이 전해지네. 본시 독경주만이 천독공을 수련
할 수 있지만 역대의 경주들은 그중 두 개의 독공은 구신노도
익힐 수 있게 허락했지. 물론 일반 문도들은 첫 번째 비결인
독정의 수련이 한계지만… 하지만 그 두 개의 비결만으로도
천하에 신황림의 독공을 상대할 사람은 거의 없네.”

적천왕이 은연중에 자신들의 무공에 대한 자부심을 드러내
며 말했다. 물론 그의 말에는 허소산도 동의하고 있었다. 그가
아는 천독공은 천하에서 가장 무서운 무공 중 하나임이 분명
했다.

“하지만 여전히 한 가지 문제가 있습니다.”

다시 허소산이 입을 열었다. 그런데 기이하게도 적천왕은
허소산의 계속되는 질문에도 전혀 노기를 드러내지 않았다.
오히려 허소산과 더 많은 대화를 하고 싶어 하는 눈치였다.

“말해보게.”

"이미 이 신황림을 떠난 사람들이 있지 않습니까? 그들이 강호에 존재하는 한 두 번째 이유, 즉 신황림의 독공이 세상을 어지럽힐까 하여 출도를 금한다는 규칙은 더 이상 소용이 없는 규칙 같은데요. 오히려 지금은 강호로 나가 그들의 소재를 파악하고 그들을 제압하는 것이 역대 경주들의 뜻에 부합하는 일이 아닐까요? 천독공이 세상을 어지럽히기 전에."

허소산의 말에 적천왕이 잠시 침묵을 지켰다. 다른 구신노들도 얼굴에 고민의 흔적을 드러냈다. 그러다가 적천왕이 한참 뒤에 입을 열었다.

"음, 자네의 말이 맞을 수도 있네. 그들은 신황림이 강호에 뿌린 독버섯 같은 존재라고 할 수 있지. 그들을 거둬들이는 것 역시 우리 신황림의 의무일 걸세. 그런데… 그 일을 하기에는 한 가지 문제가 있네."

"무슨 문제입니까?"

"솔직히 말하자면… 우리 중 누구도 그들의 상대가 될 수 없다는 거네. 하나면 필패고 둘이어야 그나마 승부가 가능할 걸세. 더군다나 지금쯤 그들은 거대한 세력을 형성했을 수도 있고……."

"그들이 두려워 강호행을 하지 못한다는 건가요?"

정아원이 아픈 질문을 던졌다.

"솔직히 우리가 걱정하는 것은 신황림의 완전한 파멸이네. 우리는 모두 여섯이니 그들의 무공이 아무리 강해도 우리 여섯 모두를 상대할 수는 없네. 그러나 그러려면 우리 여섯 모두

가 강호로 나가야 하는데… 그건 신황림을 뿌리째 흔드는 일일세. 혹여 그들과 우리가 동패구사라도 한다면 신황림은 영원히 사라질 수도 있네.”

적천왕의 얼굴에 짙은 고민의 흔적이 드러났다. 한 문파의 멸문은 그 누구도 함부로 언급할 문제가 아니었다. 적천왕의 뒤를 이어서 구신노 중 다른 한 명이자 일행을 신황림으로 안내했던 노인이 입을 열었다.

“사실 우리가 신황림을 지키는 이유는 꼭 과거로부터 전해온 제약 때문만은 아니네. 비록 희박하기는 하지만 언젠가 돌아올 독경의 경주를 맞이하기 위해서이기도 하네. 우리 구신노야 오로지 독경의 경주에 매인 몸이니까.”

“언제 올지 모르는 독경의 경주를 기다리기 위해 수백 년을 갇혀 지낸단 말입니까?”

원보가 고개를 저으며 물었다.

“그게 운명이라면 그렇게 살아야지 어쩌겠소?”

사무독이 단호하게 말했다. 허소산은 다른 구신노에 비해 이 사무독이라는 사람이 특히 더 고지식한 사람임을 그의 말투에서 알 수 있었다. 그가 일행을 안내하며 했던 행동 역시 그런 그의 성정에서 나온 것일 터였다.

“그래서 결국 우리는 이곳에 갇혀 살아야 한단 말이군요?”

정아원이 의기소침한 표정으로 물었다.

“일단은 그렇다네.”

적천왕이 대답했다.

“일단은… 이라뇨?”

정아원이 기대 어린 목소리로 물었다.

“그… 오산금림의 목인몽이라는 자 말일세.”

“그가 왜요?”

정아원이 갑자기 오산금림 반역의 숨은 주역인 목인몽의 이름이 나오자 어리둥절한 표정으로 물었다.

“만약 그가 우리가 생각하는 그 아이가 맞는다면… 그땐 강호로 나가야 할지도 모르지.”

“어르신들께서 생각하시는 그 아이라뇨? 그를 이미 알고 계셨나요?”

그러자 문득 삼노 중 한 명인 천화명이 입을 열었다.

“우린 그들이 신황림을 떠났을 때야 한 가지 사실을 알았구나. 당시 신황림을 떠난 세 명 중 한 명은 여인이었다. 신황림엔 여인이 드물지만 아주 없는 것도 아니란다. 그런데 당시 그녀가 아이를 임신한 상태였던 것이 그들이 떠난 후 그녀의 가르침을 받던 제자에 의해 알려지게 되었다.”

“아니, 그들이 나이가 몇인데……?”

원보가 의아한 얼굴로 중얼거렸다. 비록 수십 년 전이라 해도 구신노의 나이를 보자면 탈출 당시 그들 중 한 명이 아이를 임신했다는 것은 믿을 수 없는 일이었다.

“음, 그녀는 구신노 중 가장 어렸소. 하지만 그래도 이미 당시의 나이가 오십이 이르렀으니 아이를 가졌을 거라고는 생각도 하지 못했소이다. 그러나 그녀는 임신 중이었고, 아마도 그들이 이곳을 떠난 것은 그 아이 때문일 가능성이 많소. 부모의 마음이란 것이… 아마도 자신들의 아이를 평생 이곳에서 살게 하고 싶지는 않았겠지. 세상의 문을 활짝 열어주고 싶었을 거요."

第五章
동경의 모래

"그러니까 뭐야. 그 목인몽이라는 자가 신황림을 나간 구신노 중 목우란 자와 요소빙이란 여고수의 자식이라면 출림을 할 수 있다는 건가?"

원보가 석탑으로 돌아오며 중얼거렸다.

"그렇다는 거지요."

허소산이 대답했다.

"그걸 어떻게 확인하지? 누구도 이곳을 벗어날 수 없는데?"

"아마도… 그들은 아직 우리에게 말하지 않은 사실이 있는 것 같아요."

"아무래도 그렇지?"

"외부에… 신황림의 사람이 있어요. 도주한 자들 말고."

"그래그래. 그렇지 않다면 이곳에 앉아서 강호의 소식을 들을 수는 없는 거지. 젠장할 늙은이들, 결국 사람을 내보내 놓고는 아무도 나가지 못하는 것처럼 떠들고 있어."

원보가 신황탑 쪽을 보며 불평을 쏟아냈다. 그러자 허소산이 다시 입을 열었다.

"그들은… 어린애들 같아요."

"무슨 소리냐, 갑자기?"

"그들의 행동이나 말투를 보면 어린애들 같다고요. 말들은 제법 노련하고 위협적으로 하고 있지만 사실은 세상을 무척 두려워하는 것 같아요."

허소산의 말에 원보가 뭔가를 곰곰이 생각하다가 이내 고개를 끄덕였다.

"소산, 네 말이 맞을 수도 있겠구나. 삼노를 제외하고 신황림의 사람들은 어려서부터 외부와 차단된 생활을 해왔지. 그러니 아무리 대단한 무공을 지니고 있다고 하더라도 외부와 접촉하는 것에는 두려움을 느낄 수밖에 없을 거다. 그래서 더더욱 출림을 막는 것인지도 모르지."

"어린애들을 다루는 방법은 두 가지예요. 어르거나 혹은 겁을 주거나."

"흐익? 그들을 다룬다고?"

"이곳에서 영원히 살 수는 없잖아요?"

"그렇긴 하다만 그 고집스런 늙은이들을 어떻게 다뤄? 그보단 잠시 기다려 보는 것이 어떨까? 그 목인몽이란 자의 진실한 정체가 드러날 때까지."

"그건 쉽지 않을 거예요. 삼노도 확인하지 못한 그의 정체가 이제 와서 갑자기 드러날 수 있을까요?"

"그건 모르지. 어둠 속에서 살피는 눈을 피하는 것은 쉽지 않은 일이니까. 더군다나 지금은 그자의 주도로 오산금림에 난(亂)이 일어난 상태이니 그자의 비밀이 드러나기에는 좋은 시기다."

"음… 그런가요? 그럼 이곳에서 좀 지내실래요?"

"호오? 그렇지 않다면 정말 나갈 방법이 있다는 거냐?"

"조금 번거로운 일을 겪어야 하지만 아주 없는 것은 아니죠. 하지만 이들 스스로 관문을 열고 나가는 것만은 못해요. 좀 귀찮아질 수도 있거든요."

"이거 도대체 네 녀석의 머리엔 뭐가 들어 있는지 도통 알다가도 모르겠구나."

원보가 혀를 차며 허소산을 바라봤다.

허소산은 최후의 순간에는 동경, 그러니까 신황림 사람들이 독경이라 부르는 구리거울을 내세울 생각이었다. 구리거울은 신황림의 주인을 의미하는 신물이었으므로 동경을 내세우는 순간 허소산은 신황림의 주인이 될 수도 있었다.

물론 신황림을 지켜온 구신노의 반발이 있을 수도 있었다. 새파랗게 젊은 허소산이 신황림의 주인을 자처한다면 그걸 순순히 인정할 사람은 많지 않을 터였다.

그러나 허소산은 구신노라 해도 천독공의 두 번째 단계인 독류(毒流)의 비결까지만 수련했다는 사실을 알고 있었다. 그러므로 산독(散毒)을 넘어 무형독(無形毒)의 경지를 탐하고 있는 자신의 무공을 드러내면 결국 구신노도 자신을 독경의 후예로 인정할 수밖에 없다고 생각하고 있었다. 더군다나 이들은 고집은 세지만 폐쇄된 삶을 살아 순후한 면이 그 내면에 남아 있어 독경의 권위를 한사코 거부하지는 않을 듯싶었다.

그러나 허소산의 내심은 가급적 동경의 존재를 드러내지 않고 이곳을 나가고 싶었다. 그에겐 할 일이 있었다. 아버지를 찾고 고려에서의 원한을 매듭짓는 것. 그런데 그 일들을 하기에 신황림의 주인 자리는 너무나 거대한 위치였다.

그렇다고 신황림을 고려로 옮겨 갈 수도 없는 문제였다. 신황림은 독이 있어야 존재할 수 있으니 지금의 위치가 가장 좋은 곳이었다. 아마도 과거 신황 역시 그런 이유에서 이곳에 신황림을 세웠을 터였다.

아무튼 그렇게 일행이 강호에서의 소식을 기다리는 동안 시간이 흘렀다. 그 와중에 가장 즐거운 시간을 보내는 사람은 하거웅이었다. 하거웅은 그의 소원대로 신황림에서 아주 오래전 떠나보낸 아들을 만났다.

두 사람은 처음엔 서로를 알아보지 못했지만 결국 서로가 핏줄임을 확인하고는 단 한시도 떨어지지 않고 함께 시간을 보내고 있었다. 그런 두 사람의 기쁨은 오산금림의 현궁에 아버지가 유폐되어 있는 정아원이나 만재방을 따라다니고 있을 허산왕을 그리워하는 허소산에게는 묘한 슬픔을 느끼게 하는 것이었다.

허산왕에 대한 그리움이, 슬픔이 갑자기 찾아들면 허소산은 흑산에 올랐다.

"흑산에는 가지 마시게. 흑산은 죽은 산이야. 사기(邪氣)가 넘치지. 그곳에 갔다가 정신이 이상해진 사람이 한둘이 아니라네."

허소산이 흑산 언저리를 어슬렁거리는 것을 보고 구신노 중 설도우가 한 충고다.

그러나 허소산은 설도우의 충고에도 조금씩 조금씩 흑산을 탐색해 갔다. 웬일인지 이 검게 죽은 산이 자신을 부르고 있다는 느낌이 들었기 때문이다.

오늘도 허소산은 탑을 떠나 흑산을 오르고 있었다. 거대한 묵색의 바위들이 죽은 산을 장식하고 있었다. 단 한 곳도 풀이 자라지 않는 산, 당연히 물도 없었다. 어떻게 이렇게 모든 생명체가 사라질 수 있을까 하는 의문을 품고 허소산은 천천히 산에 올랐다.

설도우의 충고가 신경 쓰이지 않는 것은 아니었다. 그래서 가급적 천천히, 그리고 조심해서 산을 타는 허소산의 눈에 어느새 산 아래 펼쳐진 신황림의 전경이 한눈에 들어왔다.

기이한 숲, 천고의 아름다움과 죽음을 함께 간직한 대지, 그리고 맑은 호수와 다시 그 밖으로는 독물이 득실대는 호수, 두

개의 극악한 독림이 자리 잡은 이 대지는 아름다움과 사기가
공존하는 땅이었다.

우웅!

그런데 허소산이 그렇게 신황림의 풍경에 정신을 쏟고 있을
때 문득 가슴속의 동경이 맹렬한 진동을 시작했다.

"또 왜 이러느냐? 이곳에 무슨 독이라도 있느냐?"

허소산이 마치 살아 있는 사람에게 묻듯 동경을 꺼내 들며
물었다. 그런데 그 순간 하늘에서 내려온 태양이 동경에 와 닿
으면서 눈부신 광채를 만들어냈다.

우웅!

다시 동경이 울었다. 그리고 마치 자석이 철에 끌리듯 동경
이 한쪽 방향으로 이동하려는 듯한 느낌이 허소산의 손끝에
느껴졌다. 그렇다고 발이 없는 동경이 하늘을 날아 자신이 원
하는 곳으로 갈 수 있는 것은 아니었지만 분명 동경은 어딘가
를 향해 강하게 끌리고 있었다.

"어딜 가자는 거냐?"

허소산이 이 신비스런 구리거울이 또 무슨 일을 보여주려
하나 하는 호기심에 천천히 동경이 움직이려는 방향을 따라
걸음을 옮겼다.

"여긴……?"

허소산이 눈앞에 모습을 드러낸 작은 동굴을 보며 중얼거렸
다. 동경이 원하는 곳, 자석에 끌리듯 가리킨 곳은 작은 동굴이
었다. 겉으로 보기에는 그저 평범한 동굴이다. 수백 년 동안

아무도 드나들지 않은 듯 입구는 허물어져 거의 막혀 있었고, 사방에 먼지와 거미줄이 자욱했다.

우웅!

동경은 동굴 앞에 서자 더욱더 강렬하게 울어댔다. 그러면서 허소산의 손을 튕겨져 나가 동굴로 날아 들어갈 것처럼 요동쳤다.

"알았다, 알았어. 들어가 보마."

허소산이 사람을 달래듯 말을 하고는 천천히 동굴 입구로 다가갔다.

"사람이 살았었나?"

동굴로 들어선 허소산은 조금씩 넓어지는 동굴을 따라 걸으며 주변을 살폈다. 입구는 천연의 동굴 모습 그대로이던 것이 안으로 들어서자 조금씩 사람의 흔적이 나타나기 시작했다.

그리고 급기야 이십여 장을 더 들어가자 반경 오 장여의 제법 큰 석실이 모습을 드러냈다.

우우웅!

석실이 나타나자 동경이 더욱더 강렬하게 요동치기 시작했다. 허소산은 동경을 손에 든 채 동경이 이끄는 대로 걸음을 옮겼다. 동경은 석실 왼쪽 깊숙한 곳으로 허소산을 이끌었다.

"응? 이건… 그림이군. 암벽에 새긴 것이라고 믿을 수 없을 만큼 정교하구나. 이걸 새겨 넣은 사람은 아마도 무척 고강한 공력을 지니고 있었을 거야."

허소산은 한동안 벽에 새겨진 그림에 빠져들었다. 그림을 보고 있자니 왠지 모르게 마음이 따뜻해지는 느낌이 들었다. 그러다가 허소산은 문득 왜 자신이 석실의 벽화에서 이렇게 따뜻한 느낌을 받았는지 깨달았다.

"이건… 백두의 모습인데……."

허소산이 한순간 화들짝 놀라며 그림에서 두어 걸음 멀어졌다. 그리고 다시 그림을 살피자 과연 그가 어려서 누비던 백두의 모습이 그의 눈앞에 펼쳐졌다.

"기이하구나. 왜 이곳에 백두의 모습이 새겨져 있는 거지?"

신황림과 백두를 연결할 그 어떤 단서도 아직 허소산에게는 없었다.

우우웅!

그런데 그 순간 다시 동경이 강렬하게 울기 시작했다.

"또 왜 이러니?"

동경을 보며 허소산이 물었다. 그러나 동경은 강렬히 진동할 뿐 어떤 답도 허소산에게 주지 않았다. 말없는 동경을 바라보던 허소산이 다시 백두의 정경이 그려진 석화로 시선을 돌렸다. 다시 마음이 푸근해졌다. 느낌 같아서는 이대로 영원히 그림을 보며 살 수도 있을 것 같았다.

그런데 그렇게 그림에 빠져 있던 허소산에게 기이한 일이 벌어졌다. 너무 그림에 빠져 있었던 것일까. 한순간 허소산은 자신이 그림 속으로 빨려들어 가는 느낌을 받았다. 그 환상은 정말 실제와 같아서 일단 그런 느낌을 받자 허소산은 정말 그림 속으로 들어가 자신이 백두에 와 있다는 환상에 빠졌다.

백두는 언제나처럼 평온했다. 여름이 아직 오지 않았는지 봉우리에 잔설이 남아 있었고, 산 밑으로는 봄의 여운처럼 푸른 숲이 펼쳐져 있었다. 허소산은 오랜만에 들른 백두를 소요하듯 걸었다. 사방에서 새소리가 들려오는 것 같았고 천지에서 흘러내린 물이 그의 귀를 어지럽히는 것 같았다. 그렇게 멈춰진 듯한 시간이 흘렀다.

그런데 그러던 한순간 허소산이 자신도 모르게 손을 들었다. 그가 빠져 있던 그림의 한 부분, 작은 석탑이 정교하게 새겨진 곳을 자신도 모르게 만졌던 것이다. 그 순간!

구르릉!

갑자기 세상이 움직였다. 그의 앞에 펼쳐졌던 백두가 그의 눈앞에서 거대한 이동을 시작하더니 이내 그 모습을 감추고 그 대신 또 하나의 검은빛 석실이 모습을 드러냈다.

"이건!"

허소산이 갑작스런 변화에 화들짝 환상에서 깨어났다. 그리고 눈앞에 나타난 새로운 석실을 응시했다. 모든 것이 검은색 일색인 석실. 만약 천장에 박혀 있는 야명주가 아니라면 이곳은 완벽한 어둠의 세계였을 것이다.

허소산이 심호흡을 한 번 하고는 천천히 검은 석실 속으로 들어갔다. 그러자 신비로운 현기가 석실에서 흘러나와 그의 몸을 감쌌다. 석실의 전면 깊숙한 곳에 역시 묵빛처럼 검은 석대가 눈에 들어왔다. 허소산은 무엇엔가 홀린 사람처럼 석대를 향해 다가갔다.

석대는 석 자 정도의 높이로 만들어져 있었는데 그 위에는 아무런 물건도 놓여 있지 않았다. 대신 원을 그리며 안쪽으로 홈이 파여져 있었는데 무엇인가가 놓인 자리인 듯싶었다.

우웅!

그때 다시 한 번 동경이 울었다. 그리고 그 순간 허소산은 아주 먼 옛날 석대에 놓였던 물건이 무엇인지 깨달았다. 석대는 바로 그가 들고 있는 동경, 즉 독경의 자리였던 것이다.

"드디어 네 자리를 찾은 거니?"

허소산이 가만히 들고 있던 동경을 석대에 올렸다. 동경이 석대에 놓이자 갑자기 석대를 휘감으며 은은한 청색 빛이 흘러나오기 시작했다. 그러자 석대 아래로 그동안 보이지 않던 글씨들이 신비롭게 모습을 드러냈다.

허소산은 석실의 한쪽에 있는 돌 의자에 몸을 싣고 석실 안의 현기를 즐기고 있었다. 그렇게 평생을 살아도 좋을 것 같다는 느낌이 드는 평온함이었다. 허소산은 거의 한 시진을 그런 상태로 있었다. 그러다 문득 무겁게 몸을 일으켰다.

"여기서 평생을 살 수는 없지. 여긴 녀석의 고향이지 내 고향은 아니니까. 그런데 녀석은 어쩌지?"

문득 허소산이 석대에 놓인 동경을 바라봤다. 그러다가 문득 석대로 다다가 동경을 집어 들었다.

우— 웅!

동경이 마치 석대를 떠나기 싫다는 듯 진동을 일으켰다.

"넌 나와 함께 있어야 해. 어찌 됐든 이 시대에 네 주인은 나니까. 그리고 널 홀로 놓아두고 가기엔 넌 너무 위험해. 조화선인께서 말씀하시길 비인부전이라 했거든? 물론 아주 오랜 뒤에는 모르겠지만 적어도 내 대에는 널 아무에게나 넘길 수 없단다."

이미 허소산은 석대에 새겨진 글에서 이 석실과 신황림, 그리고 동경의 유래를 좀 더 세세하게 알게 되었다.

그 옛날 해동 출신의 조화선인이 있어 오행의 기운을 모두 다루어 절대의 경지에 이르렀다. 그는 천하 각지의 오행비처에서 오행의 기운을 다루는 무공을 완성했으나 궁극의 깨달음이 무공에 있지 않음을 알고 그가 태어난 해동으로 돌아갔다. 그는 이 신황림을 포함해 오행비처에 남은 제자들이 순수하게 무공을 수련하고 도를 참구하며 살 것을 유언으로 남기며 석대의 글을 마무리하고 있었다.

그러나 세상의 일은 사람의 뜻대로 이뤄지는 것은 아니다. 오행비처에 남은 후인들은 그가 최후의 심득을 남겼다는 조화성을 열기 위해 삼십 년을 주기로 비무를 하다 결국 이 독경의 주인처럼 강호에서 사라져 버렸기 때문이다.

그리고 이제는 그 독경의 주인들조차 사라진 곳에서 또 다른 그의 후예들이 그의 유언을 굴레처럼 뒤집어쓰고 고립된 삶을 이어가고 있었다.

"쓸데없는 유언이다. 그는 자신의 무공이 세상을 어지럽히는 것을 걱정하여 남긴 유언일 테지만, 그랬다면 아예 처음부터 무공을 남기지 않는 것이 좋았다. 지난 수백 년 동안 이곳에 갇혀 살며 생을 마감한 사람들의 인생은 어떻게 보상받아야 할까. 그러니 탈출하는 자를 탓할 수도 없는 문제다. 천독공을 아예 세상에서 없애는 일을 나중에 한번 생각해 봐야겠어. 그런데… 조화선인 자신도 심독은 얻지 못했다는 건가? 역시 심독이란 독의 경지가 아니라 마음의 경지인 모양이야. 선인이 말하길 심독을 푸는 일은 오히려 어린아이가 낫다고 했으니까. 하여간 일단은 무형독을 좀 더 잘 이해하게 되었으니 그걸로 만족해야겠지."

석실에는 천독공의 비결이 만들어지기까지의 과정이 어지럽게 새겨져 있었다. 정제된 천독공이 아니라서 만약 누군가 그 글을 보고 천독공을 수련하다가는 주화입마에 빠지기 십상인 글이었지만 이미 천독공의 정수를 알고 있는 허소산에게는 큰 도움이 되는 글이었다.

무형독의 단계에 들어서 일종의 벽에 부딪쳐 제자리걸음을 하고 있던 허소산에게는 그야말로 가뭄의 단비 같은 글이었던 것이다.

허소산이 동경을 품에 넣고 산보하듯 석실을 거닐었다. 석실의 현기가 다시 그의 몸을 감쌌다. 그렇게 허소산은 이각여를 서성이다 석실을 벗어났다. 그의 뒤쪽으로 다시 백두의 풍경이 새겨진 석화가 석실의 가렸다.

석실은 또다시 천년의 잠에 빠져들 것이다. 훗날 누군가가 그 인연이 닿아 백두의 풍경에 빠져들기까지는.

동굴 밖을 벗어나자 붉은 노을에 물든 신황림이 내려다보였다. 흑산의 잿빛 암벽들을 따라 선홍빛 노을이 단풍이 밀려들듯 타오르고 있었다.

허소산은 한동안 석양에 물든 신황림을 바라보다 어둠이 깔리고 나서야 흑산을 내려왔다.

*   *   *

신황림에서의 생활이 길어지고 있었다. 오산금림의 사람들은 시간이 갈수록 초조해하고 있었다. 그러나 허소산과 원보는 신황림의 생활을 제법 즐기고 있었다.

신황림의 삶은 특별했다. 처음엔 몰랐지만 신황림 북쪽으로는 다시 독림이 펼쳐져 있었다. 신황림의 사람들은 아침이면 그 독림으로 들어가 독을 채취했다. 독물을 잡고, 독초를 캐고, 그렇게 한나절 독을 마련한 후 오후에는 각자의 탑에서 독공을 연마했다.

그들이 기본적으로 수련하는 무공은 천독공의 독정이었지만 신황림의 사람들은 독정만 수련하는 것이 아니었다. 독정은 기본적으로 독의 기운으로 기공을 만드는 호흡법이자 기공술이었다. 그러니 그렇게 길러진 기공을 이용해 다른 사람과 싸울 수 있는 또 다른 무공이 필요했다.

그래서 신황림의 사람들은 각자의 재질에 맞춰 도검술은 물론 다양한 병기를 다루는 무공을 익히고 있었다. 그런데 그런 무공 중에서 가장 각광을 받는 것은 당연히 독술이었다.

독은 사실 진기로 받아들일 때보다는 독 그 자체를 무기로 사용할 때가 더욱 위험한 물건이다. 그래서 신황림의 사람들은 다른 무공의 연마보다도 독을 정제하고 하독하는 방법을 연구하는 데 특별히 많은 시간을 들이고 있었다.

강호에선 독술이 그 자체의 위험으로 가장 익히기 까다로운 무공이었지만, 천독공의 수련으로 독에 대한 위험이 거의 없어진 그들에게 독술은 그야말로 가장 수련하기 수월한 무공이었던 것이다.

그리고 그렇게 독을 만진 역사가 수백 년에 이르렀으니 그들의 독술은 그야말로 하늘에 닿을 경지라고 해도 과언이 아니었다. 그들이 수백 년에 걸쳐 만들어낸 독 중 강호에 가지고 나가면 단숨에 수천 명의 목숨을 앗아갈 만한 독도 여럿 있었다.

그러나 그렇게 만들어진 독들은 철저하게 구신노의 관리 하에 신황탑의 밀실에 보관됐다. 그 독들은 다른 사람들에게는 악마의 물건일 수 있지만 신황림의 사람들에겐 영약과 같았다. 오랫동안 제련된 독의 기운은 천독공을 수련한 신황림의 사람들의 공력을 크게 증진시킬 수 있기 때문이었다.

그러나 그 천고의 극독들은 한번 밀실에 들어가면 다신 세상에 나오지 않았다. 신황림에서 천독공의 수련은 오로지 자연 상태의 독 기운을 이용하는 것이 또한 규칙이었다. 아마도 그건 절대의 독으로 제련된 극독의 기운을 함부로 운공에 이용하다가 생기는 부작용을 걱정한 때문일 터였다.

그러나 일정 수준의 경지에 오른 천독공의 수련자들에겐 여전히 밀실의 독은 유혹의 대상일 수밖에 없었다. 그래서 과거 신황림을 탈출한 목우와 요소빙 등이 신황탑의 밀실에 있는 독을 욕심냈지만, 그들은 결국 밀실의 독을 가지고 나가는 데는 실패했다고 한다.

“정말 요상해. 정말 요상해.”

오후 늦게 원보가 허소산의 석탑으로 들어서며 중얼거렸다.

“뭐가요?”

“여기 사람들 말이야. 독을 요리에 쓴다는군.”

“네?”

허소산이 놀란 눈으로 원보를 바라봤다. 아무리 독인들이라지만 독을 요리에 쓴다는 것은 해괴한 일이 아닐 수 없었다.

“너도 놀랍지? 하지만 사실이라는군. 이 신황림의 사람들은 대부분 독을 요리에 사용한다고 하더구나.”

“맛이 있을까요?”

허소산이 얼굴을 찌푸리며 물었다.

“맛이 있냐고? 정말 맛있더구나.”

“아니, 드셔보셨어요?”

허소산이 화들짝 놀라며 물었다. 천독공을 수련하지 않은 원보에게 독이 든 음식은 극히 위험했다.

"먹어봤지. 아주 맛있더구나."

"괜찮으세요?"

"아무 문제없어. 사람을 해하는 독은 아니라고 하더라구."

"도대체 누가 그 요리를 어르신께 대접한 겁니까?"

"하 노인의 아들이."

"그 하불하라는 사람이요?"

"그래. 요즘 네가 하도 딴짓을 하고 돌아다녀서 난 하 노인과 많은 시간을 보내고 있거든. 그러니까 그 아들이 날 마치 자기 아비처럼 떠받든단 말씀이야. 매끼 식사도 마련해 주고."

원보가 불평하듯 말했다.

"서운하셨어요?"

"서운하다기보단 궁금했지. 뭘 하고 다니는 거냐?"

"그냥 이 신황림이 재미있어서요."

"그래서 혼자만 재미를 보고 있단 말이냐?"

"하하, 죄송해요. 사실은 무공에 좀 집중하고 있어요."

허소산의 말에 원보가 고개를 끄덕였다.

"음, 그러리라고는 생각하고 있었다. 요즘은 네가 좀 달라진 것 같더라."

"제가요? 어떻게요?"

"예전에는 적어도 내 눈으로는 금세 알아차릴 기운이 느껴졌었는데 이젠 오히려 평범한 사람이 된 것 같아. 그건 곧 내기가 안으로 갈무리되는 경지에 이르렀다는 말인데… 내 기억으로 그런 경지에 이른 무인은 본 적이 없구나. 아니, 아니지.

십오 년 전인가? 구산선문 최고의 어른이시라는 망아 선사를 뵐 기회가 있었는데 그때 그분이 바로 너와 같은 경지였지.”

“망아 선사님이요? 에이, 설마 제가 이 나이에 그런 분과 견줄 수 있겠어요?”

허소산이 믿을 수 없다는 듯 고개를 저었다.

“그러니 네가 요상한 놈이라는 거지. 요상해. 하여간 이 신황림도 요상하고 너도 요상하고… 모든 것이 요상해.”

원보가 두 손을 들어 올리며 장난스럽게 말했다. 그런데 그때 문득 탑과 탑을 이으며 거미줄처럼 만들어진 길을 따라 누군가가 바쁘게 걸어왔다.

“아니, 하 노인께서 웬일이시오? 헤어진 지 얼마나 됐다고?”

한 끼 잘 얻어먹고 온 것이 채 반 시진도 지나지 않았는데 다시 하거웅이 자신을 찾아오자 원보가 의아한 얼굴로 물었다. 그러자 하거웅이 조금 두려운 듯한 표정으로 말했다.

“일이 났답니다.”

“일? 아니, 이 조용한 숲 속에서 무슨 일이 난단 말이오?”

“이 숲이 아니라 숲 밖에서 일이 났답니다.”

“도대체 그게 무슨 소리요? 자세히 좀 말해보시구려.”

“그 오산금림이라는 곳 말입니다. 그곳의 무인들이 신황림으로 접근하고 있답니다.”

“아니, 또 추격대를 보냈단 말이오?”

“듣자 하니 추격대가 아니라 토벌대 같다고 하더군요.”

“토벌대?”

"아들에게 들으니 밖에서 기별이 왔는데 모두 이백여 명의 무사가 흑산을 향했다고 합니다. 그들이 이미 독림의 경계를 넘어섰다고……."

"음! 이백 명의 고수라……. 정말 제대로 일이 터졌군."

원보가 근심 어린 표정으로 중얼거렸다. 그러자 다시 하거웅이 말했다.

"그래서 급히 신황탑에서 회합을 한답니다. 가보시죠?"

하거웅의 말에 원보가 고개를 끄덕였다.

"그럽시다. 가봅시다. 이거 어쨌든 무슨 변화가 생기는 징조이니 꼭 나쁜 것만은 아닐 듯도 하군. 소산아, 가보자꾸나."

원보의 말에 허소산이 고개를 끄덕이고는 자신이 먼저 걸음을 옮기기 시작했다.

회합은 신황탑 밖 이십여 장의 너른 공터에서 이뤄지고 있었다. 분위기는 여느 강호 문파의 회합과 달리 무척 자유로웠다. 본래 대부분 강호 무림문파에는 상하 주종의 관계가 있고 엄격한 규율이 있어 이런 회합이 이뤄지는 곳에선 아랫사람들이 행동을 조심하게 마련이지만 신황탑의 사람들은 달랐다.

그들은 자유롭게 공터의 여기저기 흩어져 바위나 나무에 앉아 있었는데, 그건 마치 시전에 나와 기예단의 재주를 구경하는 사람들과 비슷한 모습들이었다. 그러나 그렇게 분방하게 앉아 있는 것과 달리 그들의 표정은 무척 어둡고 심각했다.

"그래서 법노의 생각은 무엇이오?"

신황구신노 중 내천사노 중 일인인 사무독이 신황법노 적청완을 보며 물었다.

"본래 신황림은 걸어오는 싸움을 회피한 적이 없소. 천하의 누구도 신황림의 권위를 침범할 수 없는 법이오. 그러니 감히 신황림을 능멸하는 것이 얼마나 무모한 일인지 알게 해줘야 하오."

"그러니까 싸우자는 말이시구려."

다른 내천사노 소유종이 말했다.

"그렇소. 싸우는 것만이 아니라 철저하게 그들을 궤멸시켜 버려야 하오. 감히 신황림을 건드린 대가를 무섭게 치러줘야 하오."

적청완이 단호하게 말했다. 그러자 가만히 그의 이야기를 듣고 있던 천화명이 입을 열었다.

"일이 그렇게 단순하지 않을 수도 있소이다."

"그게 무슨 말이오? 설마 오산금림이 우리 신황림을 감당할 만한 힘을 가지고 있다고 보는 것이오?"

적청완이 불쾌한 표정으로 물었다.

"물론 오산금침 자체로는 신황림의 형제들을 감당할 수 없소. 신황림은 무림에서 보자면 천외천의 존재니까. 하지만 그들을 이끌고 오는 자를 주의해야 하오."

"소식에 의하면 교황조라는 자가 앞서고 있다던데, 그가 우리가 긴장해야 할 정도로 대단한 자란 거요?"

"그는 겉으로 드러난 존재에 불과할 거요. 아마도 실질적으

로 그 무리를 이끄는 자는… 목인몽이거나 우리의 추측이 맞
는다면 그의 부모일지 모르는 두 신노일 수도 있소."

"설마 감히 목우와 요소빙이 사사로이 무리를 이끌고 신황
림을 범하려 한단 것이오? 그들이 비록 신황림을 벗어나기는
했어도……."

소유종이 믿을 수 없다는 듯 고개를 저었다. 그러자 천화명
이 침착함 목소리로 말했다.

"그들이 신황림을 벗어난 이유를 잘 생각해 볼 필요가 있소.
그들은 자유만 원한 것은 아니었을 거요. 그들은 아마도 그들
의 아이에게 무림을, 천하를 주고 싶었는지도 모르오. 그래서
그 아이를 오산금림에 보낸 것이고. 그런 그들에게 가장 걸림
돌이 되는 것은 역시 신황림일 거요. 물론 오경비처에 신황의
후예들이 남아 있을 수도 있지만 지금껏 그들은 강호에 드러
난 바가 없소. 그러니 두 사람으로서는 신황림만 손에 넣으면
천하에 무서울 것이 없을 것이오."

"흥, 하지만 겨우 그 두 사람이 신황림을 상대할 수는 없소.
비록 목우가 신노 중 가장 뛰어난 무공을 지니고 있다고 해도
말이오."

"그래서… 오산금림의 고수들을 동원한 것일 터이오. 이백
이라면 절대 적은 숫자가 아니오. 또한 지난 세월 동안 두 사
람이 심혈을 기울여 키운 그 목인몽이란 아이 역시 무시할 수
없을 것이오."

천화명이 심각한 표정으로 말했다. 그러자 적청완이 천화명

을 보며 물었다.

"그럼 천 신노의 생각은 뭐요?"

"일단 그들을 만나보는 것이 중요할 것 같소이다."

"설마 그들과 화해를 하잔 말이오?"

적청완의 눈에 노기가 서렸다. 신황법노로서 신황림의 율법을 어긴 자들과 화해를 한다는 것은 있을 수 없는 일이기 때문이었다.

"피를 흘리는 것보다는 낫지 않겠소?"

"홍, 우리의 피보다 신황림의 전통이 더 중요하오. 피를 흘리는 걸 두려워한다면 어찌 신황림의 전통을 이어갈 수 있겠소. 난 반드시 그들을 징치하고 말 거요."

적청완이 단호하게 말했다. 그러자 내천사노 사무독이 적청완을 거들었다.

"나도 적 신노와 같은 생각이오. 그들과 일전을 벌이면 큰 손해를 볼 수도 있지만 만약 그들의 과거를 용서하고 그들과 화해를 한다면 앞으로 신황림의 수많은 문도들이 율법을 어기고 이곳을 떠날 거요. 그리되면 자연히 신황림은 이 세상에서 사라지게 되겠지. 천 신노, 그걸 원하시는 거요?"

"음, 나도 신황림의 와해를 원하지는 않소. 하지만 피를 흘리는 것도 바라는 바가 아니오."

"그럼 도대체 그들과 어떤 화해를 하자는 거요?"

"그들이 다시 신황림으로 들어오겠다면… 그리고 신황림의 율법에 따라 살아가겠다면 화해를 할 수도 있지 않겠소?"

"그야······. 하지만 그들은 절대 그 제안을 받아들이지 않을 거요."

사무독이 고개를 저었다.

"일단 한번 설득을 해보자는 거요. 싸움은 그 이후에 해도 늦지 않소."

"하지만 그러자면 그들을 신황림으로 들여야 한다는 건데··· 싸움을 유리하게 이끌자면 신황림 밖에서 그들을 막는 것이 낫지 않겠소? 독림과 독호(毒湖)가 다른 사람들에겐 위험할지 모르지만 우리에겐 오히려 편한 곳이니 말이오."

소유종이 말했다. 그러자 천화명도 고개를 끄덕였다.

"소 신노 말씀이 옳소. 일단 잠시 출림의 법을 잠시 푸는 것이 어떻소? 이번 일은 신황림이 탄생한 이후 처음 있는 일이니 이런 경우는 출림의 율법을 잠시 풀고 신황림 밖으로 나가 저들을 상대하도록 합시다."

천화명이 신황법노 적청완을 보며 말했다. 계율을 관리하는 것은 그의 몫이기 때문이었다. 그러자 적청완이 난감한 표정을 지었다. 그는 계율에 관한 한 철저한 원칙주의자이기 때문에 비록 신황림에 위기가 닥친다 하더라도 함부로 계율을 푸는 것을 꺼려하고 있었다.

"모두 신황림을 지키고자 하는 일이니 동의해 주시구려."

천화명이 다시 적청완을 설득했다. 그러자 적청완이 어렵게 고개를 끄덕였다.

"좋소이다. 옛 글을 읽으니 성인도 시대의 법을 따라야 한다고 했으니 어찌 내 고집만 피우겠소. 그럼 어디서 저들을 막을 생각이오?”

“아무래도 독림과 독호의 경계가 좋지 않겠소? 저들이 이곳까지 배를 들고 올 것도 아니니 우린 배에 올라 저들을 맞이하는 것이 좋을 듯하오. 일이 틀어지면 우린 독호를 방패 삼아 저들을 공격할 수 있을 것이오.”

천화명이 말했다.

“알겠소이다. 그럼 그렇게 합시다.”

적청완이 무겁게 고개를 끄덕였다.

수백 년래 처음으로 불출림의 계율이 깨졌다. 신황구신노 중 외천삼노가 그날 밤 신황림을 떠났다. 다가오는 오산금림 고수들의 동정을 알아보기 위함이었다.

신황림 내부도 분주하게 돌아갔다. 신황림에 머물고 있는 구신노, 즉 사무독과 소유종, 그리고 적청완은 오산금림의 고수들을 맞을 준비에 여념이 없었다.

애초에 신황림에는 독호를 오가는 몇 척의 배가 있었으나 오랫동안 사용하지 않아 무척 낡은 상태였다. 신노들은 문도들을 시켜 그 배를 수리하게 하고 수시로 독호로 나가 적을 맞을 장소를 물색하며 시간을 보냈다.

그 분주한 움직임 속에서 허소산은 여전히 무공 수련에 매진하고 있었다. 흑산에 다녀온 이후 무형독의 경지에 대해 한 꼬투리의 깨달음이 생겨 그것에 매달리고 있었던 것이다.

　그러나 무형독의 경지는 닿을 듯 닿을 듯하면서도 좀체 허소산에게 그 온전한 모습을 보여주지 않았다.

　"우린 어쩌냐?"

　오늘은 절대 허소산을 혼자 두지 않겠다는 듯 이른 아침부터 허소산의 탑을 찾은 원보가 넌지시 물었다.

　"뭘요?"

　"몰라서 묻냐? 이 싸움 말이다. 우리도 관여해야 할까?"

　"구경은 가야지요."

　"일단 나가자는 말이구나. 뭐, 싸움 구경이야 마다할 것 없지만 위험하지 않을까? 하필이면 독호이니……."

　천독공을 수련하고 있는 허소산이라면 몰라도 원보나 다른 사람에게 독 호수는 돌아가고 싶지 않은 곳이었다.

　"그래도 구신노의 무공을 보고 싶지 않으세요?"

　"음, 사실 무척 궁금하긴 하구나. 어느 정도의 무공을 지니고 있길래 스스로 천외천을 자처하는지."

　"그러니까 일단 나가봐요. 제가 보살펴 드릴게요."

　"어이쿠야! 이젠 네게 보살핌을 받아야 하는 처지가 된 거냐?"

　"독림에서는 그럴 걸요."

　"무슨 소리냐?"

　"그런 게 있어요."

　허소산이 더 이상 입을 열지 않았다. 원보는 그런 허소산을 의뭉스런 눈으로 바라봤으나 더 이상 입을 열지는 않았다.

삼노가 돌아온 것은 그들이 신황림을 떠난 지 닷새쯤 뒤였다. 신황림으로 돌아온 삼노의 얼굴은 무척 상기되어 있었다. 그들이 전하는 말에 의하면 오산금림의 고수들을 이끌고 있는 자는 걱정하던 대로 오래전 신황림을 떠났던 목우와 요소빙 두 명의 신노라고 한다.

두 신노의 존재가 명확하게 드러나자 신황림에도 아연 긴장의 기운이 흘렀다. 다른 무림인과 달리 두 신노라면 신황림의 무인들이 가지고 있는 천독공의 절대무공도 별반 소용이 없었다.

신노들은 배를 만드는 일에 더욱 박차를 가했다. 신노들은 어디서 배를 만드는 지식을 배웠는지 오래된 배들을 금세 튼튼한 전선으로 탈바꿈시켰다.

그러고 드디어 삼노가 돌아온 지 이틀째 되는 날 아침 신황림의 모든 사람들이 신황림 초입에 있는 맑은 호수에 모였다.

"세 척이군."

원보가 호수 위에 떠 있는 배들을 보며 말했다. 투박하지만 단단해 보이는 배들은 화살이 비가 되어 날아와도 끄떡없을 것 같았다. 특히 배의 아래와 옆에는 두껍게 나무를 대었는데 아마도 독호로 나갔을 때 독호의 독에 배가 부식되는 것을 막기 위함인 듯 보였다.

"모두 모였소?"

신황법노 적청완이 호숫가에 모인 사람들을 보며 소리쳤다.

"그렇습니다, 신노 어른! 신황림에 남은 사람은 없습니다."

신황림의 무사 한 명이 굵은 목소리로 대답했다. 그러자 적청완이 고개를 끄덕이고는 다시 입을 열었다.

"우리 신황림은 오늘 본 림이 탄생한 이후 가장 위험한 상황에 직면했소. 우릴 공격해 오는 자들은 바로 우리의 형제였던 자들이오. 그들은 우리의 모든 것을 알고 있으니 아마 우릴 상대할 방법도 생각해 놓았을 거요. 그러나 우린 신황의 후예들이오. 신황의 무공은 천외천, 세상의 그 어떤 무공도 신황의 무공을 능가할 수 없소. 더군다나 저들 중 신황의 독공을 수련한 자는 그리 많지 않을 거요. 그러니 그들에게 신황의 적통이 누구인지 분명히 보여줍시다!"

"신노께선 걱정하지 마십시오. 저희들은 이미 신황림을 위해 죽을 각오가 되어 있습니다. 저들은 오늘 신황림의 무서움을 뼈저리게 느끼게 될 것입니다!"

신황림의 문도 중 하나가 큰 목소리로 소리쳤다.

"그 대답을 들으니 든든하오. 우리 여섯 명의 신노 또한 모든 것을 걸고 저들을 상대할 것이오. 그리고 외적을 맞이하는 오늘의 대사는 외천삼노께서 주관하게 될 것이오. 신황림의 율법에 적을 상대하는 일은 외천삼노의 주관이니 이 늙은이는 이만 뒤로 물러나겠소. 세 분 신노께선 이제 앞으로 나서주시구려."

적청완의 말에 천화명과 설도우, 그리고 화불엄이 사람들 앞에 섰다. 그리고 천화명이 입을 열었다.

"천황림의 율법에 따라 오늘의 대사는 내가 지휘하도록 하겠소. 모든 형제들은 세 척의 배에 골고루 나눠 오르시오. 우리 삼노가 각기 하나씩의 배를 지휘할 것이오. 저들을 가장 앞에서 맞이하는 것은 나 천화명의 몫이 될 것이오. 일단 내가 저들과 대화를 해볼 생각이오. 저들이 신황림의 율법을 여전히 받들지 않겠다면 내가 선봉에서 저들과 싸울 것이오. 중군은 설 신노께서, 후위는 화 신노께서 맡을 것이니 각자 앞서 정해진 대로 배에 오르시오."

천화명의 말에 신황림의 문도들이 함성도 없이 결연한 표정으로 세 척의 배에 오르기 시작했다.

"우린 어디로 가지?"

원보가 허소산에게 물었다.

"싸움 구경을 하려면 제대로 해야죠."

"첫 번째 배에 오르자는 말이렷다."

"아무렴요."

허소산이 미소를 짓고는 천화명이 탄 배를 향해 걸음을 옮겼다.

第六章
야망(野望)

철썩철썩!

파도처럼 거대한 물결이 일었다. 신황림의 문도들을 태운 배가 일으키는 파도는 아니었다. 세 척의 배가 절벽 사이에 난 동굴을 지나 독호(毒湖)로 들어서자 사방에서 거대한 괴수들이 일으키는 파도였다.

"묵룡이라고 했나?"

원보가 갑판에 서서 요동치는 독호의 괴수들을 보며 물었다.

"그렇게들 부른다고 하더군요. 이상하게 독은 없대요."

허소산이 대답했다.

"독호에 살면서 독이 없다……. 이상한 일이군. 하지만 일단 독이 없다니 그렇게 크게 걱정할 건 아니고, 더 무서운 것은 독호의 물이라도 했던가?"

"그랬죠. 묵룡들은 몰라도 다른 생명들은 채 일각을 버티지 못하고 죽는다고 했으니까요."

"이 독호가 신황림을 침입자로부터 지키는 죽음의 방벽 같은 것이었겠군."

"그렇죠. 그래서 이곳을 경계로 그들을 막으려는 것이겠지요."

"좋은 선택이긴 한데……."

원보가 고개를 들어 남쪽 호숫가를 바라봤다. 검은 숲이 장대하게 펼쳐져 있었다. 그들이 지나온 독림이었다.

호숫가는 조용했다. 아직은 침입자들이 도착하지 않은 것이 분명했다. 그러나 배 안의 사람들은 오히려 그 침묵이 주는 기이한 긴장감에 불안해하고 있었다. 신황림의 문도들은 일신에 고강한 무공을 지니고 있기는 하지만 기실 외천삼노를 제외하고는 누구와 목숨을 걸고 싸워본 일이 없는 사람들이었다. 세상과 격리되어 살다 보니 제대로 된 싸움을 할 일이 없었던 것이다.

세 척의 배는 종으로 늘어선 채 서서히 호수의 남쪽 변을 향해 나아갔다. 그리고 얼마쯤 가다 가장 뒤에 따르던 화불엄이 이끄는 배가 움직임을 멈췄다. 후위를 맡은 배였다.

그리고 다시 조금 더 전진하자 설도우가 맡은 중군의 배가 멈췄고, 허소산 등이 타고 있는 천화명의 배만이 홀로 호수의 남쪽 변에 닿았다.

촤아악!

배가 밀어내는 검은 호수 물이 포말을 일으키며 남쪽 호수 변으로 밀려들었다.

"닻을 내려라!"

천화명의 명이 떨어지자 신황림의 문도들이 재빨리 무거운 돌로 만든 닻을 내렸다. 그런데 그때 갑자기 남쪽으로 펼쳐진 독림에서 기이한 소음이 일어났다.

뿌우우!

거대한 소리가 독호의 물결을 일으켰다.

"오나 보군."

천화명이 나직하게 말했다.

"코끼리를 동원했나 보구려."

천화명과 함께 첫 번째 배에 올라 있던 적청완이 말했다.

"코끼리를 독림으로 몬다는 것은 죽음으로 밀어 넣는 일인데, 이곳까지 그것들을 죽이지 않고 데려왔다면 역시 두 신노의 능력이 그만큼 대단하다는 의미일 거요."

천화명이 조금은 걱정스런 표정으로 말했다.

"목우 그자의 능력이야… 독경만 있었다면 경주의 자리를 노렸을 인물이 아니오."

"그렇지요. 아까운 사람임에는 분명한데……."

"그가 우리 말을 듣겠소?"

"아마… 쉽지는 않을 거요."

“휴.”

적청완이 나직하게 한숨을 내쉬었다.

쿵쿵쿵!

코끼리의 울음소리가 들려온 지 이각여가 지나자 독림의 나무들이 차례로 흔들리며 호수 쪽으로 물결치듯 움직였다. 그리고 얼마 지나지 않아 거대한 코끼리 세 마리가 온몸에 흰 가루를 덮어쓰고 등 위에 가죽으로 만든 덮개를 뒤집어쓴 채 모습을 드러냈다.

“저렇게 독을 피했군.”

원보가 감탄하듯 말했다.

“저 흰 가루가 독을 막아내는 것 같아요.”

허소산이 코끼리를 뒤덮은 흰 가루를 보며 말했다.

“무슨 가루일까?”

“글쎄요. 보세요. 오산금림의 고수들도 하나같이 흰 가루를 몸에 묻히고 있어요.”

과연 코끼리 뒤를 따라 나타난 오산금림의 고수들 역시 온몸에 흰 가루를 눈처럼 뿌린 채 모습을 드러냈다.

처음 장내에 모습을 나타낸 코끼리 위에는 거대한 침상 같은 것이 자리 잡고 있었는데, 그 침상 위에는 화려한 금포를 차려입은 삼십대 초반의 사내가 지그시 눈을 아래로 내리깔고 가부좌를 틀고 앉아 있었다.

뒤이어 나타난 다른 두 마리 코끼리 위에도 사람이 타고 있었는데, 그들은 거의 백여 세에 가까워 보이는 외모를 지닌 남녀였다.

"저들이 바로 이곳을 탈출한 구신노들인가 보군요."

허소산이 뒤쪽 코끼리 등에 타고 있는 두 노인을 보며 말했다.

"그런 듯하구나. 그 기세가 대단하군. 독림의 독도 무서워하는 것 같지 않고."

원보가 호승심이 일어나는 표정으로 말했다.

뿌우우!

호숫가로 다가선 코끼리들이 하늘을 향해 긴 코를 치켜들며 구슬픈 울음을 토해냈다. 그러자 뒤쪽의 코끼리에 타고 있던 두 노인이 바람을 타듯 몸을 날려 호숫가로 내려섰다. 그리고는 배 위에 서 있는 천화명과 적청완을 향해 가볍게 포권을 해 보였다.

"오랜만에 뵙소이다, 두 분 신노!"

천화명이 두 사람을 내려다보며 소리쳤다. 그러자 그중 긴 수염을 한 남자가 입을 열었다.

"그렇구려. 근 삼십여 년 만인 듯싶구려."

"함께한 세월이 엊그제 같은데 벌써 그리 되었구려. 하긴 두 분의 머리에 백설이 내렸으니 세월이 흐르긴 흐른 모양이오."

"맞소이다. 우리 두 사람은 이제 죽을 나이가 되었소이다. 사람이 죽게 되면 고향이 그리워진다고 하더니 우리도 못내 고향이 그리워 이렇게 신황림에 다시 오게 되었구려."

흰 수염을 한 노인은 신황림을 탈출한 법노 목우일 터였다.

"고향에 돌아오신 걸 환영하오. 그런데 웬 사람을 이렇게 많이 끌고 오셨소. 저들 중에는 나도 안면이 있는 자가 몇 있구려."

천화명이 날카로운 시선으로 코끼리 뒤에 도열한 오산금림의 고수들을 돌아보며 말했다.

"하하하, 그러실 거요. 외천삼노께서 오산금림에 오랫동안 인연을 두었으니 알고 있는 사람이 어찌 없겠소. 외람되게도 외천삼노께서 떠난 오산금림에 우리가 터전을 마련하게 되었구려."

"예상은 하고 있었소. 그런데… 그대의 아들이오?"

천화명이 여전히 코끼리 위에 타고 있는 사내를 보며 물었다. 그러자 목우가 고개를 끄덕였다.

"그렇소이다. 나와 소빙의 아들이오. 허허허, 하늘의 뜻은 정말 모르겠소이다. 육십이 넘은 내게 하늘이 자식을 내려줄 줄이야 누가 생각이나 했겠소이까?"

"그렇구려. 정말 기이한 일이라고 할 수 있구려."

"아마 하늘이 저 아이에게 특별한 일을 맡기려고 그런 모양이지 뭐요. 그래서 우린 저 아이에게 아주 큰 기대를 걸고 있다오. 인몽, 어른들께 인사드려라!"

목우의 말에 코끼리 위에 가부좌를 틀고 앉아 있던 사내가 그 자세 그대로 허공으로 떠오르더니 가볍게 호숫가의 모래 위에 내려섰다.

"신노들을 뵙습니다. 인몽이라 합니다."

"네 이야기는 들었다. 금림에서 제법 자리를 잡았더구나."

천화명이 차게 말했다.

"모두 외천삼노 어른 덕분입니다. 금림을 좋은 곳으로 만들어놓으셔서 자리를 잡기가 편했습니다."

목인몽이 한줄기 미소를 지으며 대답했다. 그러자 천화명이 살짝 인상을 찌푸렸다.

"호기가 지나치구나."

"무례했다면 너그럽게 용서해 주십시오."

목인몽이 가볍게 고개를 숙여 보였다. 입으로는 용서를 빌었지만 시선은 거만하기 이를 데 없다.

"용서라……. 내가 널 용서해 줄 능력이 되는 사람을 보이느냐?"

"신노께서가 아니라면 감히 누가 이 인몽을 용서하겠습니까?"

"하하하, 목 신노, 아드님을 참 잘 키우셨구려. 천하라도 집어삼킬 배포인 듯하오."

천화명의 말에 목우가 빙그레 미소를 지었다.

"아이가 좀 교만하긴 하오. 하지만 인몽은 그럴 만한 능력을 가지고 있소이다. 저 아이는 이미 독류의 비결을 완성했소이다."

순간 천화명의 표정이 일변했다. 목우가 말하는 독류란 천독공의 두 번째 비결을 말하는 것일 터였다.

"신황림을 떠나서도 신황림의 무공을 전수했구려. 그것도

오직 신노의 자격이 있어야만 익힐 수 있는 독류의 비결이
라……."

천화명이 차가운 눈으로 질책하듯 목우를 바라봤다. 그러자
목우가 가볍게 고개를 숙여 보이고는 다시 입을 열었다.

"미리 신노들께 허락을 구하지 못한 점 사과드리오. 하지만
인몽의 재질이 워낙 뛰어나 천독공을 아니 전수할 수 없었소.
다행히 인몽이 독정과 독류의 비결을 어린 나이에 완성했으니
이는 신황림의 큰 홍복이 아니겠소?"

"신황림의 홍복이라……. 신황림의 율법을 어기고 강호로
나간 그대들이 여전히 신황림의 사람임을 자처하는 것이오?"

"물론 우리가 신황림의 율법을 어긴 것은 맞소. 하지만 법이
란 세월이 변하면 함께 변해야 하는 것 아니겠소? 이젠 신황림
도 수백 년이나 이어온 이 금욕의 굴레를 벗어야 할 때요. 그
래서 우리가 이렇게 다시 신황림으로 돌아온 것이오."

"신황림의 율법은 오직 독경의 경주만이 바꿀 수 있소. 아
니, 독경의 경주조차도 신황의 법을 함부로 바꿀 수 없다는 것
을 그대도 알고 있지 않소? 그런데 목 신노 그대가 감히 신황
의 율법을 바꾸겠다는 거요?"

천화명이 노기를 담아 물었다.

"아, 독경의 경주가 실종된 지 이미 수백 년이오. 언제까지
과거의 굴레에 매달려 있을 생각이시오. 우리 이제 함께 강호
로 나갑시다. 천하에 우리 신황림을 상대할 곳은 많지 않소.
내가 그동안 강호를 면밀히 살피니 오행비처에 남은 신황의

후예 중 강호에서 활동하는 자는 없었소. 그건 곧 그들이 예전이 이미 흩어졌거나 혹은 멸문했다는 의미. 우리가 힘을 합친다면 강호는 우리 손에 들어올 거요."

"그게 이곳에 돌아온 목적이오?"

"그렇소이다. 신노들의 현명한 판단을 기대하오."

"만약 우리가 거절한다면 힘으로 우릴 굴복시킬 생각이오?"

"신노들께서 내 제안을 거절하리라 생각지 않소. 그대들도 마음속에는 이곳을 떠나고 싶은 생각으로 가득 차 있지 않소이까?"

목우가 은근한 어조로 물었다. 그러자 그의 말을 듣고 있던 신황림 문도들의 표정이 살짝 변했다.

목우의 말이 아주 틀린 것은 아니었다. 신황림의 문도들도 그들을 속박하는 신황의 율법이 작금에 와서는 버겁기 마찬가지였다. 그러나 율법이란 또한 신황림이 존재하는 이유기도 했다.

"그 누구도 감히 신황의 율법을 깰 수는 없소. 목 신노 그대는 법노의 신분으로 앞서서 율법을 깼으니 결코 용서받을 수 없소."

신황법노 적청완이 서슬 퍼런 목소리로 소리쳤다. 과거 목우와 그는 같은 신황법노로서 누구보다도 친밀한 사이였다. 그런데 지금에 와선 신황의 법을 지키려는 사람과 그걸 깨려는 사람으로 사이가 벌어져 가장 적대적인 관계에 놓인 것이다.

"청완 그대와 난 아주 어려서부터 함께 자랐지. 그리고 누구보다도 가까운 사이가 아니었던가? 그대가 날 이해해 주지 않으면 누가 날 이해해 주겠나."

목우가 과거 그들이 친밀했던 시절을 떠올리며 말했다.

"목우 그대가 신황의 율법을 깨는 순간 우리의 우정도 끝이 났다. 알고 있지 않은가? 신황의 율법이 나에게는 곧 목숨이란 것을."

"자네의 그 고지식함을 난 존경했지. 하지만 또한 견딜 수가 없었네. 이제 그만 수백 년이나 묵은 형틀에서 벗어나게."

"난 신황의 법을 형틀이라 생각한 적이 없다. 그게 자네에게 족쇄가 된다면, 좋아, 신황림을 떠난 것은 인정하겠다. 그러나 그러려면 자네가 신황림에서 얻은 모든 것을 내려놓고 가야 하는 것 아닌가?"

적청완이 준엄한 목소리로 말했다. 그러자 목우가 고개를 저으며 말했다.

"청완 자네가 신황림을 사랑하는 것을 잘 알고 있네. 하지만 나 역시 신황림을 사랑하네. 단지 어떻게 신황림을 아끼느냐의 문제지. 난 신황림을 이 밀림의 오지에 묻어두고 싶지 않네. 강호로 나아가 신황림의 이름으로 무림을 굽어보고 싶다네. 그게 내가 신황림을 아끼는 방법일세."

"그건 율법을 어기는 일이야."

"성인도 시대의 법을 따르는 것이 도(道)일세. 법이란 결국 그 시대에 사는 사람이 만드는 것이야. 지금 신황림에 누가 있는가? 신황이 있는가? 독경의 경주가 있는가? 아무도 아닐세. 바로 우리 구신노가 곧 현재의 신황림 아닌가? 우리가 신황림의 법이 변하기를 원하면 그게 바로 곧 당금의 신황림의 법일세.”

“결국 신황림으로 복귀할 생각은 없다는 거군.”

“아니지. 복귀하러 온 것 아닌가? 단지 앞으로의 신황림은 지금까지와는 좀 달라야 한다는 거지.”

목우의 대답에 이번에는 천화명이 입을 열었다.

“미안하지만 목 신노는 지금 우리에게 조건을 내걸 처지가 아니오. 신황림으로의 복귀도 그대 마음대로 결정할 수 있는 일이 아니오. 그대가 신황림에 복귀하려면 지나간 잘못에 대해 용서를 빌고 향후 신황림의 율법에 따라 살겠다는 약조를 해야 하오. 이것이 그대가 다시 신황림의 사람이 되는 우리의 소선이오. 우린 사실 이 말을 전하기 위해 이렇게 낭신을 기다리고 있었던 거요. 그대가 오산금림의 고수들을 이끌고 왔다는 것은 곧 힘으로라도 신황림을 열겠다는 의미일 텐데, 그 생각은 거두는 것이 좋을 것이오. 당신도 알다시피 오산금림의 힘으로는 결코 신황림을 열 수 없소.”

천화명의 말에 목우가 고개를 끄덕였다.

“맞소이다. 난 힘으로라도 신황림을 열 생각이오. 물론 그대들이 말한 조건도 받아들일 수 없소. 다시 신황림에 갇혀 살 바에야 이곳으로 돌아올 이유가 없소. 그러나… 힘으로 신황림을 열 수 없을 거란 생각은 틀린 생각이오.”

“정녕 피를 보겠다는 말이냐?”

적청환이 노한 목소리로 소리쳤다. 그러자 목우가 도도한 목소리로 입을 열었다.

“그대들은 내가 왜 신황림을 떠난 지 삼십여 년이 지난 지금에서야 이곳에 돌아왔는지를 생각해야 할 것이오. 난 그동안 강호에서 제법 많은 준비를 했다오. 물론 그중에는 내 아들을 절대의 고수로 성장시키는 것도 있었소. 단언하건대 당금 천하에서 인몽의 일수를 받아낼 사람은 채 다섯이 안 될 것이오. 또한 그동안 난 제법 대단한 아이들을 키웠소. 오산금림은 그저 세상에 나갈 명분이 필요했기에 접수한 문파일 뿐이오. 나오너라!”

목우의 말에 오산금림 고수들 뒤쪽에서 열두 명의 중년 사내가 허공을 날아 목우의 뒤쪽으로 내려섰다. 그들은 하나같이 깊은 안광을 흘리고 있었는데 한눈에 보아도 절정의 무공을 수련한 자들이 분명해 보였다.

“어떻소. 이들은 지난 세월 내가 키운 아이들이오. 모두 천독공의 독정의 비결을 수련했소. 지금은 아마도 신황림의 후기지수 누구보다도 뛰어난 능력을 가지고 있을 거요.”

“감히 신황림 밖에서 천독공을 전했단 말이냐?”

적청완이 분노에 치를 떨며 소리쳤다.

“아아, 너무 화내지 말게. 그저 신황림의 힘을 좀 더 키웠다고 생각해 주시게. 지금의 신황림은 문도 수가 너무 적어. 그래 가지고는 강호를 경영할 수 없네.”

"그들로 하여금 본 림을 치게 할 생각이오?"

천화명이 물었다.

"만약 서로의 뜻이 맞지 않으면 결국 힘을 겨뤄보는 것이 강호의 이치 아니겠소?"

목우가 느긋한 표정으로 말했다.

"목우… 그대는 하나는 알고 둘은 모르는군."

"내가 모르는 그 둘이 뭔지 모르겠구려."

목우가 여전히 여유를 잃지 않고 물었다.

"그 둘은 이거요. 우리 여섯 신노의 목숨이라면 그대들도 역시 저승에 함께 가야 한다는 거지. 더군다나 당신들이 공들여 키운 아들의 목숨 역시. 그러니 신황림의 법도를 따르지 않을 생각이면 당장 이곳을 떠나시오. 그리고 다신 신황림으로 돌아오지 마시오. 물로 강호에서도 신황림의 이름을 거론하지 마시오. 당연히 오산금림도 떠나야 할 것이오. 그러면 더 이상 그대들의 일에 관여치 않겠소."

천화명의 냉정한 말에 목우가 살짝 얼굴을 찌푸렸다. 그리고는 고개를 저으며 목인몽을 바라봤다. 그러자 목인몽이 미소를 짓더니 서너 걸음 앞으로 나왔다. 그리고는 천화명과 적청완을 번갈아 보며 입을 열었다.

"두 숙부께 제가 드릴 말씀이 있습니다."

"숙부라……. 우리가 그렇게 가까운 사이였던가?"

천화명이 냉랭하게 대답했다.

"신황림의 구신노께서는 형제와 다름없으니 제게 두 분은 숙부시지요. 형제라도 의견은 다를 수 있지만 형제인 것은 변함없는 사실 아닙니까?"

"우린 피 한 방울 섞이지 않았다."

"그러나 신황이 유업을 함께 이으셨지요."

"궁색한 인연 따위 들먹이지 말고 하고 싶은 말이나 하거라."

천화명이 냉소를 흘리며 말했다.

"다른 것은 모두 천 숙부님의 말씀이 옳지만 한 가지는 틀리기에 이렇게 버릇없이 나섰습니다."

목인몽이 빙그레 미소를 지으며 말했다.

"내 말에 틀린 점이 뭣이더냐?"

"그건 숙부님들께서 모두 나서신다 하더라도 제가 죽지는 않을 거란 것입니다."

순간 천화명과 적청완이 동시에 눈살을 찌푸렸다.

"너무 오만하게 컸구나. 재주가 뛰어나도 오만해서는 큰 사람이 되지 못하는 법이거늘. 쯔쯔쯔, 늘그막에 아들을 얻더니……."

적청완이 혀를 찼다. 그러자 목인몽이 여전히 얼굴에서 웃음을 거두지 않고 말했다.

"전 제가 오만할 자격은 있다고 생각합니다."

"네가 독류를 완성했다손 쳐도 우리 앞에서 그런 오만을 부릴 수는 없다."

"그런가요? 그럼 제가 한 가지 제안을 하지요."

"제안? 무슨 제안을 하고 싶으냐?"

"신황림에 그 누구라도 저와 오십 초를 겨룬다면 저는 부모님을 모시고 물러가도록 하겠습니다. 아니, 부모님과 저 세 사람이 이 길로 천황림에 들어가 스스로 폐관하여 평생 해를 보지 않지요."

순간 적청완과 천화명의 얼굴이 딱딱하게 굳었다. 목인몽이 단지 오만하기에 하는 말 같지는 않았다. 그에게선 자신감이 넘쳐나고 있었다. 더군다나 그의 말을 듣고 있는 목우와 요소빙도 그를 말릴 생각이 없어 보였다. 두 사람은 구신노의 능력을 잘 알고 있는 사람들이었으므로 그들이 아들의 제안을 만류하지 않는 것은 목인몽을 그만큼 믿고 있다는 뜻이다.

"정말 대단한 제안이군. 놀라워. 정말 그 정도 인물인 건가?"

적청완이 목우에게 물었다. 그러자 목우가 여유있게 대답했다.

"한번 상대해 보시게. 예전에 태어났다면 독경의 경주가 되었을 거라지 않았던가? 독경을 얻었다면 오직 신황께서만 완성했다는 무형독의 경지에도 이르렀을 아이네. 지금은 천독공의 비결이 실전된 관계로 독류를 넘어서는 스스로 자신이 무공을 만들어가고 있으니 기대해도 좋을 걸세."

목우의 말에 자신감이 넘쳐흐른다. 그러자 적청완이 천화명을 바라보며 속삭였다.

"어찌하면 좋겠소?"

그러자 천화명이 입을 열었다.

"피를 흘리지 않을 수 있다면 나쁜 방법은 아니오."

"하지만 저들의 자신감을 보면······."

"저 아이가 그렇게 대단하다면 비록 전면전을 벌인다 해도 승산이 없을지 모르오."

"하지만 우린 독호를 점하고 있소."

"그건 단지 시간을 끌 수 있을 뿐 저들을 영원히 막지는 못하오. 목우 저자라면 분명 충분한 준비를 해왔을 것이오. 그러니······."

"그와 비무를 하자?"

"다른 신노들의 의견을 들어봅시다."

천화명이 고개를 돌려 신황림의 무사 한 명에게 고개를 끄덕였다.

당당당!

천화명의 신호를 받은 무사가 조금 높은 음이 나는 징을 세 번 쳤다. 그러자 뒤에 물러나 있던 다른 두 척의 배가 서서히 허소산 등이 타고 있는 배로 접근하기 시작했다.

"어떨 것 같으냐?"

원보가 잔뜩 호기심이 동한 표정으로 물었다.

"글쎄요."

허소산이 고개를 갸웃했다.

"내 생각에는 분명 저들은 비무를 선택할 것 같구나."

“왜요?”

“저들은 사실 보기완 달리 무척 온순한 사람들이다. 그런 사람들이 피를 흘리지 않을 방법이 있는데 굳이 싸움을 택하겠느냐?”

“하지만 그건 비무에서 승리한다는 확신이 있을 때지요.”

“난 세상에 저들을 오십 초 안에 꺾을 수 있는 고수가 얼마나 될지 의문이구나. 비록 목인몽이라는 자가 그의 부모에게서 신황림의 절기를 배웠다고 해도 그의 나이에 신노들을 오십 초 안에 꺾지는 못할 것 같구나.”

“그런가요?”

허소산이 고개를 갸웃했다.

“왜, 넌 다른 생각이냐?”

“그냥 저 사람들이 승산없는 일을 제안하지는 않았을 것 같아서요.”

“음, 그렇긴 하지.”

원보가 여유있는 표정으로 천화명 등의 회합을 바라보고 있는 목우와 요소빙을 보며 고개를 끄덕였다. 그때 천화명 등이 논의를 끝냈는지 다시 배의 선수에 올라 목우를 보며 입을 열었다.

“정말 약속할 수 있겠소?”

천화명의 질문에 목우가 고개를 끄덕였다.

“걱정 마시오. 나 목우가 약속을 지키지 않을 사람은 아니니.”

"좋소. 그럼 그대 아들의 제안을 받아들이겠소."

"하하하! 좋은 결정이오. 모두 한식구가 될 사람들인데 피를 흘려서 좋을 것은 없지. 인몽, 숙부들을 맞을 준비를 하려무나."

"알겠습니다, 아버님. 모두 뒤로 물러나 자리를 만들라."

목인몽의 명에 오산금림의 고수들과 목우가 키운 자들이 일사불란하게 뒤로 물러나며 호숫가에 큰 공터를 만들었다. 그러자 허소산 등과 함께 서 있던 지우상이 혀를 차며 중얼거렸다.

"벌써 입안의 혀처럼 사람들을 부리는구나. 금림은 이미 저들의 수중에 들어간 걸까?"

그러나 그의 말에 대답하는 사람은 없었다. 정아원은 어두운 안색으로 그저 침묵을 지킬 뿐이었다.

"어느 분께서 먼저 가르침을 주시겠습니까?"

호숫가에 비무 터가 만들어지자 목인몽이 배 위의 신노들을 보며 물었다. 그러자 육신노가 서로 시선을 교환하더니 화불엄이 훌쩍 배에서 날아올라 가벼운 움직임으로 호숫가에 내려섰다.

"내가 먼저 네 무공을 시험하마."

"화 숙부시군요."

"날 알고 있구나."

"금림을 떠나실 때 먼발치에서 뵈었지요."

"그때 이미 우리의 정체를 알고 있었구나."

"어찌 신황림의 존장을 몰라 뵈겠습니까?"

"좋아, 네 스스로 신황림의 후예를 자처하니 약속은 반드시 지키거라."

"한 수 가르침을 받겠습니다."

목인몽이 가벼운 미소와 함께 훌쩍 뒤로 물러나더니 허리춤에 매달린 검을 뽑아 들었다. 그러자 화불엄도 검을 들어 목인몽을 향해 다가가기 시작했다.

쿠쿠쿵!

한순간 장내의 고수들이 혼란에 빠져들었다. 망설임없이 시작한 목인몽과 화불엄의 비무는 신황구신노를 제외한 모든 사람을 경악 속으로 몰아넣었다. 그들의 무공은 그들이 지금껏 그 어디에서도 보지 못한 놀라운 경지였다.

검을 맞대는 순간부터 비무가 진행되는 내내 그늘의 섬에선 단 한시도 검기가 사라지지 않았다. 강호의 그 어떤 내가 고수도 이렇게 오랫동안 검기를 유지하는 것은 힘들다. 그러나 이들은 마치 마르지 않는 공력을 지닌 사람들처럼 비무 내내 검기를 유지하고 있었다.

더군다나 두 사람의 움직임은 너무 빨라서 장내의 고수 중 그들의 공수 교환을 제대로 읽어내는 사람이 몇 없었다.

"놀랍구나, 놀라워. 신황림이 그들 스스로를 천외천이라 부르는 이유를 알겠다. 내 무공을 익힌 후 이런 싸움은 몇 번 보지 못했다."

원보가 탄성을 흘려냈다.

“이런 싸움을 다른 곳에서 보셨다고요?”

허소산은 오히려 원보의 말이 놀라운 듯 되물었다.

“해동오류의 최고 고수들은 저런 실력을 지니고 있단다. 물론 구산선문은 논외고.”

“그들이 그렇게 강한가요?”

“강하지. 암, 그리고 독하지.”

그 순간 원보의 안광이 번쩍이는 것을 허소산은 놓치지 않았다.

‘역시 해동오류와 은원이 있으셨나?’

허소산이 새삼스레 원보에 대해 호기심을 가질 때 문득 강력한 격돌음이 장내를 뒤흔들었다.

쾅!

우르릉!

격돌음이 일으킨 파장이 호숫가를 지진이 난 것처럼 뒤흔들었다. 그리고 그 순간 화불엄과 목인몽의 비무가 끝났다.

“너… 무슨 무공을 수련한 거냐?”

화불엄이 믿을 수 없다는 듯 목인몽을 보며 물었다.

“독류가 끝일 수는 없지요.”

목인몽이 대답했다.

“설마… 독경을 찾은 거냐?”

“그건 아닙니다. 독류 다음엔 뭐가 있을까 고민하고 있지요.”

"목 신노의 말처럼 스스로 네 무공을 만들어가고 있단 말이구나."

"노력 중입니다."

"네 아비가 자랑스러워 할 만하다."

"칭찬, 감사드립니다."

"사십구 초라……. 내 체면을 봐줬구나."

"가르침에 감사드립니다."

정중하면서도 도도한 목인몽의 대답이다. 그러자 화불엄이 고개를 젓더니 훌쩍 신형을 날아 올려 새처럼 배 위로 올라섰다. 그리고는 천화명 등을 보며 말했다.

"패했소. 그런데… 누구도 쉽지는 않을 것 같구려."

화불엄의 말에 적천왕이 물었다.

"그렇게… 강하단 말이오?"

"독류를 완성한 것이 오래전 같소이다. 그 이상의 무공을 홀로 만들어가고 있다 하오."

"음… 이를 어쩐다? 설마 그 정도일 줄이야."

"내가 상대해 보리다."

문득 내천사노 중 하나인 사무독이 말했다.

"그러시겠소? 사 신노라면… 기대할 수 있지요."

천화명이 고개를 끄덕였다. 그러자 사무독이 고개를 저었다.

"이미 화 신노께서 그의 실력은 인정하셨으니 나라고 그를 이길 수야 없겠지요. 하지만 그의 실력을 알았으니 조심하면 어찌 오십 초는 견딜 수 있을지도 모르겠소이다. 그럼!"

사무독이 한마디 말을 남기고 훌쩍 신형을 날렸다.

"사 숙부시군요."

사무독이 호숫가에 내려서자 목인몽이 고개를 숙여 보였다. 그러자 사무독이 차가운 표정으로 말했다.

"날 본 적이 없을 텐데?"

"숙부님들에 대해선 아버님과 어머님께 귀가 따갑게 들었습니다. 그러니 어찌 사 숙부님을 몰라보겠습니까?"

"알겠다. 그렇다면 내 성정도 알리라."

"맺고 끊음이 서릿발 같다 하시더군요."

"그리고 성급한 편이지. 시작하자!"

사무독이 하나의 검은 부채를 들어 올렸다. 그러자 목인몽이 호기심을 보이며 말했다.

"그것이 바로 그 유명한 흑화선(黑花扇)이군요."

"내 무공을 알고 있느냐?"

"아버님께서 말씀하시길 사 숙부님의 흑화선은 신황림의 무공 중 가장 아름다운 무공이라고 하시더군요."

"아름다운 꽃에는 반드시 독한 가시가 있다."

"명심하겠습니다."

목인몽이 가르침에 고개를 숙이는가 싶더니 한순간 들고 있던 검을 직선으로 뻗어냈다.

팟!

순간 한줄기 빛이 그의 검에서 흘러나와 사무독의 가슴을 찔러갔다. 전광석화 같은 기습, 그러나 사무독은 이미 예상을 하고 있었다는 듯 슬쩍 몸을 틀며 들고 있던 검은 부채를 휘둘렀다. 그러자 부채가 기이한 곡선을 그리며 허공에 연달아 열두 개의 그림자를 남겼다.

차앙!

한순간 목인몽의 검이 사무독의 부채 그림자와 부딪치며 맑은 마찰음을 일으켰다. 그사이 사무독이 오른쪽으로 돌아가며 재차 손에 든 부채를 휘둘렀다.

그러자 이번에는 그의 부챗살 두 곳에서 검은 기운이 일렁이더니 화살처럼 날아가 목인몽의 등을 파고들었다. 목인몽이 안색을 굳히며 허공으로 치솟아 날아드는 검은 기운을 피했다. 그리고 이번에는 허공에서 일검을 내리그어 사무독의 머리를 갈라갔다. 사무독이 다시 부채를 들어 유연하게 움직이며 목인몽의 공세를 막아갔다. 그렇게 두 절대고수의 비무가 시작됐다.

"멋지구나!"

원보가 감탄사를 흘려냈다. 사무독과 목인몽이 보여주는 비무는 한바탕 춤사위를 보는 것 같았다. 그건 아마도 사무독이 사용하는 흑화선이라는 병기 때문일 터였다.

사무독의 흑화선은 한번 움직일 때마다 허공에 검은 부채 문양의 그림자를 남겼는데 그건 마치 검게 피어난 꽃처럼 비무 내내 허공을 물들였다.

아마도 그의 부채에 흑화선이라는 이름이 붙은 것은 그 신비하고 아름다운 선법 때문일 터였다.

"무서운 사람들이에요."

허소산이 고개를 저으며 말했다.

"그렇지? 저런 무공은 정말 좀체 보기 힘든 것인데……."

원보가 고개를 저었다.

"저들이 강호에 나가면 더 무서운 자들이 될 거예요."

"무슨 말이냐?"

"저들은 독공을 익힌 사람들이에요. 지금이야 독이 서로에게 어떤 타격도 주지 않으니 굳이 독을 쓰지 않지만 강호에 나가면 다르지요."

"아! 그렇구나. 저 무공에 독까지 사용한다면… 음, 정말 강호에 저들을 대적할 자가 거의 없겠구나. 정말 무서운 자들이다. 내가 왜 독을 생각지 않고 있었을까?"

원보가 자책하듯 자신의 머리를 두드리며 말했다.

"어쨌든 이번 비무도 목인몽 저자의 승리가 될 것 같아요."

"무슨 소리냐? 사 신노가 잘 버티고 있는 것 같은데. 이제 십여 초만 지나면 오십 초다."

"목인몽은 아직 자신의 진실한 실력을 드러내지 않았어요. 그의 얼굴에 여유가 있어요."

"음, 그렇더냐? 난 잘 모르겠는데?"

원보가 고개를 갸웃했다. 그러나 허소산의 말은 금세 사실로 드러났다. 한순간 목인몽이 허공에서 풍차처럼 몸을 회전하자 그의 주위를 감싸고 있던 사무독의 부채 그림자들이 단번에 흩어졌다. 그리고 그 사이로 목인몽의 검이 번개처럼 튀어나왔다.

"음!"

목인몽이 단번에 자신의 만들어낸 부채 그림자들을 제거하고 기습을 가해오자 사무독의 입에서 나직한 침음성이 흘렀다. 사무독이 들고 있던 부채를 아래에서 위로 재빨리 그어 올렸다. 그러자 그의 부챗살 하나하나에서 검은 진기의 줄기가 흘러나와 다가오는 목인몽의 검을 거미줄처럼 휘감았다.

"아!"

곳곳에서 사무독의 놀라운 신기에 감탄사가 흘러나왔다. 그러나 그도 잠시, 목인몽의 검기가 그물처럼 엉켜 있는 사무독의 진기를 단번에 끊어냈다.

파파팡!

진기가 흩어지며 만들어내는 소음이 장내를 소란스럽게 만들었다. 그리고 한순간 어느새 목인몽의 검이 사무독의 바로 눈앞에 멈춰 서 있었다.

"사십구 초군요."

목인몽이 가벼운 미소와 함께 말했다.

"나 역시 사정을 보아줬던 것이냐?"

"제가 어찌 감히……."

그러나 목인몽의 얼굴엔 강자의 여유가 흘렀다.

"졌구나. 정말 대단한 성취를 이뤘구나. 그러나…….."

사무독이 말꼬리를 흐렸다.

"가르침이 있으시다면 경청하겠습니다."

목인몽이 고개를 숙여 보였다. 그러자 사무독이 고개를 저었다.

"아니다. 내가 어찌 나보다 강한 사람을 가르치겠느냐? 그만 물러가마."

사무독이 고개를 젓고는 훌쩍 신형을 날려 배 위로 올라섰다. 그러자 신노들이 어두운 안색으로 사무독 곁으로 다가들었다.

"이대로 끝날까요?"

정아원이 불안한 기색을 감추지 못하고 물었다. 목인몽이라는 사람이 이렇게까지 놀라운 무공을 지니고 있는 줄은 예상치 못한 정아원이었다. 그래서 삼왕만 데려가면 단숨에 오산금림을 다시 예전으로 돌릴 수 있다고 확신하고 있었던 그녀다. 그런데 오늘 본 목인몽의 무공은 그녀의 예상을 훨씬 뛰어넘고 있었다. 그녀가 믿었던 삼왕조차도 그에게 오십 초를 버티지 못한 것이다.

목인몽의 능력이 드러나면 드러날수록 오산금림이 예전으로 돌아갈 가능성은 희박해졌다. 그녀의 초조감이 숨길 수 없는 지경이 된 것은 당연한 일이었다.

그때 목인몽이 아닌 목우의 목소리가 들려왔다.

"자, 이제 인몽의 능력을 모두 확인하셨으니 그만 결정을 내려주시구려. 화 신노나 사 신노의 무공은 나나 다른 신노들에 비해 결코 떨어지지 않소. 그러니 인몽의 무공에 대한 시험은 이제 그만해도 되지 않겠소?"

목우의 말에 장내의 분위기가 딱딱하게 굳어졌다. 그의 말대로 정말 이젠 신황림의 진퇴를 결정해야 할 시기였던 것이다.

그런데 그때 장내의 그 누구도 예상치 못한 일이 벌어졌다. 절망에 빠져 있던 신황림의 여섯 신노 중 한 사람인 적청완이 무슨 생각에선 신노들에게서 벗어나 허소산이 있는 곳으로 다가왔던 것이다. 그리고 갑자기 허소산 앞에 서더니 간절한 음성으로 입을 열었다.

"여전히 운명을 받아들이지 않을 생각이신가?"

적청완의 행동은 너무도 뜻밖이라 배 아래서 그의 움직임을 보고 있던 목인몽이나 목우, 그리고 요소빙의 얼굴에도 당황스런 빛이 떠올랐다. 허소산은 적청완의 눈빛을 보며 그가 자신에 대해 이미 많은 것을 알고 있다는 점을 깨달았다.

'도대체 어떻게 알게 된 걸까?'

허소산은 의문에 휩싸였다. 그러자 적청완이 다시 입을 열었다.

"자네가 운명을 거부하겠다면 신황림은… 저들을 따라 강호로 나가게 될 걸세. 그리 되면 강호는 한바탕 혈풍에 휩싸이겠지. 물론 내가 강호를 걱정하는 것은 아니야. 난 사실 강호

무림이 어떻게 되든 별 상관없으니까. 그러나 혈풍의 끝이 두렵네. 그 끝은 아마도… 신황림의 멸망이겠지. 우리 신노들이나 목 씨 부자의 무공이 아무리 대단해도 강호란 곳은 결코 정복될 수 없는 곳이니까. 다른 오신경의 후예들도 존재할 수 있을뿐더러, 그 옛날 오신경의 경주들이 모두 존재할 때조차도 강호는 우리 손에 들어올 수 없는 곳이었네. 그러니 하물며 오늘에서일까. 출림하면 당장 얼마간은 강호의 패자가 될 수도 있겠지만 결국에는… 멸문하고 말 걸세."

허소산이 가만히 적청완의 말을 듣고 있다가 물었다.

"어떻게 아셨습니까?"

"다른 신노와 달리 우리 신황법노는 독경의 경주들을 가장 가까이서 모시던 사람들의 후손이네. 그래서 우린 독경의 기운을 알 수 있는 비법을 가지고 있네. 그러나 확신을 하게 된 것은 그대가 흑산의 비동에 들어간 걸 확인한 후였지."

"그것도 알고 계셨군요."

"그 비동의 움직임은 내 탑과 연결되어 있다네. 그 옛날 법노들은 주인의 출퇴를 알기 위해 자신의 탑과 비동의 움직임을 연결시켜 놓았다네."

"그랬군요."

"이젠 자네가 선택할 차례네. 강요하지는 않겠네. 사실 내가 법노로 고집을 피우며 살았지만… 이 수백 년 된 율법은 이미 없어졌어야 할 것인지도 모르니까."

적청완의 말에 허소산이 잠시 생각에 잠겼다가 말했다.

“율법의 존폐는 일단 오늘의 일을 정리한 이후에 논하지
요.”
“그럼!”
“운명이라니… 한번 발을 담가봐야겠지요.”

第七章
독경주

"도대체 이게 어떻게 돌아가는 상황인가?"

원보가 꿈을 꾸고 있는 표정으로 감천홍에게 물었다.

"저도 잘 모르겠습니다. 소산이 왜 저러는지."

감천홍의 시선도 어느새 그들의 곁을 떠나 호숫가 목인몽의 앞에 서 있는 허소산에게 가 있었다. 두 사람은 도대체 왜 허소산이 목인몽을 상대하러 나섰는지 알 수가 없었다.

물론 두 사람이 아는 한 허소산의 무공은 뛰어났다. 어쩌면 신노들을 능가할지도 모른다. 그러나 목인몽은 달랐다. 그는 신황림의 신노들을 초식 수를 조절하면서 이길 수 있는 고수였다. 더군다나 허소산은 신황림의 운명과는 별반 상관없는 사람이 아니던가. 허소산이 이 위험한 비무에 뛰어들 하등의 이유가 없었던 것이다.

"그가 무슨 말을 하는지 알아들었는가?"

원보가 다시 물었다. 아마도 신황법노 적청완이 허소산에게 한 말을 묻는 모양이었다. 물론 원보도 곁에 있었지만 두 사람의 대화는 그가 이해할 수 없는 말들이었다.

"저도 잘 모르겠습니다. 다만 소산이 이 신황림과 인연이 있는 듯싶습니다."

"아니, 고려에서 노예선에 팔려온 아이가 어떻게 신황림과 인연이 있다는 거지?"

"글쎄요. 어쨌든 일이 이렇게 된 이상 소산이 잘 싸우기를 바랄 수밖에요."

"에휴, 나도 준비를 해야겠군."

"준비라뇨?"

"만약의 경우 소산의 목숨을 구해야지."

"비무인데 그가 소산의 목숨까지 노릴까요?"

"그러고도 남을 사람이네."

"하지만 신노들을 상대하는 걸 보면……."

"신노들과 소산은 달라. 신노는 그에게 가문의 존장과 같은 존재들이네. 베고 싶어도 쉽게 벨 수 없는 사람들이란 뜻이지. 그런데 소산은 다르네. 그와 인연이 없어. 소산이 이 신황림과 어떤 관계인지 모르지만 그는 그런 것은 상관치 않을 걸세. 베어서 나쁠 게 없는 사람이란 뜻이지. 또한 지금쯤은 사람들에게 피를 보여 공포심을 불어넣을 때이기도 하고."

원보의 말에 감천홍의 표정이 딱딱하게 굳었다.

"위험하군요."

"그렇지. 다만 바라는 건 소산의 무공이 우리가 생각하는 것 이상이길 바랄 뿐이네."

"아, 소산, 왜 이런 결정을 했느냐?"

감천홍이 탄식하듯 중얼거렸다.

"뭘 하자는 거냐?"

배에서 몸을 날려 자신 앞에 선 허소산을 보며 목인몽이 고개를 갸웃하며 물었다.

"비무를 하자는 거지요."

허소산이 대답했다.

"비무? 너와 내가?"

"그렇습니다."

"하하, 너와 내가 비무를 한단 말이지?"

다시 묻는 목인몽의 질문에 허소산이 고개를 끄덕였다. 그러자 목인몽이 싸늘한 살기를 내뿜으며 물었다.

"누구의 제자냐?"

아마도 허소산이 신노 중 한 명의 제자라고 생각한 모양이었다.

"사부는 딱히 없소."

"그럼 홀로 신황림의 무공을 연마했다는 거냐?"

"뭐, 그렇다고 봐야지요."

허소산의 대답에 목인몽이 잠시 허소산을 노려보다 시선을 돌려 배 위의 육신노에게 소리쳤다.

"이 아이는 누굽니까?"

목인몽의 질문에 천화명 등이 적청완을 바라봤다. 그들도 도대체 적청완과 허소산 사이에 무슨 일이 있었는지 궁금하긴 마찬가지였다.

"그 친구도 신황림의 무공을 익힌 사람이네. 자넨 그 누구라도 신황림의 사람이라면 자네와 비무를 할 수 있다고 했으니 그 친구와 한번 겨뤄보게."

적청완이 소리쳤다.

"지금… 장난을 하시는 것은 아니지요?"

목인몽이 서늘한 음성으로 물었다.

"신황림의 운명이 걸린 비무일세. 그런 비무에 장난이 있을 수 있겠는가?"

"알겠습니다. 그러나… 이번에는 피를 볼지도 모르겠군요. 이렇게 아무나 비무에 나선다면 이 비무는 너무 오래 걸릴 테니 말입니다. 죽음을 봐야 이런 애송이가 비무에 나서는 것을 막을 수 있겠지요."

"애송이라……. 우리에겐 자네도 애송이였지."

적청완이 대답했다. 그러자 목인몽이 고개를 끄덕였다.

"좋습니다. 그럼 내 뜻대로 하지요. 너, 죽어줘야겠다."

목인몽이 검을 들어 허소산을 가리켰다. 그러자 허소산이 투박한 검을 들어 올리며 말했다.

"죽을 생각이면 이 비무에 나섰겠습니까?"

퉁명스런 허소산의 말에 목인몽의 볼이 한차례 씰룩였다. 그리고 다음 순간 그의 신형이 사라졌다.

목인몽이 사라지는 순간 허소산은 목인몽이 서 있던 빈 공간으로 뛰어들었다. 순간 그가 서 있던 자리를 한 자루 검이 갈랐다. 목인몽의 신법은 놀라워서 허깨비와 같은 움직임을 선보이고 있었다. 그러나 그를 상대하는 허소산의 무공도 놀랍기는 마찬가지였다. 허소산은 사람들의 눈으로 잡을 수 없는 목인몽의 움직임을 귀신처럼 피해내고 있었다.

쩡!

그러던 한순간 안개처럼 희미하던 두 사람의 신형이 모든 사람의 눈앞에 나타났다. 강력한 격돌음이 일어났고, 두 사람 사이를 두 자루의 검이 막고 있었다.

목인몽의 표정은 놀람으로 가득 차 있었다. 반면 허소산의 얼굴은 담담했다.

"넌… 누구냐?"

"나중에 알게 될 거요."

가까이 다가서자 허소산의 말투도 변했다. 더 이상 나이 많은 자에 대한 존중 같은 것은 느껴지지 않았다. 허소산이 목인몽을 거칠게 대하는 데에는 이유가 있었다. 폭풍처럼 교환한 서너 차례의 격돌에서 허소산은 목인몽이 반드시 자신을 죽이려 한다는 것을 확인했던 것이다. 자신의 목숨을 노리는 자에게 갖출 예의는 애초부터 없었다.

"놀랍구나. 내 검을 막아내다니."

"아마 더 놀라게 될 거요. 당신 목이 내 검 아래 있게 될 테니까."

"놈!"

목인몽의 입에서 노성이 터져 나왔다. 동시에 그와 허소산의 검이 번개같이 움직이며 눈부신 검광을 만들어냈다. 두 사람은 겨우 일 장의 사이를 두고 수십 차례 초식을 교환했다. 사람들은 두 사람을 휘감고 있는 화려한 검광에 도취될 뿐 누구도 두 사람의 초식을 알아볼 수 없었다.

그렇게 폭풍 같은 공수의 교환이 눈 깜짝할 사이에 수십 차례 이어지더니 한 순간 거짓말처럼 두 사람의 신형이 서로에게서 멀어졌다.

"음!"

목인몽의 입에서 나직한 침음성이 흘러나왔다.

"후욱!"

허소산 역시 큰 호흡을 한차례 내뱉었다. 두 사람은 그렇게 잠시 숨을 고르며 서로를 응시했다. 그러다가 이번에는 허소산이 먼저 입을 열었다.

"이제 십 초 남았소."

순간 목인몽의 볼이 씰룩였다.

"단 일 초면 널 베는 데 충분하지."

"기대해 보겠소."

허소산이 검을 들어 사선으로 몸 앞에 세웠다. 그러자 목인몽이 천천히 검을 얼굴 위쪽으로 들어 올렸다.

우웅!

순간 목인몽의 검에서 기이한 소음이 일어났다. 검이 마치 살아 있는 생물처럼 꿈틀거리기 시작했다. 동시에 그의 검에서 검은 기운이 흘러나오기 시작했다. 숨길 수 없는 독의 기운이다. 아마도 천독공으로 단전에 쌓은 독의 기운은 모두 끌어내고 있는 듯싶었다.

"독류를 지났다고는 하나 산독을 모르면 결국 독류에 그친 것뿐! 그대가 스스로 만들어가는 무공은 아직 산독의 끝자락도 잡지 못했구나. 독기를 드러내다니, 쯧!"

허소산이 나직하게 중얼거리며 혀를 찼다. 순간 목인몽이 흠칫한 표정을 지었다.

"산… 독! 넌 도대체 누구지?"

목인몽이 경악스런 표정으로 물었다. 그러자 허소산이 가볍게 대답했다.

"무공에 관한 한 당신보다 운이 좀 더 좋은 사람이라고 할 수 있지. 아니, 부모도 내가 더 잘 만난 것이라고 할까? 우리 아버지는 비뚤어진 야망 따위를 내게 심어주는 대신 제대로 된 유물을 전해주셨거든."

"이놈!"

목인몽의 입에서 다시금 노성이 터져 나왔다. 그의 검이 검은 기운을 흩뿌리며 허소산을 향해 닥쳐들었다. 목인몽의 검이 구름에 싸인 채 번개처럼 번뜩였다.

쿠쿠쿵!

벽력과 같은 굉음이 목인몽의 검에서 일어났다. 허소산이
한순간에 목인몽의 묵빛 검기에 휩싸였다.

"앗!"

"아!"

배 위에서 두 사람의 비무를 보고 있던 사람들 입에서 안타
까운 탄식이 흘렀다. 특히나 원보와 감천홍 등은 얼굴이 사색
이 되었다.

"소산, 널 죽게 둘 순 없다."

원보의 발이 갑판을 찼다. 그러자 그의 신형이 비호처럼 허
공으로 치솟았다. 무서운 속도로 허공을 날은 원보가 땅에 내
려서 묵빛 구름에 휩싸인 허소산을 향해 달려가려 할 때 문득
그의 앞에 한 사람의 신형이 나타났다.

"갈 수 없소."

목우였다. 목우의 손에는 검이 한 자루 들려 있었는데, 원보
는 순간 자신이 기회를 놓쳤음을 깨달았다. 승패를 떠나 목우
와 같은 자가 막아선다면 허소산을 구할 기회는 없었다.

"이……!"

원보가 노기를 담은 눈으로 목우를 노려보다 어느 순간 그
의 뒤쪽 검은 구름에 휩싸인 채 격돌하는 허소산과 목인몽에
게 시선이 닿았다. 그리고 그 순간 원보의 표정이 변했다.

"아!"

원보의 얼굴에서 분노가 사라지고 희색이 떠올랐다. 그리곤

입을 열었다.

"굳이 갈 필요도 없겠구려."

원보가 목우에게서 서너 걸음 뒤로 물러났다. 그러자 목우가 갑작스레 변한 원보의 행동에 의아한 표정을 지으며 뒤를 돌아봤다.

"이… 이게……?"

목우의 입에서 도저히 믿을 수 없다는 듯한 음성이 흘러나왔다.

허소산의 검은 정확하게 목인몽의 오른쪽 어깨를 찌르고 있었다. 목인몽의 검은 허소산을 비껴 반 자 정도의 틈을 두고 허소산 옆구리 부근에 서 있었다. 두 사람은 마치 얼어붙은 듯 그 자세로 서서 움직일 줄 몰랐다. 그렇게 얼마의 시간이 흘렀을까. 장내의 침묵을 깬 것은 허소산과 목인몽이 아니라 목우와 요소빙이었다.

"몽아!"

"이놈!"

요소빙의 입에서는 목인몽을 부르는 소리가, 목우의 입에서는 허소산에 대한 노성이 터져 나왔다. 동시에 두 사람의 신형이 허소산과 목인몽을 향해 달려갔다.

"갈 수 없소."

그런데 막 목인몽을 향해 신형을 날리려던 목우의 앞을 원보가 막아섰다.

"비켜라."

"갈 수 없다지 않았소? 당신도 그리 말했던 것 같은데? 두 사람의 비무는 두 사람의 몫이오."

"비켯!"

한순간 목우의 검이 움직였다. 그러자 서릿발 같은 검기가 한순간에 뻗어 나와 원보의 허리를 베어갔다.

"흥!"

한순간 원보의 입에서 비웃음이 흘러나오더니 그의 도가 허공에 초승달 모양의 도기를 그렸다.

쾅!

강력한 파공음과 함께 원보와 목우의 도검이 격돌했다. 순간 두 사람이 제각기 서너 걸음 뒤로 물러났다.

"네, 네놈들은 누구냐?"

원보의 무공에 놀란 목우가 당혹스런 목소리로 물었다.

"그건 신황림에 들어가 살다 보면 자연히 알게 될 거요."

원보가 담담하게 대답했다. 그러자 목우가 다시 뭔가를 물으려는 순간 갑자기 그들의 뒤쪽에서 날카로운 비명성이 터져 나왔다.

"악!"

"어머니!"

여인의 비명과 목인몽의 외침. 보지 않아도 무슨 일이 벌어졌는지 알 수 있는 상황이었다. 뒤이어 허소산의 목소리가 들렸다.

"패배를 인정하시겠소?"
"이… 놈!"
목인몽의 노기 어린 목소리가 뒤를 이었다.

요소빙은 공터의 한쪽에 쓰러져 있었다. 목인몽은 그런 요소빙을 부축하고 있었는데 요소빙의 입에선 한줄기 핏줄기가 흐르고 있었다. 아마도 내상을 입은 것이 분명해 보였다.
"소빙!"
목우가 급히 요소빙을 부르며 두 사람에게로 달려갔다. 그 사이 배 위에 있던 여섯 명의 신노가 바람처럼 공터로 날아들었다. 그리고는 천천히 목인몽 등이 있는 곳을 향해 다가갔다.
"목 신노, 비무는 끝난 것 같소! 다시 신황림에 돌아오게 된 걸 환영하오!"
천화명의 목소리가 장내에 울려 퍼졌나. 그러자 목우가 시선을 돌려 신노들을 노려봤다.
"감히 외부의 인물을 끌어들여 신황림의 일에 관여시키다니……."
"누가 외부의 인물이란 말인가?"
적청환이 물었다. 그러자 목우가 허소산을 가리키며 소리쳤다.
"저자가 외부의 인물이 아니란 말인가?"
"물론 그는 외부의 인물이 아니다."
이번엔 적청환이 대답했다.

"허튼소리! 내 신황림을 오래 떠나 있었다 하나 그 사정은 누구보다 잘 알고 있다!"

순간 적청완의 얼굴이 씰룩였다.

"그 말은 신황림 내부에 그대의 사람이 있다는 말이군. 이거… 우리 신노들의 체면이 영 말이 아니오."

"그러게 말이오. 외부의 간자까지 림 내부에 있을 줄은 몰랐구려."

천화명이 고개를 끄덕였다. 그러자 목우가 다시 소리쳤다.

"신황의 율법을 어긴 것은 우리가 아니라 바로 그대들이다!"

그러자 적청완이 비웃듯 물었다.

"이제 와서 신황법노 노릇을 다시 하겠다는 건가?"

"흥, 그대들이 감히 우릴 신황림에 붙들어 둘 자격이 없다는 말을 하려는 것이다."

"다시 말하지만 그는 외부의 인물이 아니오."

"그럼 그가 누구란 말이냐?"

"그는……."

적청완이 허소산을 바라봤다. 그러자 허소산이 가볍게 고개를 끄덕였다. 상황이 이렇게 된 마당에 더 이상 자신이 천독공을 수련했다는 것을, 독경의 진전을 이었다는 것을 숨기는 것은 어리석은 일이다. 허소산의 동의가 있자 적청완이 다시 입을 열었다.

"그는 당금의 독경주요. 신황림은 다시 독의 경주를 모시게 되었소이다.”

순간 목우의 표정이 기이하게 일그러졌다.

“경주? 독경주? 지금 무슨 소리를 하고 있는 건가? 독경과 경주가 사라진 것이 이미 수백 년. 그런데 어떻데 다시 경주가 나타날 수 있단 말인가? 그럴 수는 없어! 없어!”

마치 자신에게 세뇌시키듯 목우가 중얼거렸다.

“그럼 그의 무공은 어찌 설명하시겠소? 그는 당신의 아들이 만들어내는 그 강력한 독 기운을 아무렇지도 않게 견뎌냈소. 그건 오직 천독공을 수련한 사람만이 가능한 일이오. 더군다나 그대 아들의 무공이 독류를 넘어섰다고 했으니 그 이상의 독공을 연마해야 그 독기를 견뎌낼 수 있을 터, 설마 목 신노는 세상에 천독공보다 더 강력한 독공이 있다고 생각하시는 거요?”

“그… 건……..”

“솔직히 말하자면 나도 그가 어떻게 천독공을 얻었는지는 알지 못하오. 그러나 오늘의 비무를 보며 한 가지 확신한 것이 있소. 적어도 그의 천독공이 독류의 경지를 넘었다는 것, 그리고 그다음 단계가 산독이라면 오늘 그대의 아들이 만들어내는 절대지독의 독기를 한순간에 잠들게 할 수도 있다는 것이오. 내 생각에 그는 아마도 바로 그 산독의 경지에 오른 사람인 듯 싶소. 그렇다면 결국 수백 년 전 사라진 천독공의 온전한 비결을 얻었다는 의미. 다시 말해 그가 현세의 독경주임을 말하는 것이오. 그대도… 이 사실을 반박할 수는 없으리다.”

적청완의 말에 목우의 표정이 수십 번 변했다. 그의 얼굴에 절망과 분노, 그리고 뭔지 모를 회한이 계속해서 자리를 바꿨다. 그러는 사이 다른 오경주들이 적청완에게 뒤늦게 물었다.

"정말 그가 천독공을 얻었소?"

"그걸 대체 적 신노께서는 언제 아신 거요?"

오신노의 질문이 쏟아졌다. 그러자 적청완이 가볍게 고개를 저었다.

"그의 사정은 나도 잘 알지 못하오. 하지만 우리 눈으로 보았듯 그는 천독공을 사용했소. 그것도 수백 년간 사라졌던 산독의 경지를 보이면서 말이오. 이제 우리가 할 일은 그를 과연 어떻게 받아들일까를 결정하는 일일 거요. 나로선 그의 사연이야 어찌 됐든 온전한 천독공을 얻었다면 그가 신황림의 당대 주인이 되어야 한다고 생각하오. 신노들의 의견을 어떻소?"

적청완의 질문에 다섯 신노는 잠시 생각에 빠졌다. 그러다가 내천사노 중 한 명인 소유종이 입을 열었다.

"그러나 무공만으로 경주가 될 수 있는 것은 아니지 않소? 신물이 필요한데… 독경이 그의 수중에 있는 것을 확인했소?"

"아니오. 그건 확인하지 못했소."

적청완이 고개를 저었다. 그러자 그의 말을 듣고 있던 목우가 소리쳤다.

"신황림의 독경주는 오직 독경을 얻은 자만이 오를 수 있는 자리다! 그러니 그는 절대 경주가 될 수 없어!"

"참으로 궤변이로구려. 오늘 그대가 그대의 아들을 세워 신 황림의 주인이 되게 하려고 했던 것을 벌써 잊었소? 설마하니 그대 아들의 수중에 독경이 있는 거요?"

"그… 그건……!"

목우는 천화명의 추궁에 더 이상 말을 잇지 못했다. 그런데 그때 허소산이 문득 입을 열었다.

"설마 여러분이 원하는 것이 이것이오?"

허소산이 품속에 영롱하게 반짝이는 구리거울을 꺼내 들었다. 순간 신노들이 누구라 할 것 없이 탄성을 흘렸다.

"아!"

"오, 설마……!"

"독… 경이오, 틀림없는. 우린 정말 당대에 독경의 경주를 만나게 되었구려."

너나 할 것 없이 놀람과 환희가 신노들 사이에서 터져 나왔다. 반면 쓰러진 요소빙을 부축하고 있던 목우와 목인몽의 얼굴은 비참하게 일그러졌다. 모든 것을 얻으러 왔다가 결국 모든 것을 잃게 된 자들의 처참한 심사가 그들의 표정에 그대로 드러났다.

신노들은 그런 두 사람을 놓아두고는 허소산 주위로 모여들었다.

"정말 독경이오?"

"도대체 어떻게 독경을 얻게 되었소?"

신노들의 입에서 끊이지 않는 질문이 흘러나왔다. 그러던 중 갑자기 적청완이 목소리를 높였다.

"잠깐, 모두 진정들 하시오."

적청완의 갑작스런 말에 신노들이 입을 다물며 적청완을 바라봤다.

"왜 그러시오, 적 신노?"

천화명이 물었다.

"우린 지금 큰 실수를 하고 있소."

적청완이 신중한 어조로 말했다.

"도대체 무슨 실수를 하고 있다는 거요?"

설도우가 물었다.

"그가 독경을 가지고 있으니 그는 곧 경주요. 그런데 우리가 지금 이렇게 함부로 행동해도 되는 거요?"

너무 오랜만에 경주라는 존재가 나타나서일까. 그동안 이들은 허소산이 독경의 경주이자 신황림의 주인이라고 말하면서도 정작 그에 대한 예우를 지키지 않고 있었다. 아니, 여전히 허소산을 그라고 부르며 이방인 취급을 하고 있었던 것이다.

적청완의 말에 여섯 신노가 제각기 서로를 바라봤다. 그리고는 누가 먼저랄 것도 없이 한순간에 허소산 앞으로 다가가 무릎을 꿇었다.

"신노들이 경주를 뵙습니다."

"신황림과 독경의 주인을 뵙습니다."

"신노들의 무례를 용서해 주십시오."

제각기 한마디씩 하며 신노들이 깊숙이 허리를 굽혔다. 그러자 당황한 것은 오히려 허소산이었다.

"이, 이러지들 마세요. 전 그냥… 허소산일 뿐입니다. 그러니 편히 대하세요."

"아닙니다. 이 신황림은 오직 독경의 주인만을 위해 존재하는 곳입니다. 그런데 어찌 저희들이 경주님을 함부로 대할 수 있겠습니까? 그간의 무례를 용서하십시오."

천화명이 더욱 깊숙이 고개를 숙이며 말했다. 그러자 허소산이 당혹스런 표정으로 어쩔 줄 모르고 있다가 이번에는 차분하게 말했다.

"어르신들의 뜻은 잘 알았으니 이제 그만 일어나세요. 지금은… 해결해야 할 일이 많지 않습니까?"

허소산의 말에 그제야 육신노가 자리에서 일어났다. 그런데 그 순간 누구도 예상치 못한 일이 벌어졌다.

한쪽에서 요소빙을 부축하며 서 있던 목우 부자 중에서 복인몽이 갑자기 신형을 날려 독림으로 도주하기 시작했던 것이다.

"앗! 놈이 도주한다!"

배 위에 있던 신황림의 고수들이 목인몽이 도주하는 것을 보고는 황급히 소리쳤다. 육신노가 화들짝 놀라며 신형을 날려 목인몽을 추격하려 했다. 그러자 목우와 부상을 입은 요소빙이 육신노의 앞을 가로막았다.

"그 아이를 놓아두시오. 우릴 베기 전에는 그 아이에게 갈 수 없소."

목우가 검을 빼 들고 소리쳤다. 그러자 천화명이 노성을 터뜨렸다.

"감히 독경의 경주님이 출현하셨는데도 신황림의 율법을 따르지 않겠다는 것이오?"

"우린… 우린 신황림의 법대로 벌을 받겠소. 그러나 그 아이는 아니오. 그 아이는… 신황림을 떠나 살아온 아이오. 우린 그 아이에게 자유를 주고 싶소."

"흥, 그런 아이에게 신황림을 넘보게 했단 말이오?"

"그것은……."

"참으로 후안무치한 사람이구려. 오직 자신들만을 위해 세상의 법도가 존재한다고 생각하는 거요?"

적청완이 혀를 차며 말했다. 그러나 목우는 여전히 손에 든 검을 내리지 않았다.

"뭐라고 비난해도 좋소. 그러나 그 아이는 보내주시오."

"당신의 아들도 이미 신황림의 죄인이오. 그러니 어찌 그를 이대로 보내겠소. 그가 강호에 나가 어떤 일을 꾸밀지 모르는데. 비키시오. 그렇지 않으면 벨 수밖에 없소."

천화명이 싸늘하게 말했다. 그러나 목우와 요소빙은 전혀 길을 내줄 태세가 아니었다.

"아들을 위해 죽겠다면 어쩔 수 없지."

적청완이 살기를 드러내며 검을 들었다. 그때 허소산의 목소리가 문득 들려왔다.

"신노들께선 그만 병기를 거두세요."

"하지만… 경주님!"

적청완이 허소산을 보며 입을 열려는 순간 허소산이 손을 들어 적청완의 말을 막았다.

"설혹 그들을 벤다고 해도 그를 잡을 수는 없을 겁니다. 그의 무공이라면 이미 멀리 달아났을 거예요. 괜한 피를 흘릴 필요는 없지요."

허소산의 말에 여섯 신노가 망설이면서도 결국 목인몽을 추격하는 일을 멈췄다. 그러자 허소산이 다시 입을 열었다.

"이제 그만 신황림으로 돌아가죠. 갑자기 신황림에 사람들이 넘쳐나겠군요."

허소산의 말에 육신노도 목우를 따라온 이백여 명의 사람을 보며 한숨을 내쉬었다.

＊　　　＊　　　＊

수백 년 동안 세상에서 고립돼 있던 신황림이 사람으로 가득 찼다. 신황림에 이렇게 많은 사람이 들어온 것은 유사 이래 처음 있는 일이었기에 육신노는 머리를 싸매고 신황림의 행보를 고민하고 있었다. 그러나 그들에게 어떤 언질이라도 주어야 할 허소산은 유유자적하며 숲을 산책하거나 흑산을 오르내릴 뿐 어떤 말도 하지 않았다. 그는 자신이 독경의 경주임이 밝혀지기 전처럼 행동하고 있었다.

그럼에도 모든 사람들의 시선은 허소산에게로 향해 있었다.

그의 말 한마디가 신황림과 강호에 커다란 파장을 일으킬 수 있다는 걸 모두 알고 있기 때문이었다.

"어쩔 생각인 거냐?"

어느 날 다시 흑산으로 향하는 허소산을 붙들고 원보가 물었다.

"뭘요?"

"몰라서 묻는 거냐? 이렇게 침묵하며 세월만 보낼 것이냐? 모든 사람들이 네 입만 보고 있는 게 안 보이느냐?"

"그러고들 있나요?"

"이 녀석, 능청은! 네가 독경의 경주가 되었다지만 나에겐 여전히 무인도의 허소산일 뿐이야."

"하하, 당연하죠. 저도 그게 편해요. 음… 함께 가실래요?"

"어딜? 흑산에?"

"네."

"거긴 가서 뭘 하게?"

"꼭 뭘 하러 가는 건 아니에요. 그저 이런저런 생각을 하러 가는 것이지요. 그런데 오늘은 왠지 혼자 가기 심심하네요."

"그래? 그럼 같이 가볼까?"

원보가 고개를 끄덕이고는 허소산을 따라 나섰다.

잿빛 땅이 다시 두 사람 앞에 모습을 드러냈다. 흑산은 언제나처럼 죽음의 대지로 두 사람을 맞이했다.

"참으로 음침한 땅이야."

원보가 혀를 찼다.

"이곳에 올 때마다 그런 생각을 해요. 더 이상 사람들을 신황림에 묶어두면 안 되겠다는……."

"응? 그럼 출림의 명을 내릴 생각이냐?"

"하지만 한편으로는 또 걱정이 돼요. 이들이 강호에 나갔을 때 과연 어떤 일이 벌어질지. 사실 무공은 그렇게 걱정되지 않아요. 물론 독정과 독류를 대적할 무공은 거의 없을 테지만 그래도 그 정도는 강호무림도 능히 받아내지 않겠어요?"

"음, 그럴 거다. 육신노의 무공이 대단하기는 하지만 강호를 독패하기는 어렵지. 다른 사람은 몰라도 강호팔황과 해동오류에는 그들을 상대할 수 있는 고수들이 존재할 거다. 많지는 않겠지만. 그런데?"

"걱정은 독이에요."

"독이라……."

"진정으로 무서운 건 신황림의 독이에요. 이들이 독을 다루는 것을 보셨지요?"

"알고 있다. 마치 약을 다루듯 독을 다룬다는 것을."

"강호에서 일독(一毒)을 말하라면 당연히 당문이겠지요. 그런데 그들도 신황림의 독을 상대하기는 쉽지 않을 거예요. 당문의 사람들이 수백 년 독을 만져 왔다고는 해도 그들 스스로가 독에서 자유로운 것은 아니잖아요. 하지만 신황림의 사람들은 천독공을 수련해서 독에서 자유로우니……."

"그렇구나. 강호에 나가서 독을 쓰면 이들은 아마도 팔황을 능가하는 세력을 형성하게 될 거다.”

“그래서 걱정이에요.”

“그러나 신황림의 사람들은 순후한 성정이라 강호에 큰 분란을 일으킬 것 같지는 않은데?”

원보의 말에 허소산이 고개를 저었다.

“강호를 걱정하는 게 아니에요. 신황림 사람들을 걱정하는 거지.”

“그게 무슨 말이더냐?”

“이들이 독을 쓴다는 것은 강호에서 사파로 취급받을 수 있다는 의미지요. 더군다나 강한 자를 시기하는 것은 인간의 본성이니…….”

“음, 잘못하면 강호 공적이 될 수 있다는 말이구나.”

원보가 고개를 끄덕였다.

“그렇지요. 만약 그렇게 되면 신황림은 영원히 사라지겠지요.”

“넌 함께하지 않을 생각이냐?”

원보가 정색을 하며 물었다.

“아시잖아요, 제겐 할 일이 있다는 걸. 그리고 신황림과의 인연은 크게 생각하지 않으려고요. 전 수백 년 전의 인연에 얽매이진 않을 거예요. 단지 지금은 그들이 날 필요로 하니까 잠시 경주 노릇을 하지만.”

“네가 세상의 권세에 욕심이 없는 건 익히 알고 있었다. 아무튼 난감하긴 하구나. 줄곧 그걸 고민하고 있었구나.”

“네, 사람들은 제가 입을 열기를 기다리고 있지만 쉽게 입을
열 수가 없었지요. 그래서 낮이면 도망을 나와 있었던 거예
요.”

“하하하, 천하의 독경주가 도망을 다니다니, 우스운 일이
다.”

“그러게요. 하하!”

허소산도 한바탕 웃음을 터뜨렸다.

두 사람은 흑산의 정상까지 걸었다. 대화는 중간 중간 이어
졌지만 어떤 결론도 내지 못하고 있었다. 흑산의 정상에 오르
자 신황림 너머에 펼쳐진 장쾌한 밀림이 눈에 들어왔다. 독호
와 독림도 눈앞에 있는 것처럼 다가왔다.

마음이 눈을 통해 드러난다지만 눈이 마음을 열 때도 있다.
장쾌한 풍경에 허소산의 마음이 한결 가벼워졌다.

“중도가 제일 좋지.”

문득 원보가 입을 열었다.

“중도요?”

“그래. 내 생각에 지금처럼 신황림을 세상에서 고립시킬 수
는 없을 것 같다. 이미 오산금림의 무사들이 신황림의 존재를
알았고, 신황림의 사람들도 세상과 인연을 맺기 시작했으니
까. 출림을 허락하되 제약을 두면 되지 않을까?”

“하지만 제약을 둔다고 그것을 지킬까요? 제가 떠나
면……”

"음, 이후는 그들의 삶이다. 네가 신황림의 주인으로, 독경의 경주로 살아갈 생각이 없다면 떠난 이후의 신황림을 걱정할 필요는 없을 것 같구나. 그러나 내 생각에 이 신황림의 사람들은 순후해서 네가 정해놓은 제약을 잘 지킬 것이다. 이들이 수백 년 동안 신황의 율법을 지켜온 걸 알고 있지 않느냐?"

"그렇지요. 그래요. 어르신 말씀이 맞습니다. 이들을 이 오지에 가둬두는 것은 옳은 일이 아니에요. 더군다나 이들이 후인을 들이는 방법은 인륜에도 어긋나고."

"하긴 부모와 자식을 강제로 떼어놓고 있으니……."

"강호의 분쟁에 관여치 않을 법을 만들어 출림을 허락해야겠어요."

"그래, 지금으로선 그게 최선인 듯싶구나."

원보가 고개를 끄덕였다.

당당당!

마른 징 소리가 울려 신황림의 사람들을 불러 모였다. 사람들은 삼삼오오 짝을 지어 신황탑 앞으로 모여들었다. 허소산을 비롯한 신황림의 신노들이 탑 입구에 나와 있었다.

그들은 사람들이 모여드는 와중에도 서로 나직한 목소리로 긴밀하게 이야기를 나누고 있었다. 허소산은 팔짱을 낀 채 공터로 들어서는 신황림의 사람들을 바라보고 있었다.

그렇게 이각여가 지나자 먼 곳에 위치한 사람들까지 모두 신황탑 앞으로 모여들었다. 탑 앞에 모인 사람들은 예전처럼 자유롭게 자리를 잡고 앉거나 섰다. 그러자 한순간 적청완의 목소리가 흘러나왔다.

"모두들 잘 들어라! 이제 신황림은 예전의 신황림이 아니다! 경주께서 오셨으니 모두 예의를 갖춰라! 불경한 자는 내가 용서치 않겠다."

서슬 퍼런 적청완의 경고에 이리저리 자유롭게 자리를 잡고 있던 신황림의 문도들이 당황한 표정을 짓더니 이내 몸을 바로하고 신황탑 앞에 도열했다. 일찍이 볼 수 없었던 모습이다.

허소산은 그런 신황림 문도들을 지켜보기만 할 뿐 아무런 말도 하지 않았다. 그렇게 다시 일각이 흐르자 이제 더 이상 신황탑으로 모여드는 사람이 없었다.

"모두 모인 것 같소."

천화명이 나직하게 적청완에게 말했다. 그러자 적청완이 고개를 끄덕이며 입을 열었다.

"모두 주변을 살펴라. 혹 오지 않은 사람이 있나 확인하라."

그러자 신황림의 문도들이 시선을 돌려 지인들을 확인했다.

"모두 온 것 같습니다."

한참 서로를 확인하던 문도 중 한 명이 적청완에게 말했다. 그러자 적청완이 허소산을 향해 돌아서며 말했다.

"경주님, 모두 모였습니다. 신황림의 총 문도 수는 우리 육신노와… 음, 갇혀 있는 그 두 반역자를 포함하면 모두 서른아홉입니다."

"서른아홉이라……. 그리 많은 숫자는 아니구려."

"그렇습니다. 흥하던 시기에도 일백은 넘지 않았습니다."

"그렇군요."

허소산이 고개를 끄덕였다. 그러자 다시 적청완이 입을 열었다.

"이제 경주께서 오셨으니 신황림의 향후 행보에 대해 말씀해 주시기 바랍니다."

적청완의 말에 허소산이 물었다.

"혹 지난 며칠간 신노들께선 어떤 결론은 내리셨습니까?"

"신황림의 행보는 오직 경주께서 결정하실 수 있습니다."

"물론 결정은 내가 한다지만 그래도 내부의 의견을 무시할 수는 없지요. 혹 하시고 싶은 말씀이 있으시면 해보십시오."

허소산의 말에 적청완이 잠시 망설이다 입을 열었다.

"사실대로 말씀드리자면 지난 며칠간 우리 신노들도 신황림의 행보에 대해 이런저런 궁리를 해보았습니다. 결국 몇 가지 의견이 나왔지요."

"말씀해 보시지요."

허소산이 다시 적청완의 말을 재촉했다. 그러자 적청완이 조심스럽게 입을 열었다.

"외천삼노와 사 신노는 신황림의 강호 출행을 허락해 주십사 하는 의견입니다. 세월이 흘렀고, 신황의 유명도 빛이 바랬지요. 다른 오행지처의 후예들은 소식도 모릅니다. 이런 상황에서 굳이 과거의 율법에 얽매여 이곳에 갇혀 지내는 것은 옳지 않다는 의견입니다."

“그럼 적 신노와 소 신노께선 다른 의견이십니까?”

허소산이 적청완과 소유종을 보며 물었다. 그러자 소유종이 대답했다.

“저희 두 사람의 의견은 지금처럼 이대로 신황림을 지키며 살아가자는 생각입니다. 사실 우리가 신황림을 나서지 않은 것은 율법도 율법이지만 이렇게 천독공을 수련하며 세속을 멀리하고 살아가는 삶도 나쁜 것은 아니기 때문이었습니다. 아시다시피 이 주변의 큰 도읍에서는 모두 불법(佛法)을 믿지요. 그래서 그 자식을 어려서 출가시키는 부모들을 흔히 볼 수 있습니다. 우리의 삶이 비참한 듯 보여도 그런 은둔의 삶과 다를 바가 없다는 것이 제 생각입니다.”

소유종의 말에 허소산이 천천히 고개를 끄덕였다. 그러자 사람들이 시선이 이제 모두 허소산에게로 향했다. 의견을 들었으니 이제 그가 신황림의 행보를 결정할 때였다.

허소산이 잠시 침묵을 지키며 좌우로 몇 걸음을 오가더니 이내 고개를 들어 모여 있는 신황림의 문도들을 보며 입을 열었다.

“모두 들으세요.”

“예, 경주!”

신황림의 문도들이 일제히 고개를 숙였다.

“먼저 한 가지 묻지요. 이곳에 모인 분들 중 자신의 부모님을 기억하고 계신 분이 몇 분이나 계시나요?”

허소산이 질문에 신황림의 문도들이 당황한 표정을 짓더니 그중 나이가 어린 축에 속하는 소년 몇이 손을 들었다. 그러자 허소산이 고개를 끄덕이며 말했다.

"짐작은 했지만 대부분의 사람들은 부모님을 기억하지 못하는군요. 제 생각을 말씀드릴게요. 지금은 어떻게 생각할지 모르지만 이 중 그 누구도 자신이 원해서 신황림에 들어온 사람은 없을 거예요. 강제로 부모님을 떠나 신황림에 들어온 사람이 대부분이지요. 그러니 결국 신황림은 여러분에게 큰 빚을 지고 있는 것이라고 할 수 있습니다. 물론 그것이 신황의 법을 지키기 위한 불가피한 선택이었다 해도 말이지요."

허소산의 말에 몇몇 사람들이 고개를 끄덕였다.

"그래서 전 여러분께 강호행의 기회를 드리려고 해요."

"아!"

"음!"

신노들과 신황림의 문도들 사이에서 다양한 음성들이 흘러나왔다. 그러나 대부분은 기쁨의 탄성들이었다.

"하지만 그렇다고 누구나 강호행을 할 수 있는 것은 아니에요. 강호행을 허락하는 대신 몇 가지 조건이 있어요."

허소산의 말에 장내의 분위기가 다시 어두워졌다.

"경주께서 원하시는 조건은 무엇인지요?"

천화명이 조심스럽게 물었다.

"전 신황림이 강호에 분란을 만드는 것을 원치 않아요. 또한 신황림의 문도가 강호에서 혈사를 일으키는 것도 바라지 않아요. 그래서 출림의 목적은 오직 두 가지로 한정하겠어요. 그

하나는 부모를 뵈러 가는 것! 그리고 둘째는 수련을 위한 강호 유행이에요. 그 이외의 목적으로는 출림을 금합니다. 이 두 가지 목적의 강호행도 신노님들의 허락을 득한 후 할 수 있어요. 만약 이 목적과 다른 행동을 했을 경우 지금처럼 외천삼노께서 징벌을 하게 될 겁니다. 또한 출림의 횟수는 삼 년에 한 번, 한 번의 출림 기간은 육 개월을 넘으면 안 됩니다. 제 결정에 이의가 있는 사람이 있습니까?"

허소산의 질문에 천화명이 얼른 대답했다.

"어찌 경주님의 결정에 이의가 있을 수 있겠습니까? 출림의 허락을 해주신 것만으로 우리 문도들은 큰 은혜를 입은 것입니다. 경주님의 은혜에 감사드립니다."

천화명이 정중하게 고개를 숙이며 말하자 신황림의 문도들이 일제히 허리를 숙이며 입을 열었다.

"경주님의 은혜에 감사드립니다."

그렇게 수백 년을 이어온 족쇄가 풀린 신황림에 기쁨의 환희가 일렁이고 있었다.

第八章
다시 강호로

“무공을 폐하란 말입니까?”

법노 적정완이 놀란 얼굴로 되물었다.

“그렇습니다.”

허소산이 단호하게 말했다. 그러자 다른 신노들의 얼굴에도 당혹스런 기색이 감돌았다. 허소산이 독경의 경주로서 내린 결정 중 오늘처럼 가혹한 결정은 처음이었다. 그동안 허소산은 신황림의 엄격한 율법들을 가볍게 만드는 결정을 수차례 내렸다. 출림의 허락이 그중 가장 대표적인 것이었다.

그런데 그렇게 유순해 보이던 허소산이 오늘 신노들이 예상치 못한 엄한 결정을 내린 것이다. 그 결정의 대상은 신황림을 떠났다가 다시 침범하여 들어온 두 명의 신노 목우의 요소빙에 대한 것이었다.

두 사람에 대한 허소산의 결정은 무공을 거둬들이는 것이었다. 무인에게 있어서는 그야말로 죽음보다 더한 형벌이었다.

"그들을 평생 옥에 폐하는 것으로 족하지 않을는지……?"

천화명이 선처를 바라며 조심스럽게 말했다. 신노들은 비록 두 사람이 그들과 뜻을 달리해 신황림에 반목했지만 그래도 수십 년을 함께 신황림을 이끌어온 사람들이었기에 얼마간의 정이 남아 있는 듯싶었다.

보통의 경우 신노들의 의견이라면 거의 모든 것을 수용하던 허소산이 그러나 이번에는 단호하게 고개를 저었다.

"아닙니다. 그들의 무공을 폐하세요."

"그렇게까지 하시는 이유가……?"

다시 천화명이 조심스럽게 물었다.

"이제 신황림은 강호에 발을 들이게 되었습니다. 비록 아주 조심스러운 행보가 되겠지만 강호와 인연을 맺기 시작한 것은 분명한 일이지요. 이 일은 수백 년간 율법에 의해 갇혀 지내던 사람들에게는 좋은 일일 수도 있지만 또 다른 면에서는 무척 위험한 일이기도 합니다. 그래서 만약 강호행을 하는 사람이 극히 조심하지 않으면 신황림은 한순간 강호의 혈란에 휩싸일 수 있습니다. 특히 신황림의 형제들은 모두 독공을 익히고 있기에 자칫하면 사도로 몰려 강호의 공적이 될 수도 있지요. 그러니 강호에 나간 형제들의 행동을 철저하게 통제해야 합니다. 그러자면 율법의 엄정함을 되새겨 줄 필요가 있습니다."

허소산의 말에 적청완이 고개를 끄덕였다.

"경주님의 말씀 잘 알겠습니다. 저도 지금까지 그걸 걱정하고 있었지요."

"두 사람이 범한 죄는 사실 작은 것이 아닙니다. 그들은 신황림을 강호의 은원에 끌어들이려 했어요. 신황림의 형제들이 강하다지만 그 숫자가 오십을 넘지 않는데 일이 잘못되면 한순간에 신황림은 멸문을 당할 수도 있었습니다. 그러니 그들의 무공을 폐하는 형벌이 결코 무겁다고 할 수 없을 겁니다. 형제들에게도 이 사실을 알려서 강호행을 함에 있어서 그 행동을 극히 조심하게 주의를 주십시오."

"경주님의 뜻을 받들겠습니다."

허소산의 말에 여섯 신노가 일제히 대답했다. 그러자 허소산이 표정을 부드럽게 바꾸면서 다시 입을 열었다.

"그건 그렇고, 저도 이젠 그만 강호로 나가보려 합니다."

순간 육신노가 다시 당황한 빛을 보였다.

"강호로… 나가신단 말입니까?"

"강호에서 할 일이 있습니다."

"부친을 찾으시는 일 말인지요?"

천화명이 물었다.

"멀게는 고려로 돌아가는 일도 포함되지요."

"하지만 그리 되면 신황림은……?"

허소산이 사라진다면 신황림은 다시 경주가 없는 시대를 살아야 한다. 그건 태양이 없는 세계에 사는 것과 마찬가지다.

"이제 출림이 허용되었으니 제가 어디에 있더라도 연락을 하며 지낼 수 있을 겁니다. 그리고 저도 가끔 들르도록 하겠습니다."

"그러나 아… 이제 겨우……."

"경주가 없어도 지금까지 모두 잘해오셨으니 전 걱정하지 않습니다. 그리고… 외천삼노께서도 출행할 준비를 하세요."

"저희들도 말입니까?"

천화명이 되물었다.

"일단 오산금림의 일은 삼노께서 그들을 도와주세요. 그리고… 그의 행방을 찾는 일도 소홀히 할 수 없습니다."

"목인몽을 말씀하시는 것인지요?"

적청완이 물었다.

"그렇습니다. 그날 그의 성정을 보셨겠지만 이대로 물러날 사람은 아닌 것 같더군요."

"음, 저희들 또한 그렇게 생각하고 있습니다. 그가 강호에서 무슨 일을 꾸밀지 모르니 그를 추격하는 일은 가장 서두를 일인 것 같습니다."

"그러니 외천삼노께서 출행을 해주세요. 오산금림의 일이야 이미 그 주모자들 중 우두머리라 할 수 있는 장로 교황조가 잡혔으니 해결이 어려울 것이 없을 테니 목인몽의 행적을 추적하는 데 힘을 써주십시오."

"경주님의 명대로 하겠습니다."

천화명이 대답했다.

"그런데 출림은 언제쯤으로 생각하고 계시는지……?"

"이달 보름에 나갈 생각입니다."

"그럼 겨우 이레 정도가 남았군요."

적청완이 아쉬운 듯 말했다.

"이번에 외천삼노께서 출행을 했다 돌아오시면 그땐 다른 신노 분들도 강호행을 다녀오세요. 평생 이곳에서만 사셨잖아요."

허소산의 말에 적청완이 고개를 저었다.

"저희들이야 번거로운 강호보다야 이곳이 편하지요."

"하지만 그래도 평생에 한 번은 세상 구경을 해야지요."

허소산이 빙그레 웃으며 말했다.

"그럼 그러지요. 경주의 선처에 감사드립니다."

"하하하, 이제 적 신노도 바깥바람을 쏘이면 우리와 일을 바꾸자고 매달릴 것이오."

천화명이 너털웃음을 터뜨리며 말했다.

"이달 보름?"

신황탑으로 허소산을 찾아온 원보가 물었다. 허소산은 자신이 독경의 경주라는 사실을 밝힌 이후 거처를 신황탑으로 옮겨온 상태였다.

"네. 이달 보름에 나갈 거예요."

"조금 이르구나."

"나가고 싶으시잖아요?"

“나야 그렇지만……."

“오산금림의 사람들도 급한 마음인 것 같고, 신황림의 일은 신노들께서 알아서 하실 거예요."

“음, 목우와 요소빙 두 사람의 무공을 폐했다고 들었다."

“일부로 조금 독하게 손을 썼어요. 아무래도 강호행을 하는 사람들에게 경고를 해야 할 것 같아서요."

“그렇긴 하다만 목인몽이 이 소식을 들으면 네게 살의를 품을 것이다."

“제가 그들에게 손을 쓰지 않았다 해도 목인몽은 저를 노리고 있을 거예요."

“그런가?"

“신황림을 자신의 것이라 생각해 왔던 사람이니까요."

“그렇구나. 어쨌든 보름이란 말이지?"

“네. 드디어 고려를 향하게 된 거지요."

“흐흐, 고려라……. 이거 좋으면서도 한편으로 생각하니 머리가 아파오려 하는군."

“돌아가고 싶어 하셨잖아요."

“그렇긴 하지. 하지만 가서 맞닥뜨릴 일을 생각하니 좋아만 할 수가 없구나."

원보가 고개를 저으며 말했다. 그러자 허소산이 재빨리 화제를 바꿨다.

“아버지는 돌아오셨을지 모르겠어요."

“만재방의 상단을 따라가셨다면 아직은 돌아오지 않으셨을 게다.”

“항주에 남아 계셨으면 좋을 텐데.”

“본래 그리운 사람은 항상 길이 엇갈리게 마련인데…….”

“그런가요?”

허소산이 걱정스럽게 물었다. 그러자 원보가 미소를 지으며
대답했다.

“하지만 걱정 마라. 만날 사람은 반드시 만나게 되는 법이니
까.”

＊　　　＊　　　＊

배 한 척이 서서히 호수에 난 동굴을 통과해 독호(毒湖)로 들
어섰다. 허소산은 멀어지는 신황림을 바라보며 말없이 서 있
었다. 석 달 보름을 지낸 신황림이 아주 오랫동안 머물렀던 곳
인 듯 느껴졌다.

‘돌아올 날이 있을까?

가끔 들르겠노라고 신노들에게 말을 하긴 했지만 고려로 돌
아간다면 여간해선 들를 수 없는 신황림일 터였다. 이 먼 곳에
인연이 닿아 동경의 실체를 알게 된 것은 운명일 수 있지만 그
운명이 앞으로 자신의 삶을 옭아매는 것은 용납할 수 없는 일
이었다.

‘신황은 신황일 뿐이지. 그 먼 옛날의 사람이 정해놓은 율법
에 따라 내 삶을 살 수는 없다. 내 자신만의 삶을 살 거야. 신황

림의 사람들도 이제부턴 스스로의 길을 개척해 가겠지. 물꼬
는 터주었으니.'

허소산이 배의 난간에 기댄 채 손으로 턱을 괬다.

첨벙!

갑자기 요란스런 소리가 배가 독호에 들어섰음을 알렸다.

"물러가라."

어느새 배로 몰려드는 거대한 뱀들을 향해 천화명이 소리쳤
다. 그러자 뱀들이 마치 천화명의 목소리를 알아들은 듯 다시
독호로 잠겨들었다.

배에는 허소산 일행과 오산금림의 사람들, 그리고 신황림의
외천삼노가 타고 있었다.

덕분에 배는 신황림의 배라기보단 오산금림의 배인 것처럼
느껴졌다. 목인몽을 따라 신황림에 온 오산금림의 고수들은
대부분 정아원 앞에 무릎을 꿇었다. 그러나 그중에는 항복을
거부하는 자도 있었는데 오산금림의 십이장로이자 이번 반역
의 주역인 교황조가 대표적인 사람이었다.

정아원은 교황조가 무릎을 꿇지 않음에도 불구하고 그를 죽
이지는 않았다. 신황림에서 불경스럽게 외인의 피를 흘릴 수
없다는 삼노의 말 때문만은 아니었다. 그녀는 교황조와 반역
의 주역들을 오산금림으로 데리고 가 처벌하기를 원했다. 금
림의 문도 앞에서 반역자의 최후를 보여주길 원했던 것이다.
허소산이 목우와 요소빙의 무공을 폐해 신황림의 문도들에게
경고를 삼은 것처럼.

배의 노는 오산금림의 고수들이 젓고 있었다. 어느새 배가 동굴을 빠져나오자 배웅을 나왔던 신황림의 고수들은 더 이상 보이지 않았다.

촤아악! 촤아악!

독호에 들어서자 배는 좀 더 속도를 냈다. 그리하여 채 반 시진이 지나지 않아 지난날 신황림을 침범하려던 목인몽 등과 일전을 벌였던 호숫가에 배가 멈춰 섰다.

"하선을 하시지요."

천화명이 허소산에게로 다가왔다. 그러자 허소산이 고개를 끄덕이고는 가장 먼저 호숫가로 내려섰다. 그 뒤를 따라 외천 삼노와 원보 일행이, 그리고 그 뒤로 오산금림의 고수들이 배를 벗어났다.

"모두 내렸나요?"

배에서 내리는 사람이 더 이상 없자 허소산이 물었다.

"그런 듯합니다."

"좋아요. 그럼 이제 가요."

"후후, 다시 독림이군."

원보가 한쪽에서 검을 숲을 보며 실소를 흘렸다.

"걱정 마시구려. 길은 우리가 열 테니."

천화명이 원보를 보며 미소를 지었다.

"그러면야 걱정이 없지요. 이거 하 노인은 할 일이 없게 생겼소? 품삯을 덜어야 하는 것 아닌지 몰라?"

원보가 한쪽에서 서 있는 길잡이노인 하거웅을 보며 농을 던졌다. 그러자 하거웅이 얼른 고개를 끄덕였다.

"품삯은 필요없습니다. 아들놈을 만났는데… 그것만으로도 충분합니다."

"다시 아들과 헤어져 서운하시겠소?"

"그럴 리가요. 훌륭하게 자라줘 고마울 뿐이지요. 또 이제 가끔 만날 수도 있으니 전 아주 만족합니다."

"하하하, 어쨌든 품삯은 아마 금림에서 제대로 치를 거요. 안 그렇소, 지 노사?"

원보가 지우상에게 묻자 지우상이 고개를 끄덕였다.

"당연한 일이외다. 돌아가면 하 노인께 충분한 보상을 해드리겠소."

"그, 그러실 필요없습니다."

하거웅이 머리를 긁적이며 사양했다.

"하하, 이거 누군 재물을 주겠다고 하고 누군 싫다고 하니 참으로 이상한 거래구만. 자, 시간은 충분하니 거래는 가면서 성사시키고 이제 그만 떠납시다."

원보가 호탕하게 말을 하고는 자신이 먼저 독림을 향해 걸음을 옮겼다.

*   *   *

검은 숲이 그 끝을 보였다. 하늘은 열리고 푸른 수풀이 모습을 드러냈다. 드디어 독림을 벗어난 것이다. 일행은 그제야 안도의 숨을 쉬었다. 독림을 통과하는 내내 신황림의 고수들이 길을 연 덕에 상한 사람은 없었지만 그래도 독림을 통과하는 일은 쉬운 일이 아니었다.

사람들은 오 일 동안 숨도 제대로 쉬지 못하는 여행을 마치고 나서야 맑은 공기의 세계로 나오게 된 것이다.

그런데 그렇게 독림을 벗어나자 기이한 상황이 일행을 기다리고 있었다.

길게 이어진 백색의 천막들, 줄잡아 삼십여 개는 족히 될 만한 천막이 일행 앞에 펼쳐져 있었다. 그리고 그 앞에는 당황한 표정이 역력한 사람들이 다가오는 일행을 멍하니 바라보고 있었다.

"여 아우, 우릴 기다리고 있었나?"

천막 앞에 서 있는 사람들을 향해 다가간 사람은 지우상이었다. 그리고 당혹스런 표정으로 그를 맞이한 사람은 허소산 일행이 흑산을 찾아갈 때 그들을 추격했던 여우생와 금림이십사수, 그리고 약간의 오산금림 고수들이었다.

"이게… 어떻게 된 일입니까?"

여우생이 손을 들어 다가오는 지우상을 제지하며 물었다.

"보시는 바와 같네. 싸움은 끝났네."

"싸움이 끝나다니 어떻게 무슨 말입니까?"

"삼왕 어른께서 출림하셨네."

순간 여우생의 눈이 한차례 흔들렸다.

"그럼… 다른 장로들은……?"

"이제 보니 정말 소식을 듣지 못한 모양이군."

"소식? 무슨 소식 말입니까?"

여우생이 여전히 지금의 상황이 이해가 되지 않는다는 듯 물었다.

"그가 아주 급했나 보군. 도주를 하면서 그대들을 만나지도 않고 사라지다니."

"그는 누구고 도주는 또 무엇입니까. 도대체 무슨 말을 하고 있는 거요?"

여우생이 두려운 기색을 내보이며 물었다. 그러자 지우상이 차가운 음성으로 말했다.

"그대들의 반란은 실패했네. 교 장로는 우리 수중에 있고, 그대들이 철석같이 믿었던 목인몽이란 아이는 도주했네. 그리고 그의 부모라는 자들은 무공이 폐쇄되어 신황림에 남았네. 이제 전후 사정을 이해하시겠나?"

지우상의 말이 끝나자 여우생의 얼굴에 불신의 표정이 떠올랐다.

"그럴 리가… 그럴 리가 없소. 누가 있어 그들 삼 인을 상대할 수 있단 말입니까?"

"그 목 씨 부자를 상대할 사람이 신황림에는 아주 많더군."

"도대체 신황림이 무엇이기에……?"

"신황림은 천외천이네. 그들이 신황림을 욕심낸 이유도 바로 그 때문이었고. 그러나 그들은 실패했네. 따라서 그대들의 반란도 실패한 것이네. 저기 삼왕 어른이 보이지 않나? 이제라도 용서를 빌게. 설마 이 지경이 되고도 검을 들어 우릴 상대하려 한다면 결국 애꿎은 수하들만 죽이게 될 것이네.”

지우상의 준엄한 말에 여우생이 고개를 들어 외천삼노를 바라봤다. 그러자 천화명이 큰 소리로 외쳤다.

“여 장로, 오랜만이구만! 그대만은 유혹에 빠지지 않으리라 믿었는데 실망이로군!”

“어르신!”

여우생이 자신도 모르게 고개를 숙였다.

“지 장로의 말은 모두 사실이네. 이제 금림으로 돌아가 틀어진 것을 바로잡는 일만 남았네. 자네는 어찌할 생각인가?”

천화명의 질문에 여우생이 당혹한 표정을 짓더니 이내 천화명 앞으로 달려가 부복했다.

“삼왕께 죄를 청합니다. 순간의 욕망에 얽매여 감히 금림의 법을 어겼습니다. 죽여주십시오. 다만 저 아이들은 우리 장로들로 인해 이 일에 가담한 것이니 선처를 부탁드립니다.”

여우생이 천막 앞에 진을 치고 있는 금림이십사수를 가리키며 말했다. 그러자 천화명이 고개를 끄덕였다.

“자네가 반발을 하지 않으니 다행일세. 자네들에 대한 처분은 금림에 돌아간 후 림주께서 결정하실 걸세. 그러니 일단 금림에 돌아갈 때까지 자네들의 행동을 제약해야겠네.”

“처분에 따르겠습니다.”

여우생의 대답이 있자 천화명이 지우상을 보며 고개를 끄덕였다. 그러자 지우상이 여우생의 곁으로 다가서서 몇 군데 혈도를 짚었다.

"움직이는 데는 지장이 없으나 무공을 사용하지는 못할 걸세."

"사정을 보아주시니 고맙습니다."

"아, 우리가 어쩌다 이런 사이가 되었을꼬."

"모든 것이 이 못난 아우의 불찰이지요."

"나중에… 나중에 다시 이야기하세."

지우상이 고개를 젓고는 뒤로 물러났다. 그러자 천화명이 늘어선 천막들을 보며 말했다.

"이 천막들은 아마도 그 목 씨 부자를 위해 만들어놓았을 테지만 이제 그들이 쓸 일이 없으니 우리가 사용하겠네."

"당연한 일입니다."

여우생이 고개를 조아렸다.

"좋아, 모두들 독립을 통과하느라 힘들었을 테니 이곳에서 하루 푹 쉬어 가도록 합시다. 천막은 충분한 듯하니 알아서들 자리를 잡으시기 바라오."

천화명의 말에 독립을 뚫고 나온 사람들이 제각기 움직여 자리를 잡기 시작했다.

허소산은 초지에 세워진 서른 개의 천막 중 가장 크고 화려한 천막에 자리를 잡았다. 처음에는 외진 곳에 자리를 잡으려 했지만 천화명 등 삼노가 극구 허소산을 가장 좋은 천막으로 이끌었다. 그 덕에 원보와 감천홍의 식구들까지 허소산과 같이 화려한 천막에 여장을 풀었다.

"이거 누구 덕에 호강하는구먼."

원보가 화려한 금실로 십이장생이 수놓아진 천막을 둘러보며 중얼거렸다. 천막은 근 십여 장의 넓이를 자랑했는데, 세 개의 침상과 다섯 개의 화려한 태사의가 놓여 있었다.

"그 목 씨 부자를 위해 만든 천막이라더군요."

감천홍이 말했다.

"후후, 본래 보물의 주인은 항상 따로 있는 법이지. 그런데 어쩐다?"

원보가 고개를 갸우뚱하며 고민을 드러냈다.

"무슨 문제가 있나요?"

허소산이 물었다.

"침상이 세 개니 모두가 잘 수는 없을 것 같은데?"

그러자 감아라가 말했다.

"전 다른 곳에서 잘게요."

"혼자 어디로 간단 말이냐?"

감천홍이 걱정스런 표정으로 물었다.

"전 아원 언니와 함께 지낼게요."

"소림주 말이냐?"

"네."

"아서라. 괜한 폐 끼치지 말거라."

"아뇨. 좀 전에 언니와 꼭 함께 지내자고 약속을 했단 말이에요. 이래 봬도 언니와 전 아주 친하다고요. 우린 의자매를 맺기로 했어요.”

“아이쿠야, 의자매씩이나?”

원보가 짐짓 놀란 표정으로 소리쳤다.

“왜요? 뭐가 이상한가요?”

“아니다. 대오산금림의 소림주와 의자매를 맺었다니 앞으로 네게 잘 보여야 할 것 같아서 말이다. 아무튼 감 녹사.”

“말씀하시지요.”

“금림의 소림주는 괜찮은 사람이니 아라를 보내도 될 것 같네만. 아라도 이제 어엿한 여인인데 언제까지나 우리 같은 남정네들과 섞여 있어서야 되겠는가?”

원보의 말에 감천홍이 고개를 끄덕이면서도 불안한 기색을 드러내며 말했다.

“알겠습니다. 어르신 말씀대로 따르지요. 하지만 아라야, 너도 알다시피 소림주는 보통 사람이 아니다. 그가 오산금림의 소림주임을 항시 잊지 말거라. 그의 곁에는 많은 사람들이 있어. 네가 소림주와 친분이 있다고 함부로 대한다면 금림의 사람들이 널 좋아하지 않을 게다.”

“그런 건 걱정 마세요. 제가 조심할게요.”

“오냐. 그럼 가보아라.”

감천홍의 허락이 떨어지자 감아라가 신이 나서 천막을 벗어났다. 그러자 원보가 회한이 깃든 목소리로 말했다.

“고려를 떠난 지가 오래되긴 했나 보군. 아이가 여인이 되었으니. 음!”

원보의 말에 감천홍도 무량한 표정으로 감아라의 뒷모습을 바라봤다. 그러자 감명이 훌쩍 걸음을 옮겨 허소산 곁으로 다가왔다.

"전 형님과 같은 침상을 쓸래요. 괜찮죠, 경주님?"

"명아, 형님을 귀찮게 하지 말거라."

감천홍이 급히 감명에게 주의를 줬다. 감천홍은 본시 관부에 있던 사람이라 사사로운 정보다는 그 사람의 지위를 더 중요하게 생각하는 면이 있었다. 지금 이곳에서 허소산은 가장 존귀한 신분의 사람이었다. 고려에서 함께 온 일행에게야 여전히 해적선에서 함께 탈출한 동료지만 오산금림과 신황림의 사람들에겐 독경의 경주로서 존귀한 대접을 한 몸에 받고 있는 신분이었다.

"괘념치 마십시오. 제가 독경의 경주가 된 것은 사실 우연히 일어난 일이지요. 전 그런 신분보다는 명이의 형이라는 자리가 더 좋습니다."

"그것 보세요, 아버지. 소산 형님은 신분이 변했다고 심성이 바뀔 사람이 아니라고요."

"하지만 사람은 신분에 맞게 상대를 존중해야 법이란다."

감천홍이 여전히 감명에게 주의를 줬다.

"어쨌든 침상도 세 개뿐이니 전 소산 형님과 같이 잘게요. 다행히 경주님의 것이라 그런지 침상도 무척 커요."

"오냐. 그렇게 하자꾸나."

허소산이 가볍게 감명의 어깨에 손을 올렸다.

　오산금림의 숙영지에서 하루를 쉰 일행은 다시 길을 떠났다. 물론 독림과 같은 사지(死地)는 더 이상 존재하지 않았지만 밀림을 뚫고 나가는 길이 그리 쉬운 것은 아니었다. 그러나 오산금림의 고수들이 그동안 준비해 놓은 코끼리와 말까지 동원되자 일행은 금세 밀림을 벗어나 남방의 마을과 마을을 잇는 관도에 이르렀다.

　"이제 전 길을 달리 해야겠습니다."

　사람들의 왕래가 빈번한 길에 이르자 하거웅이 일행에게 작별을 고했다. 운남과 대월의 경계 지역이었으므로 어차피 하거웅과는 헤어져야 할 시간이었다. 하거웅은 대월 쪽으로, 일행은 운남으로 가야 하기 때문이다.

　"그간의 도움에 감사드려요."

　오산금림의 문도들을 대신해서 정아원이 하거웅에게 고마움을 표시했다. 그리고는 미리 준비해 두었는지 다섯 개의 전낭을 하거웅에게 건넸다.

　"이건 그간의 고마움에 대한 답례로 준비했어요. 나중에 다시 사람을 보내 제대로 답례를 할 테니 일단 받아두세요."

　그러자 하거웅이 손사래를 치며 뒤로 물러났다.

　"아, 아닙니다. 이미 말씀드렸듯이 전 이미 충분한 대가를 받았습니다. 아들놈을 만났는걸요."

　"그러지 말고 받으시구려. 이번 흑산 행은 그대에겐 목숨을 건 여행이었으니 사례를 받을 충분한 자격이 있소이다."

지우상까지 나서서 권하자 그제야 하거웅이 어렵게 정아원에게서 전낭을 받아 들었다.

"그럼 조심해서 돌아가시구려. 다음에 기회가 되면 한번 들르리다."

지우상이 작별을 고하자 하거웅이 함께 흑산에 갔던 일행에게 고개를 숙여 보이고는 오산금림에서 준비해 준 말에 올라 남쪽으로 길을 떠나갔다.

"정들었는데 아쉽군."

한순간에 밀림 사이로 난 길을 따라 사라지는 하거웅을 보며 원보가 아쉬운 감정을 드러냈다.

"나중에 한번 다시 오세요."

"이 나이에?"

허소산의 말에 원보가 어깨를 들어 보이며 고개를 저었다.

"자, 이젠 그만 우리도 떠나지. 길이 멀어!"

멀리서 천화명의 목소리가 들렸다. 일행이 천천히 북쪽으로 길을 잡았다.

북쪽으로 올라서자 풍경이 변하기 시작했다. 여전히 무더운 날씨였지만 그래도 간간이 선선한 바람이 불었다. 특히 무성한 숲 대신 곳곳에 논과 밭이 모습을 드러내 드디어 사람이 사는 곳으로 나왔구나 하는 생각이 들기 시작했다.

변한 것은 풍경만이 아니었다. 곳곳에서 오산금림의 고수들이 불쑥불쑥 튀어나와 일행을 영접했다. 운남과 귀주에 기반

을 둔 오산금림이기에 근방에 많은 고수들을 내보내 주변의
정세를 살피고 있었던 것이다.

더군다나 최근에 오산금림에서 벌어진 일대 변란으로 금림
의 고수들의 강호행은 더욱 잦아진 상태였다. 내분이 알려지
면 강호의 패자를 노리는 세력들이 오산금림의 권역을 침범할
수도 있기 때문이었다.

다행인 것은 이미 삼왕의 출도와 반역자들의 패배가 금림에
전달되어 마중하는 자들 중 누구도 소림주 정아원에게 반발하
는 자가 없다는 점이었다.

그들은 목인몽이 오산금림을 장악했을 때 잠시 그를 따르기
는 했으나 여전히 오산금림의 림주인 정사국에 대한 존경이
깊어 반역자들이 패했다는 소식이 전해지자마자 예전의 충성
스런 금림의 고수들로 되돌아왔던 것이다.

그렇게 금림 고수들의 영접을 받으며 운남을 관통한 일행은
운남과 귀주의 경계에 들어서면서 다시 산길을 타기 시작했
다.

"이젠 거의 다 왔나보군."

사방에 불쑥불쑥 솟아 있는 기암괴석의 봉우리를 보며 원보
가 중얼거렸다.

"들어보니 금림과는 하룻길이라고 하더군요."

감천홍이 대답했다.

"소산, 금림에는 얼마나 머물 생각이지?"

원보가 한쪽에서 감명과 이런저런 이야기를 나누며 길을 가고 있던 허소산에게 물었다.

"일단 오산금림에서 만재방의 소식을 알아보려고요."

"음, 그렇구나. 그럼 꽤 머물겠군."

"목인몽 그자에 대한 것도 알아봐야죠."

"그래야겠지. 사실 무척 위험한 인물이야. 그가 살아 있는 한 너도 항상 조심해야 한다."

원보가 언제나처럼 신중한 모습으로 충고했다. 허소산이 원보의 말에 담담히 고개를 끄덕였다.

"그는 어디 있을까요?"

문득 감명이 물었다.

"글쎄다. 그들이 오산금림에 오기 전 이십여 년간 모습을 드러내지 않았으니 분명 어딘가에 다른 기반을 만들어놓았을 가능성이 크다. 신황림을 방문할 때도 오산금림의 고수들 외에도 그들이 직접 키운 자들을 데리고 오지 않았느냐? 그러니 어딘가 분명 다른 기반이 있을 거야."

"그자들을 좀 더 추궁해 볼 걸 그랬습니다."

감천홍이 말했다.

"목우와 요소빙 말인가?"

"그렇습니다."

"소용없었을 걸세. 절대 입을 열 사람들이 아니네."

"어르신 말씀이 맞아요. 제가 보기에도 입을 열 사람들은 아니었어요. 무공을 폐하는 데도 눈 하나 깜짝하지 않더군요. 혼한 원망조차도 없었어요. 마치 죽은 사람들 같았어요. 자신들의 모든 것을 목인몽에게 남겨두고……."
"부모란 그런 존재긴 하지."
감천홍이 고개를 끄덕였다. 그때 문득 멀리서 천둥처럼 말발굽 소리가 들려왔다.
두두두!
"또 뭐지?"
갑작스런 말발굽 소리에 원보가 걱정이 앞서는 듯 시선을 돌렸다. 그러자 멀리 하늘 높이 솟구친 산봉우리들 사이에서 일단 인마가 먼지를 일으키며 달려오고 있었다.
"오산금림의 사람들인 것 같은데요."
감천홍의 말이 끝나기가 무섭게 오산금림의 무사 중 일부가 달려오는 자들을 향해 마주 말을 달려나갔다. 그리고 양측이 금세 중간에서 만나 다시 말머리를 돌려 일행이 있는 곳으로 다가오기 시작했다.
"림주세요."
본래 정아원은 그녀의 두 호위녀와 함께 일행의 뒤쪽, 그러니까 허소산 일행의 바로 앞에서 길을 가고 있었는데 두 호위녀 중 미명이 반가운 듯 입을 열었다.
"맞아요, 소림주님. 림주님의 깃발이에요."
은사 역시 목소리를 높였다.
"이미 금림이 정리되었나 봐요. 하긴 소식을 보냈으니 반란자들이 스스로 물러나지 않을 수 없었을 거예요."

미명이 신이 난 듯 말했다.

"가서 봬야겠다."

정아원의 말에 미명과 은사가 급히 정아원을 호위해 앞으로 나아갔다.

"저 사람이 오산금림의 림주군."

어느새 일행 앞에 다가와 정아원과 반가운 해후를 하고 있는 노년의 고수를 보며 원보가 말했다. 오산금림의 림주 정사국은 강호팔황의 수장으로서 강호에서 열 손가락 안에 드는 거물이었다. 그 명성에 걸맞게 정사국의 풍모에선 위엄이 넘쳐흘렀다.

그러나 그런 정사국조차도 고개를 숙이는 인물들이 있었다. 바로 신황림의 외천삼노, 오산금림에선 삼왕이라 불리는 천화명 등이 그들이었다.

"오랜만에 뵙습니다, 삼왕 어른! 제가 부족해 어르신들의 청명한 삶을 깨뜨렸으니 뵐 낮이 없습니다."

정아원과의 짧은 만남을 끝내고 정사국이 삼왕 앞으로 다가와 고개를 숙여 보였다. 오산금림의 림주라고는 볼 수 없는 정중하기 이를 데 없는 모습이었다.

"림주, 그간 고생 많으셨소. 우리에게 미안해할 필요는 없소. 기실 이 일은 결국 신황림에서 시작된 일이니 오히려 우리가 림주에게 사과를 해야 하는 처지라오."

"어찌 그런 말씀을……. 오늘날 금림의 성세는 모두 삼왕 어

른의 덕분인데 감히 누가 삼왕 어른을 원망하겠습니까? 아무
튼 이렇게라도 뵈오니 기쁘기 한량없습니다."

"하하, 달리 생각해 보면 이런 기회가 아니라면 아마도 영영
림주를 볼 일을 없었을 테니 인생사 새옹지마란 말이 정말인
것 같소. 그나저나 금림의 사정은 어떻소?"

"교 장로를 따라 반란을 일으켰던 자들은 모두 항복을 하여
죄를 청하고 있습니다. 단지 오직 한 명, 백부련 그자만이 자취
를 감추었지요."

"백부련이라……. 그자는 우리가 금림을 떠난 후 장로가 된
자요?"

"그렇습니다. 그런데 돌이켜 생각해 보면 그자는 그 목인몽
이라는 자와 무척 밀접한 관계가 있었던 것 같습니다. 교황조
가 비록 반란을 주도하기는 했지만 목인몽의 의견은 언제나
백부련 그자를 통해 전해졌지요."

"음, 그렇구려. 어쨌든 금림 내부의 일이 진정되었으니 그자
들을 찾는 일은 차차 생각해 보기로 합시다."

"알겠습니다. 그럼 금림으로 가시지요."

정사국이 손을 들어 길을 열며 말했다. 그러자 천화명이 급
히 고개를 저었다.

"잠깐, 아직은 길을 떠날 때가 아니구려."

"무슨 일이라도……?"

"림주께 긴히 소개시켜 드릴 분들이 계시오."

천화명의 말에 정사국이 의아한 표정을 지었다. 삼왕이 직

접 나서서 누굴 소개한다는 것도 드문 일일뿐더러 이렇게 정중하게 누군가를 지칭하는 것도 예전에 볼 수 없었던 일이다. 그도 그럴 것이, 신황림에 독경주가 탄생했다는 것은 철저히 비밀로 했기에 삼왕의 출도를 알리면서도 허소산에 대한 소식은 정사국에게 전해지지 않은 상태였다.

"이리 오시구려."

천화명이 정사국을 데리고 허소산 일행이 있는 곳으로 다가갔다. 그리고는 허소산 앞에 공손히 시립하고 입을 열었다.

"경주님, 이분이 오산금림의 당대 림주십니다. 림주님, 이쪽은 내가 머물던 신황림의 주인이십니다. 서로 인사들 나누시지요."

천화명의 말에 정사국이 크게 놀란 표정을 지었다. 신황림은 그가 아는 한 천외천의 능력자들이 모여 살아가는 곳인데 이렇게 젊은 사람이 그곳의 주인일 줄은 생각도 못했기 때문이다. 독경에 대한 전설과 자세한 의미를 알 수 없는 정사국으로는 놀라지 않을 수 없는 일이었다. 그러나 언제까지 놀라고 있을 수만은 없었다. 상대가 어리다고는 해도 그가 존경해 떠받드는 삼왕이 모시는 주인이라면 그에게도 무척 어려운 사람이기 때문이었다.

"신황림에 대한 이야기는 예전 삼왕 어르신께 간간이 들었습니다. 천외천의 비처로 알려진 신황림의 주인을 만나 뵙게 되니 이 정사국의 큰 영광입니다."

정사국이 정중하게 포권을 하며 먼저 인사를 건넸다. 그러자 허소산이 마주 포권을 하며 응대했다.

"비록 제가 인연이 닿아 잠시 신황림의 주인 노릇을 하고 있지만 아직 어린 강호의 말학이니 앞으로 많은 가르침을 바라겠습니다."

"무슨 말씀을! 삼왕 어른이 모시는 분께 제가 무슨 가르침을 드리겠습니까."

정사국이 고개를 저었다. 그때 곁에 서 있던 정아원이 두 사람의 대화에 끼어들었다.

"아버님, 사실 이번에 그 목 씨 부자를 몰아낸 것은 모두 여기 경주님 덕분이에요. 경주께서 목인몽을 단숨에 제압하시어 도주케 하셨지요. 더군다나 애초에 우리가 신황림을 찾아갈 수 있었던 것도 모두 경주님 덕분이었어요. 배에서 반역자들이 기습을 했을 때도 경주께서 도와주셨거든요."

정아원의 말에 정사국이 다시 한 번 놀랐다. 본래 강호의 명문 대파 중에 젊은 고수가 주인인 문파가 없는 것은 아니다. 선대의 주인이 일찍 절명해 젊은 나이에 대문파를 이어받는 경우가 종종 있기 때문이다. 정사국은 허소산 역시 그런 연유로 신황림이라는 신비지처의 주인이 되었을 거라 짐작하고 있다가 정아원의 말을 듣고는 허소산이 결코 운이 좋아 신황림의 주인이 된 게 아님을 깨닫게 되었던 것이다.

허소산의 실체를 좀 더 알게 되자 정사국의 행동이 좀 더 조심스러워졌다.

"아아, 그렇다면 대협께선 우리 오산금림의 큰 은인이시군요. 금림은 영원히 대협을 은혜를 잊지 않을 것입니다."

"그저 인연이 닿아 한 일일 뿐이니 너무 괘념치 마십시오. 그만 가지요."

허소산이 천화명을 보며 말하자 천화명이 고개를 끄덕였다.

"알겠습니다, 경주님. 림주님, 회포는 금림에 가서 푸십시다."

"알겠습니다. 그럼 가시지요. 길을 열어라!"

정사국의 명에 오산금림이 고수들이 일제히 앞으로 달려나가기 시작했다.

"그런데 왜 그를 경주라고 부르는 거냐?"

일행이 출발하자 정사국이 나직하게 정아원에게 물었다.

"신황림의 주인에겐 하나의 신패가 있어요. 구리거울이 그것인데, 저분이 그 동경의 주인이시기에 경주라고 부르는 거예요."

"음, 그렇구나. 그런데 정말 그렇게 뛰어난 무공을 지니고 있더냐?"

그러자 정아원의 목소리를 낮추며 속삭였다.

"어쩌면 당금 무림의 천하제일인일지도 몰라요."

"뭣? 정말이냐?"

"그러니 대접에 각별히 신경을 써야 해요. 그와 인연을 맺은 것은 금림의 큰 복이라고 할 수 있어요."

"알았다. 내 단단히 신경을 쓰마."

정사국이 흘끔 허소산을 바라보며 고개를 끄덕였다.

일행이 다시 하루를 걷자 산세가 더욱 험해졌다. 그리고 어느 순간 다섯 개의 거대한 봉우리가 일행 앞에 나타났다. 바로 금림을 휘감고 있다는 오산이었다. 드디어 일행이 오산금림에 도달한 것이다.

第九章
오산금림(五山金林)

교황조는 죽음을 피할 수 없었다. 본시 오산금림은 강호의 패권에 관심없는 문파였기에 그 안에서 아무리 중한 죄를 지어도 죽음을 벌로 받는 경우는 거의 없었다. 그러나 이번 반역 사건의 주모자 중 한 사람인 교황조에게 죽음의 벌을 내리는 것은 어쩔 수 없었다.

이번 반역으로 죽은 오산금림의 문도는 모두 오십여 명이나 되었다. 오산금림의 식솔은 그 정식 문도 숫자가 삼백이 조금 넘는 정도였는데 그중 오십이 죽었다는 것은 무척 큰 손실이라고 할 수 있었다. 더군다나 이번 반역으로 인해 오산금림 내에서도 서로에게 원한을 가진 자들이 많이 생겨났으므로 반역의 피해는 금림 사상 최대라고 할 수 있었다.

그러니 이런 혈사를 일으킨 교황조에게 죽음을 내리는 것은 당연한 일이었다. 본래 오산금림 림주 정사국은 무척 부드러운 성정의 사람이었지만 그조차도 교황조의 죽음은 단호하게 결정했다.

그러나 혈사의 엄중함에도 불구하고 죽은 사람은 오직 교황조 하나였다. 정사국은 교황조를 죽이는 것 이외의 다른 죽음은 원치 않았다. 몇몇 수뇌들이 반란에 적극적으로 가담한 자들에 대한 죽음을 청하기도 했으나 정사국은 교황조 이외의 사람들에 대해선 죽음의 벌을 내리지 않았다.

대신 중도에 반역을 포기한 장로 여우생과 이십여 명의 고수는 수십 년씩의 폐관으로 그 벌을 대신했다.

그렇게 반역자들에 대한 처리를 끝낸 오산금림은 다시 림주 정사국을 중심으로 새롭게 태어날 준비를 서두르고 있었다.

"이제 일단락 지어진 건가?"

"오히려 시작이죠."

원보의 말에 허소산이 대답했다. 두 사람은 금림을 에워싸고 있는 다섯 개의 봉우리 중 동쪽에 위치한 조산(朝山)에 머물고 있었다. 본래 금림은 조산(朝山), 북산(北山), 석산(夕山), 명산(明山), 운산(雲山) 이렇게 다섯 개의 산으로 둘러싸여 있었다.

금림의 문도들은 대부분 오산의 중앙에 위치한 너른 평지의 숲 위로 세워진 전각에 머물렀다. 금림에는 수십 채의 전각이

제각기 다양한 모양을 한 채 세워져 있어서 그 자체로도 아름답기 이를 데 없었다. 그들이 자신들이 머무는 곳을 금림이라고 칭한 것에는 그만한 이유가 있었던 것이다.

그런데 오산금림의 모든 사람들이 금림에 머무는 것은 아니었다. 개중에는 오산의 높고 깊은 숲에 머무는 사람들도 있었다. 그들 대부분은 무공을 수련하는 사람들이었는데, 대대로 금림의 사람들은 무공 수련만큼은 오산의 한적한 장소에 올라 전념하는 전통을 가지고 있었다.

애초에 허소산과 원보는 금림의 중심, 그러니까 림주 정사국의 처소에 머물라는 환대를 받았지만 그들 스스로가 번잡한 것을 싫어해 조산의 중턱에 있는 작은 오두막집을 택해 그곳을 거처로 정했던 것이다.

"이제 시작이라니?"

원보가 되물었다.

"내일부터 닷새간 새로운 장로를 선출한대요."

"오, 그래? 하긴 이번 혈사로 금림십이장로 중 열을 잃었으니 당연한 일이지. 듣자 하니 금림의 대소사는 모두 십이장로가 처리해 왔다고 하더군."

"하지만 어제 소림주를 만나보니 걱정이 많더군요."

"왜지?"

"사람이 없나 봐요."

"그게 무슨 말이냐? 한눈에 보아도 오산금림의 사람들은 하나같이 뛰어난 고수들이던데. 은둔의 문파라 그런지 허드렛일을 하는 사람들도 무공이 모두 뛰어나 보였다."

"장로가 되기 위해서는 무공만 뛰어서나서는 안 되지요. 사람들의 인망이 있어야 하고, 특히 이번 혈사에서 자유로운 사람이어야 하는데 그런 사람을 찾기기가 쉽지 않나 봐요."

"그렇긴 하구나. 이번 혈사는 금림 전부가 간여한 일이니까. 이쪽이든 저쪽이든."

"그래서 지금까지처럼 열두 명의 장로를 유지하기는 쉽지 않을 것 같다고 하더라고요. 소림주 말로는 아마도 칠팔 명 정도의 장로만이 채워질 것 같대요."

"장로는 어떻게 뽑지?"

"그게 참 특이해요."

"뭐가 말이냐?"

"보통의 경우는 각 문파의 수장들이 장로를 임명하잖아요?"

"그렇지."

"그런데 이 금림은 문도들이 장로를 뽑더라고요. 문도 오십 인의 추천이 있어야 하고, 그 사람들을 대상으로 기존의 장로들과 림주가 합의해서 장로로 선출한다고 해요. 그래서 장로 수가 부족할 거라 걱정을 하는 거죠. 내분으로 인해 오십 인의 추천을 받을 만한 고수가 많지 않을 테니까요."

"그렇구나. 하지만 너무 걱정할 일은 아닌 것 같다. 본래 이런 신비지처의 문파에는 숨은 인재들이 많은 법이니까. 그나저나 일단 금림의 일이 마무리되어야 우리 일도 할 수 있을 텐데."

"그러게요. 며칠은 더 기다려야 할 것 같아요."

"감 녹사는 마음이 급한 모양이더라."

"아무래도 고려에 애증이 많은 분이니까요."

"일단은 항주로 갈 거지?"

"그래야죠."

허소산이 고개를 끄덕였다.

오산금림은 본시 무척 조용한 문파였다. 그런데 요 며칠간 금림이 제법 술렁였다. 물론 과거처럼 내부에 권력을 둔 혈사가 일어난 것은 아니었다. 단지 금림의 새로운 세계를 열어갈 새로운 장로들을 선출하는 시기였기 때문이다.

예상대로 문도 오십 인 이상의 추천을 받은 인물은 많지 않았다. 십여 명의 장로가 더 필요했지만 최종적으로 다섯 명의 고수만이 문도들의 추천에 의해 새로운 장로 후보자가 되었다. 그리고 림주 정사국과 지우상, 홍목공 두 명의 장로, 그리고 림의 최고 어른이라 할 수 있는 천화명 등 삼왕은 이의없이 다섯 사람을 모두 새로운 장로로 인정했다.

보통의 경우 후보자 중 한둘은 장로의 직을 인정받지 못하게 마련이었지만 이번의 경우에는 그 숫자가 극히 적었을 뿐 아니라 금림의 화합이 중요한 시기였으므로 모든 장로 후보자들이 장로로서의 자격을 인정받게 되었던 것이다.

"연회라……. 번잡하군."

원보가 살짝 인상을 찡그렸다. 정오 무렵 림주 정사국이 보

낸 사람이 와서 허소산과 그 일행을 연회에 초대했기 때문이
다. 연회는 새로운 장로들의 선출을 축하하는 자리였다.
　"그래도 가야죠. 초대를 거절할 수는 없잖아요?"
　허소산이 말했다.
　"가요, 할아버지. 어떤 사람들이 장로가 되었는지 궁금해
요."
　감아라가 조르듯 말했다.
　"물론 가긴 가야지. 어찌 주인의 초대를 거절할 수 있겠느
냐? 단지 번거롭다는 말이지."
　"하지만 할아버지도 궁금하긴 하시죠? 어떤 사람들이 새로
운 장로가 되었는지?"
　"물론 나도 궁금하긴 하지."
　원보가 감아라의 머리를 쓰다듬으며 미소를 지었다.

　"기이한 일이군. 기이한 일이야."
　자리가 마련된 상석에 앉으며 원보가 고개를 갸웃하며 중얼
거렸다.
　"무엇이 말입니까?"
　허소산이 나직하게 물었다.
　"들어오며 듣자 하니 이번에 장로로 뽑힌 다섯 명의 고수 중
둘이 여고수라고 하더구나."
　"여고수요?"
　"그래. 본래 지난 열두 명의 장로 중에는 여고수가 없었다고

하더라고. 그런데 이번에는 여고수가 둘이나 장로에 선출되었다고 하더구나."

"그게 이상한 일인가요?"

"이상하지. 무림에서 여인들은 사실 능력이 있어도 제대로 대접을 받지 못하는 법이거든. 그런데 금림 같은 곳에서 장로로 인정받았다는 것은 대단한 실력을 지니고 있다는 의미지. 그런 사람이 둘이나 된다는 것은 더욱 특별한 일이고. 어떤 사람들일지 궁금하구나."

원보가 장내를 쓸어보며 말했다. 그때 연회석의 중앙에 앉아 있던 정사국이 몸을 일으켰다. 그리고는 낮지만 위엄있는 목소리로 입을 열었다.

"모두 들으시오. 오늘 이렇게 금림의 형제들을 초대해 연회를 열게 된 것은 지난 문파 내의 환란이 마무리되고 또한 새롭게 금림을 이끌어갈 다섯 분의 장로가 결정되었기에 이를 축하하기 위함이오. 지난날 금림이 잠시 어려움을 겪은 것은 기실 림주인 나의 덕이 부족했기 때문일 것이오. 해서 난 새롭게 장로가 되신 다섯 분의 의견을 겸허히 받아들여 여러분이 원하는 오산금림을 만들어 나기기 위해 최선을 다하겠소이다. 그러니 여러 형제들도 과거의 작은 은원일랑 이제 잊어버리고 새로운 오산금림을 만드는 데 최선을 다해주시기 바라오."

"림주님의 말씀, 명심하겠습니다."

누가 먼저랄 것도 없이 장내의 고수들이 일제히 대답했다. 그러자 정사국이 만족한 듯 고개를 끄덕이고는 다시 말을 이었다.

"이제 여러분께 새롭게 장로가 되신 다섯 분을 소개하겠소이다. 다섯 분은 앞으로 나오시구려."

정사국의 말에 따라 연회장 뒤쪽에서 다섯 명의 고수가 모습을 드러냈다. 그 중 셋은 남자였고 둘은 여자였는데, 모두가 육십을 넘어 보이는 노고수들이었다.

다섯 사람은 일단 연회장에 들어서자 정사국과 그 옆에 앉아 있는 삼왕에게 정중하게 허리 숙여 인사를 한 후 연회에 참석한 오산금림의 고수들을 보며 정사국 앞에 늘어섰다. 그러자 정사국이 다시 입을 열었다.

"이곳에 계신 다섯 분은 여러분도 모두 잘 알고 계시는 분들일 거요. 하지만 새롭게 장로로 추대되었으니 각자 새로운 마음으로 금림의 식구들에게 인사를 하시기 바라오."

정사국의 말에 가장 왼쪽에 서 있던 노고수가 앞으로 나섰다.

"이번에 형제들의 추천으로 어려운 일을 맡게 된 상앙이오. 여러 형제들의 뜻을 받들어 금림의 전통을 지키는 데 매진하겠소이다."

노고수의 말에 사람들이 환호로 그의 인사에 답했다. 그러자 다시 그 옆의 노고수가 앞으로 나섰다.

"강이홍이오. 북산에 머물러 세상물정에 어두우니 장로의 일을 감당할 수 있을지 두렵소이다. 그러나 지금은 금림의 안정이 중요하니 여러 형제의 뜻에 따라 장로의 일을 맡겠소이다.”

강이홍이라 자신을 밝힌 사내는 무척 자존심이 강해 보였다. 그의 말에 다시 환호가 일어났다. 그러자 이번에는 몸집이 있고 조금 유해 보이는 얼굴을 지닌 노고수가 앞으로 나섰다.

“대숭이라 하오. 아는 분은 아시겠지만 난 외지로 나가 금림의 일을 보았기에 림 내부의 일은 잘 모르겠소이다. 하지만 금림도 세상에 섞여 살아야 하니 지난 경험을 살려 강호에서 금림의 위상을 높이는 데 일조하도록 하겠소이다.”

대숭이란 사람이 인사를 마치자 누구보다도 강한 환호가 일어났다. 아마도 그가 외행을 주로 하는 사람이었기에 새로 장로가 된 사람들 중 가장 명성이 높은 모양이었다. 대숭의 뒤를 이어 이번에는 백발의 여고수가 앞으로 나섰다.

“은화후예요. 사실 전 남쪽 운산에서 무공 수련만을 해온 사람이지요. 하지만 작금의 금림이 절 필요로 한다면 금림을 위해 견마의 노력을 다하겠어요.”

은화후란 여고수의 인사가 끝나자 사람들이 환성으로 맞이하면서도 그녀를 두고 이런저런 말들을 수군거렸다. 그러는 사이 마지막 여고수가 앞으로 나섰다.

“백하예요. 아시겠지만 전 소림주님을 가르치고 있습니다. 앞으로도 그 일을 맡을 것이고 이번 같은 일이 다시는 생기지 않도록 소림주님의 곁을 좀 더 든든히 지킬 것입니다.”

여고수 백하의 말에 사람들이 저마다 고개를 끄덕였다. 그렇게 다섯 장로의 인사가 끝나자 정사국이 다시 입을 열었다.

"자, 이제 이렇게 새롭게 금림을 이끌어 가실 분들이 결정되셨으니 다섯 장로님의 길운과 금림의 발전을 위해 한잔의 술을 제의하겠소이다. 모두 잔을 들어주시구려."

정사국의 말에 연회장에 있던 사람들이 일제히 술잔을 들었다.

"금림의 영원한 평화를 위하여!"

정사국이 금림의 평화를 기원하며 단숨에 술을 들이켰다. 그러자 장내의 오산금림 고수들도 일제히 술잔을 비웠다.

그렇게 한잔의 술을 마심으로써 시작된 연회는 밤이 깊도록 계속됐다. 허소산 일행도 술잔을 기울이며 밤이 늦도록 즐거운 한때를 보냈다. 일행의 자리로 간혹 림주 정사국이나 금림의 수뇌부들이 찾아들었으나 일행을 처음부터 끝까지 대접하고 있는 사람은 정아원이었다.

정아원은 처음 연회가 시작된 이후 정사국의 곁을 떠나 줄곧 허소산 일행과 함께 연회를 즐기고 있었다. 특히 감아라와는 친자매나 된 것처럼 소곤거리며 연실 웃음을 터뜨리고 있었다. 그러던 중 문득 원보가 정아원에게 물었다.

"소림주, 내 묻고 싶은 것이 있소."

"말씀하세요, 어르신."

정아원이 미소를 지으며 대답했다.

"이번엔 장로가 된 사람들은 어떤 사람들이오?"

"아, 그분들이요? 모두 대단한 분들이지요. 그분들의 무공은 금림에서도 손에 꼽을 수 있어요. 무공으로만 따진다면 이미 금림의 장로가 되고도 남음이 있었던 분들이지요. 하지만 다섯 분 중 세 분은 오산에 올라 무공 수련에 평생을 보낸 분들이라 금림의 대소사에 관여하기를 원치 않으셨어요. 그래서 기회가 있었어도 금림의 장로가 되지 않으셨어요. 나머지 두 분은, 그러니까 대승 장로님과 백하 장로님은 조금 다른 경우지요."

"어떻게 말이오?"

원보가 호기심을 드러내며 물었다.

"먼저 백하 장로님은 제 스승이시기에 장로가 되지 못하셨지요. 반역이 일어나기 전만 해도 아버님께서는 제 주변의 사람들이 금림의 일에 관여하는 것을 극히 경계하셨거든요."

"아, 그러셨구려."

원보가 고개를 끄덕였다.

"하지만 이젠 사정이 조금 달라졌지요. 금림에 사람이 부족하니 백하 스승님도 장로의 일을 맡게 되신 거예요. 그리고 대승 장로님은… 좀 특별한 분이죠."

"무엇이 말이오?"

"대승 장로님은 비록 오산금림의 사람이기는 하지만 금림에 머무는 시간은 일 년에 채 석 달이 되지 않아요. 대부분의 시간을 외부에서 보내는 분이시지요. 그건 그분이 지금까지 금림의 외총관이셨기 때문이에요. 금림에는 내외 두 분의 총관이 계세요. 본래 내총관은 교황조 그자가 장로의 직위와 겸

하고 있었지요. 그래서 그가 반란을 획책하기가 더욱 쉬웠던 거예요. 반면 대승 장로님은 장로가 되는 것을 거절하시고 외총관으로만 머물러 계셨어요. 천성이 한곳에 매이지 못하는 분이라 늘 강호행을 하셨지요. 그래서 대승 장로님은 이번 반란을 직접 경험하지 않으신 유일한 분이세요. 그 당시에도 강호에 나가 계셨거든요."

"음, 무슨 말인지 알겠소이다. 그럼 우린 대승 장로님의 도움을 받아야겠구려."

원보의 말에 정아원이 고개를 끄덕였다.

"아마도 그래야겠지요. 그런데… 벌써 떠나시려고요?"

정아원의 얼굴에 아쉬움이 깃들었다. 그녀의 시선이 자신도 모르게 허소산에게로 향했다.

"우리야 잠시 금림에 들렀다 떠날 사람들이었으니 때가 되면 떠나야지 않겠소?"

원보가 슬며시 정아원의 눈치를 살피며 말했다.

"하지만 이제 겨우 십여 일이 지났을 뿐인데… 조금 더 머무세요. 강호의 소식도 알아보고 또 항주로 가신다면 머물 곳도 준비해야 하지 않겠어요?"

정아원이 여전히 허소산을 보며 말했다. 그러자 원보가 감천홍에게 물었다.

"감 녹사의 생각은 어떠신가?"

"글쎄요. 저야……. 하지만 결국엔 항주로 가야 모든 일이 시작되지 않겠습니까? 준비를 하고 가는 것이 나쁠 것은 없지요."

"그건 그렇지. 항주에 가면 소산의 일이나 자네의 일, 그리고 내 일도 시작해야 할 테니 준비가 필요하긴 하지. 더군다나 항주엔 고려 사람들이 많으니까. 우리도 은밀히 움직여야 할 거야. 세상은 생각보다 좁단 말씀이야. 음, 소산 네 생각은 어떠냐?"

"일단 대승 장로님을 만나게 해주실 수 있겠습니까?"

허소산이 원보에게 대답을 하는 대신 정아원에게 물었다. 그러자 정아원이 고개를 끄덕였다.

"그거는 어렵지 않아요. 내일이라도……."

"그럼 자리를 좀 마련해 주십시오. 우리의 일은 대승 장로님을 만나 뵌 이후에 생각하지요."

허소산이 원보와 감천홍을 보며 말했다.

"그래, 그렇게 하자꾸나. 대승 장로께 어떤 도움을 받을 수 있는지 알아보고 행보를 결정하는 게 좋겠지."

원보가 수긍하자 감천홍도 고개를 끄덕였다.

오산금림의 중심에 위치한 금림에는 수십 채의 전각이 있다. 그 전각들의 중심에는 림주 정사국이 머무는 금림전이 있는데, 금림전 양쪽에는 금림전보다 이삼 장 낮은 전각 두 채가 나란히 서 있었다.

하나의 전각에는 내관, 다른 전각에는 외관이라는 간단한 현판이 걸려 있었는데 기실 이 두 개의 전각은 금림에서 가장 중요하고 분주한 전각이었다.

본래 내관은 금림의 내총관인 교황조가 머물던 곳이었는데, 그가 죽임을 당한 후로는 지우상이 내총관의 지위를 이어받아 내관을 지키고 있었다.

그리고 외관에는 새로 장로가 된 외총관 대승이 머물고 있었는데, 내관과는 달리 하루에도 수십 차례 전서구들이 날아내리고 또 날아오르는 곳이었다.

연회 다음날 정오 무렵 허소산 일행은 정아원의 안내를 받으며 외관으로 들어섰다.

구구구!

외관에 들어서자 곳곳에서 전서구들의 울음소리가 들려왔다.

"오셨습니까?"

외관의 커다란 대청에서 일을 보던 사람들 중 한 명이 재빨리 다가와 정아원을 맞이했다.

"외총관님을 뵈러 왔어요. 미리 약속을 잡았는데……."

"알고 있습니다. 기다리고 계십니다. 이리로 오시지요."

사내가 정아원과 일행을 외관의 이층으로 인도했다. 제법 높다란 계단을 오르자 조용한 이층의 정경이 눈에 들어왔다. 세 개의 방이 있었고 그중 하나는 문을 활짝 열어놓은 채 일행을 맞이했다. 그 방 안에 외총관 대승이 있었다.

"장로님?"

정아원이 창문으로 시선을 주고 있는 몸집 좋은 노인을 불렸다. 그러자 노인이 얼른 신형을 돌렸다.

"오셨군요. 기다리고 있었습니다, 소림주."

"손님들이 오시는 건 알고 계시죠?"

"물론 모를 리가 있나요? 아직은 하루 전 약속을 잊어버릴 만큼 늙지는 않았습니다."

대승이 부드러운 얼굴에 미소를 지으며 말했다.

"들어가요."

정아원이 문밖에 서 있는 허소산 등을 외총관 대승이 있는 방으로 이끌었다.

"어서들 오십시오. 금림의 은인들께 따로 인사를 드릴 기회를 갖게 되어 영광입니다."

대승이 허소산 일행을 정중하게 맞아들였다.

"바쁘신데 방해가 되는 것은 아닐지……?"

원보가 조심스럽게 묻자 대승이 고개를 저었다.

"그럴 리가요? 오늘날 금림이 다시 평화를 되찾은 것은 오로지 여러분의 덕분인데 없는 시간도 만들어야지요. 그리고 솔직히 말해 전 무척 한가합니다. 일이야 밑에 사람들이 하는 거고. 자자, 이리들 앉으시지요."

대승이 일행에게 얼른 자리를 권했다. 허소산 등이 대승의 권유에 따라 자리를 잡고 앉자 대승이 이내 정색을 하며 입을 열었다.

"말씀은 들었습니다. 강호의 소식을 알고 싶으시다고요?"

"정확히는 항주의 상황이지요. 혹 고려의 소식도 알 수 있으면 좋겠습니다만……."

"항주라……. 그곳의 소식이라면 어렵지 않지요. 북쪽의 변경이 어지러운 탓에 강호의 문파들과 대상들이 항주로 활동 무대를 옮겨 작금은 항주가 천하의 중심이라고 할 수 있지요."

"북쪽의 변경이 어지럽습니까?"

"요가 월경을 한 것이 어제오늘 일이 아니나 최근 들어서는 금세 천하를 집어삼킬 기세지요. 송의 명운은 한 치 앞도 내다볼 수 없는 처지입니다. 세상이 어지러우니 덩달아 강호의 패자들도 무림의 패권을 놓고 야망을 드러내고 있는 실정이지요. 상계야 말할 것도 없지요. 천하가 전쟁의 소용돌이에 휘말렸으니 이런 큰 대목이 없는 셈이지요. 전쟁에서 이득을 보는 것은 결국 상인들뿐이니……."

"그렇겠지요. 상인들의 육감은 동물과 같아서 피 속에 숨겨진 이득의 냄새를 놓칠 리 없지요."

원보가 고개를 끄덕였다. 그러자 대승이 계속 말을 이었다.

"지금 강호팔황 중 항주에 발을 들이지 않은 곳이 없습니다. 고려의 소식을 알고 싶으시다 하셨으니 말이지만 해동오류 역시 항주에 진출하려 하고 있는 상황이지요. 해동오류뿐 아니라 장성 너머의 문파들도 은밀히 항주에서 활동하고 있다는 소문입니다."

"그런가요? 해동오류까지……. 음."

"사실 그래서 강호에선 어쩌면 이번 참에 팔황의 시대가 끝나고 강호를 일통한 세력이 나올지도 모른다는 말들이 돌고 있지요.”

“강호 일통이라……. 참으로 오랜만에 들어보는 소리군요. 하지만 무림 역사상 일패의 시대를 구가한 세력은 몇 없지요. 아니, 아예 없다고 해야 할까?”

원보의 말에 대승이 수긍하듯 고개를 끄덕였다. 그러면서 한 장의 지도를 서탁 위에 펼쳤다. 지도는 항주를 중심으로 주변의 성읍이 자세히 표시된 것이었는데 먹물이 마르지 않은 걸로 봐서 아마도 허소산 일행이 방문을 할 것이란 말을 듣고 급히 준비한 지도인 듯싶었다.

“팔황이 모두 항주에 발을 들이고 있지만 지금 드러나게 패권을 다투는 곳은 세 곳입니다. 구룡문과 육왕탑, 그리고 적화궁이지요. 이 세 곳은 본래부터 항주를 중심으로 성장한 문파들이라 표면적으로는 이들이 항주의 패권 다툼을 주도하고 있습니다. 나머지 팔황의 다른 문파들이나 그 외 세력들은 모두 이들과 손을 잡거나 그들을 후원하는 형태로 항주의 패권에 접근하고 있지요.”

“상계의 소식을 알고 싶습니다만…….”

문득 허소산이 말했다. 그러자 대승이 조심스런 태도로 대답했다. 아마도 삼왕이나 다른 장로들로부터 허소산의 내력에 대해 들은 것이 있는 모양이었다.

“상계 역시 이전투구의 양상을 보이고 있습니다. 오륙 년 전이었던가요? 항주의 상권을 놓고 상가들 간에 일대 혈전이 벌어졌지요. 그 싸움에는 무림의 대소 문파도 여럿 관여해서 자칫 커다란 혈사가 일어날 수도 있었는데 다행히 모두 치명적인 손실을 두려워한 나머지 유야무야 싸움이 종료되었지요. 항간에는 누군가의 중재가 있었다는 말도 들리지만 그들을 중재할 인물이 존재하는지는 잘 모르겠습니다.”

“그럼 지금은 어떤 상황인지요?”

“겉으로 드러난 항주의 상권은 네 개의 상가가 장악하고 있는 실정입니다. 항주 시전의 오 할을 장악하고 있다는 천상방과 기루와 객잔주들이 모여 만든 화련, 하루에 천 리를 이동하는 상로를 가지고 있다고 알려진 구주표국, 그리고 근 삼사 년 사이 항주의 강자로 부상한 금천장이 그들이지요. 현 시점에서는 이들 네 상가를 상대할 세력은 없는 것으로 알고 있습니다.”

“혹 과거 고려의 대상이었던 만재방에 대한 소문은 듣지 못하셨나요?”

드디어 허소산이 가장 듣고 싶은 이야기를 꺼내 들었다. 그러자 대승이 가만히 생각에 잠겼다가 입을 열었다.

“만재방이라……. 그 일가가 고려에서 패망을 하고 항주로 넘어왔다는 소문이 한때 자자했지요. 그들의 가업은 항주에도 단단하게 자리 잡고 있어서 한때는 고려에서의 실패를 만회하고 항주의 대상이 될 거라고들 예상했습니다. 그런데 운이 없었지요. 미처 항주에 제대로 정착하기도 전에 항주의 상권 다툼에 휘말려 항주에 구축한 가업의 대부분을 잃은 것으로 알려졌습니다. 해서 그 방주인 전욱을 포함한 일가가 항주를 떠나 서역으로 상행을 떠났지요."

여기까지는 허소산도 알고 있는 이야기였다. 허소산이 알고 싶은 것은 그 이후의 이야기였다.

"혹 그들이 항주에 약간의 기반이라도 남겨두지 않았을까요? 온전히 가업을 거둔다는 것은 쉬운 일이 아닐 터인데……."

허소산의 질문에 대승이 고개를 저었다.

"사실 그들에 대해선 큰 관심이 없었기에 자세히 조사하지 못했습니다. 그러나 만재방의 이름으로 남은 가업은 없는 것 같습니다. 다른 이름으로 은밀히 남아 있다면 모를까. 일단 한 번 조사해 보겠습니다."

"부탁 좀 드리겠습니다."

"하하, 어느 분 부탁인데 소홀히 하겠습니까? 하지만 시간은 조금 필요할 듯합니다."

"서둘지 마십시오. 기다리겠습니다."

허소산이 대답했다. 그러자 정아원의 얼굴에 옅은 미소가 지어졌다.

"그럼 소식이 올 때까지는 금림에 머무세요."

"뭐, 어쩔 수 없이 그래야겠지요. 어디 갈 데도 없고."

원보가 허소산을 대신해 대답했다.

"그런데 고려의 소식은 어떻습니까?"

이번에는 감천홍이 물었다. 그러자 원보도 관심을 드러냈다.

“그렇군. 정작 고려의 소식을 묻지 않았군.”

“음, 고려의 소식은 저희도 자세히 알 수는 없지요. 단지 고려 태자의 명이 얼마 남지 않았다는 소문이 돌고 있습니다.”

“음, 그 이야기는 지난번에 들었지요.”

원보가 고개를 끄덕였다.

“혹 변란의 기미는 없다던가요?”

감천홍이 신중하게 물었다.

“변란이라……. 그런 이야기는 듣지 못했습니다. 아, 한 가지 조정에 일이 있긴 있었다더군요.”

“어떤……?”

“고려의 명장 몇이 좌천을 당해 변방으로 쫓겨갔다고 하더군요. 본시 이런 일이야 어느 나라 조정이든 다반사로 일어나는 일이긴 한데, 그 일이 중원에까지 알려진 것은 그들을 쫓아낸 자가 독특한 이력의 소유자이기 때문이지요.”

“그가 누굽니까?”

“당금 고려 조정을 좌지우지하는 자는 호욕한이라는 귀화인이라고 합니다. 고려의 명망 있는 무장들을 좌천시킨 자가 바로 그 호욕한이라고 하더군요.”

“호욕한!”

감천홍의 눈빛이 번뜩였다.

“그자를 알고 계십니까?”

대승이 감천홍에게 물었다.

“그에 대해… 알려 하다가 고려를 떠나게 되었지요.”

감천홍이 무심히 대답하다 흠칫 놀라며 입을 닫았다. 대승 역시 무슨 사연이 있구나 싶은 표정을 지었지만 더 이상 질문을 하지 않았다.

"아무튼 알아보는 김에 고려의 사정도 함께 알아보도록 하겠습니다."

"부탁 좀 드리지요."

원보가 가볍게 고개를 숙여 보였다.

"조금만 시간을 주시기 바랍니다. 금림이 비록 은거 문파이기는 하나 세상에 가진 눈이 제법 많습니다. 단지 필요한 것은 시간일 뿐이지요."

대승이 가볍게 미소를 지었다.

대승을 만나고 돌아온 이후 허소산 일행 사이에는 왠지 모를 우울함이 감돌았다. 허소산과 원보, 그리고 감천홍 누구도 밝은 표정을 짓지 않았다. 감명과 감아라는 그런 세 사람의 눈치를 보며 숙소를 떠나 금림의 소림주 정아원과 많은 시간을 보내고 있었다.

세 사람의 말이 없어진 것은 그들이 해적선을 타기 전의 시간으로 되돌아가고 있었기 때문이다. 오산금림에 들어 만재방과 고려에 대한 소식을 접하게 되자 그들이 함께 보냈던 지난 육칠 년의 시간이 한순간에 사라지고 눈앞에 해적선에 오르기 전 과거의 현실이 되살아났음을 몸으로 느끼게 되었던 것이다.

그 시절 그들의 현실은 결코 녹록하지 않았다. 그 현실의 벽에 부딪쳐 해적선에 오를 만큼.

"시간은 아무것도 해결해 주지 못할지도 몰라."

원보가 문득 뜻 모를 소리를 했다.

"무슨 말씀이세요?"

"사람들은 시간이 모든 걸 해결해 준다고 하는데 사실 아무것도 풀어주지 못하는 것 같구나. 결국 문제를 해결하는 건 시간이 아니라 망각이란 놈이겠지."

"시간이 망각을 만드는 것 아닌가요?"

"글쎄다. 어떤 기억은 아무리 많은 시간이 흘러도 절대 잊히지 않기도 하지. 마치 인이 박힌 것처럼. 대부분의 사람들은 바로 그 잊히지 않은 기억으로 평생을 살아간단다. 그 기억에 얽매여 그 기억에서 헤어나지 못하지. 그것이 좋은 기억이든 나쁜 기억이든."

"그게 심독인가요?"

허소산이 자신도 모르게 물었다.

"심독(心毒)? 그런 말도 있나? 뭐, 하지만 아주 적당한 비유 같구나. 맞아. 심독이지. 사람이라면 누구나 하나씩의 심독을 가슴에 품고 있지."

"심독으로부터 자유로워지면 천하를 얻을 수 있대요."

"흐흐, 누가 그런 신묘한 이야기를 하더냐?"

"그런 사람이 있어요."

"하하, 틀린 말은 아니다. 마음의 독을 풀었는데 어찌 세상

을 갖지 못하겠느냐? 마음의 독을 푼 사람은 대자유를 얻은 사
람인데, 그건 곧 천하를 손에 넣은 것이나 마찬가지지. 결국 천
하도 마음의 문제거든."

"그런가요? 그런 뜻이었을까요?"

허소산이 나직하게 중얼거렸다. 과연 천독공의 제오 구결의
의미는 원보가 말한 의미였을까. 그러나 지금으로선 허소산도
알 수 없었다. 그는 여전히 마음에 몇 가지 독을 품고 있기 때
문이었다.

우울한 날들이 계속되는 와중에 보름여가 흘렀다. 그리고
이번에는 대승이 허소산 일행을 찾아왔다.

대승은 수하들을 거느리지 않고 홀로 일행의 거처를 찾아왔
는데 일행에겐 뜻밖의 일이었다.

"청하시면 직접 가 뵐 텐데……?"

애써 직접 조산 중턱까지 온 대승을 보며 원보가 미안한 표
정으로 말했다.

"괘념치 마십시오. 사실은 한 번쯤 올라와 보고 싶었지요.
이곳은 제게도 인연이 있는 곳이라……."

"인연이시라면……?"

"이곳에서 제가 어린 시절을 보냈지요."

"아, 그럼 여기가……?"

"그렇습니다. 여기가 제가 무공을 수련하던 곳입니다. 이곳
에서 지낸 시간이 십오 년이 넘었을 겁니다. 그리고… 여기서

천하를 꿈꿨지요."

순간 허소산이 눈이 번쩍였다.

'설마 야망을 품은 건가?

허소산과 원보의 눈빛이 이상하자 대승이 이내 그들의 내심을 짐작하고는 고개를 저었다.

"하하하, 천하를 꿈꿨다는 건 세상에 대한 욕망을 말하는 건 아닙니다. 단지 세상을 주유하며 살고 싶다는 꿈을 꿨다는 거지요."

"하하, 그렇군요. 전 잠시 걱정을 했습니다. 어쨌든 그 꿈을 이루신 거군요."

"그렇다고 봐야지요. 하지만 결과적으로 보자면 썩 만족스럽지는 않습니다."

대승의 말에 원보가 고개를 끄덕였다.

"세상이 녹록하지는 않지요."

"하하하, 바로 그렇습니다. 세상이 그런 줄 알았으면 전 아마 오산금림을 벗어나지 않았을 겁니다."

대승이 너털웃음을 흘렸다.

"자, 안으로 드실까요?"

원보의 안내에 대승이 원보를 따라 건물 안으로 들어갔다.

숙소 안에는 감천홍이 홀로 가부좌를 틀고 앉아 명상에 잠겨 있었다. 최근 들어 감천홍은 이렇게 홀로 마음을 다스리는 일이 자주 있었다. 아마도 고려로 돌아갈 날이 멀지 않았음을 느끼면서부터 마음이 심란한 모양이었다.

허소산 등이 들어서자 감천홍이 급히 자리에서 일어났다.

"이거 방해가 된 모양이군요."

대승이 미안한 기색으로 말하자 감천홍이 고개를 저었다.

"아닙니다. 직접 오실 줄은 몰랐습니다."

"이렇게라도 바람을 쐬는 것이 좋지요."

"자, 이리로……."

원보가 대승에게 자리를 권했다. 그러자 대승이 대청의 중앙에 있는 서탁에 자리를 잡고 앉았다. 허소산 일행도 얼른 자리에 앉아 대승이 가져온 소식에 귀를 기울였다.

"자세히 알아보니 만재방은 참으로 지독하게 당했더군요."

"그게 무슨 소립니까? 지독하게 당하다니?"

"본래 만재방은 고려와 중원 양쪽에 모두 큰 가업을 가지고 있었지요. 그래서 그들이 비록 고려에서 몰락했다 해도 중원의 가업을 바탕으로 다시 재력을 키울 것이라는 것이 상계의 일반적인 판단이었던 듯합니다."

"그렇지요. 만재방은 저력있는 상가였으니."

"그런데 만재방은 정말 운이 없었던 것 같소이다."

"운이 없다니요?"

"고려에서 만재방을 몰락시킨 자들이 중원까지 따라왔으니 말입니다."

순간 허소산이 눈을 가늘게 뜨며 물었다.

"설마 금가와 황보가가 만재방을 추격해 중원에 왔다는 말입니까?”

“황보가라면……?”

대승이 고개를 갸웃했다. 고려에서는 권세가인 황보가이지만 중원에서는 대상들의 가문인 금가나 만재방에 비해 잘 알려지지 않을 수밖에 없었다.

“황보가는 현 고려의 호족 중 가장 강력한 세력을 자랑하는 곳입니다. 그들이 금가와 모략해 만재방을 파멸로 이끌었지요.”

허소산이 적개심을 드러내며 말했다. 그러자 대승이 고개를 끄덕이며 말했다.

“그렇군요. 그러나 그들의 존재에 대해선 잘 모르겠습니다. 단지 그 금가라는 곳이 만재방을 추격해 온 주 세력이라고 하더군요.”

“이상하군요. 아무리 금가라 하더라도 중원에선 만재방을 함부로 상대할 수 없을 텐데. 중원의 기반으로 보자면 만재방이 금가에 비해 월등한데요.”

허소산의 말에 대승이 고개를 저으며 말했다.

“들어온 소식에 의하면 그렇지가 않답니다. 금가에 대해선 중원 상계에서도 제대로 알고 있지 못하지만 금천장이라면 얘기가 달라집니다.”

“금천장? 그들이 금가와 관련이 있습니까?”

원보가 놀란 표정으로 물었다.

“그 금가라는 곳 말입니다. 항주의 대부호인 금천장과 무척 밀접한 관계를 가지고 있다고 하더군요. 혹자는 금천장과 금가가 한 뿌리라고도 한답니다. 어쨌든 몇 년 전 항주 상계에 혈투가 벌어졌을 때 금천장이 앞장서서 만재방을 공격했다고 하더군요. 당연히 그 뒤에는 고려에서 건너온 금가의 사람들이 있었고 말입니다. 덕분에 만재방은 속수무책으로 당할 수밖에 없었지요. 아무리 만재방의 중원 기반이 단단하다고 해도 항주의 터줏대감인 금천장을 상대할 수는 없는 노릇이니까요. 더군다나 그 당시엔 금천장 쪽에 팔황의 유력 문파들이 도움을 주었지요."

"아, 그래서 만재방이 완전히 몰락한 것이군요."

허소산이 탄식을 흘리듯 말했다. 그러자 대승이 조심스럽게 말을 이었다.

"만재방이 완전히 몰락한 것은 아닙니다. 당시 만재방은 남황성의 도움을 받았다고 하더군요."

"남황성! 그들이라면……."

허소산이 고개를 끄덕였다. 비록 깊은 인연은 아니지만 남황성의 고수들이 만재방을 방문한 것이 만재방 몰락의 시작이었으니 남황성으로서도 만재방에 빚이 없다고는 할 수 없었다.

"남황성뿐 아니라 구룡문도 암중에 만재방을 도왔다는 소문입니다. 팔황의 두 곳이 나섰으니 아무리 금천장이라 해도 만재방을 완전히 몰락시킬 수는 없었던 것이지요. 하지만 그 피해는 막심해서 결국 만재방은 항주에서도 밀려나 서쪽으로 다시 거처를 옮겼다고 합니다.”

“서쪽이라면……?”

“그 일행이 서쪽으로 이주한 것은 확실하지만 그들이 어디에 자리를 잡았는지는 확실치 않습니다. 그 이후의 종적은 찾을 수가 없었습니다. 아마도 금천장의 추격을 걱정해 더 이상 만재방이라는 이름을 쓰지 않는 듯합니다. 더군다나 장주인 전욱이 방의 거의 모든 사람을 데리고 서역 행을 떠났기에 지금 중원에 남아 있는 만재방의 잔존 인물들은 찾기가 어려운 상태입니다. 혹자는 무한에서 예전 만재방의 식솔 몇을 보았다는 소문도 있습니다만…….”

“무한이라…….”

허소산이 고개를 들어 동쪽 하늘을 바라봤다. 가야 할 곳이 변한 셈이었다. 항주에서 무한으로.

“혹 봉황문에 대한 소식은 없습니까?”

원보가 물었다. 그러자 대승이 고개를 끄덕였다.

“봉황문의 소식도 있습니다. 이 년 전인가, 봉황성의 고수들이 일부 중원으로 왔지요. 그런데 공교롭게도 그들이 머물고 있는 곳이 금천장입니다.”

“음, 또 금천장이란 말인가?”

원보가 탄식하듯 말했다.

“금천장에는 해동오류 중 두 곳의 고수들이 머물고 있다고 하더군요. 봉황문과 내림 목산원의 고수들이지요.”

“도대체 그들이 금천장에서 무슨 일을 하고 있는 것입니까?”

　원보가 이해가 가지 않는다는 듯 물었다. 그러자 대승이 고개를 저었다.

　"그것까지는 아직 모르겠습니다. 사실 그 이유가 현 강호의 가장 큰 관심사지요. 혹자는 해동오류의 중원 진출이 시작된 것 아니냐는 말들도 하고 있는 실정입니다."

　"중원 진출이라……."

　원보가 허소산과 마찬가지로 동쪽으로 시선을 돌렸다.

第十章
흔적

　행보에 대한 고민은 오래가지 않았다. 애초에 항주로 가려던 계획을 바꿔 무창으로 가야 하는지 고민하고 있던 일행에게 새로운 소식이 날아들었기 때문이다.

　일행에게 항주의 사정과 만재방의 몰락에 대한 자세한 소식을 전했던 대승이 그 다음날 급히 조산을 찾았다. 그리고는 한 장원의 이름을 입에 올렸다.

　"망향원이요?"

　허소산이 되물었다.

　"그렇습니다. 오늘 아침 일찍 들어온 소식입니다. 만재방의 흔적을 찾던 중 망향원이라는 곳을 찾았답니다."

　"그곳이 만재방의 사람들이 머물고 있는 곳인가요?"

“확실치는 않습니다. 그러나 망향원이라는 곳이 무창에 자리를 잡은 것이 만재방이 항주에서 밀려난 직후라는 것은 분명합니다. 특히 무창에 나가 이 일을 조사하던 문도의 전갈에 의하면 망향원의 사람 중 일부가 고려 사람이라고 하더군요. 고려 상인들이 중원에서 활동하는 것은 특별한 일이 아니나 대부분 항주와 같이 해안에 접한 대포구에 자리를 잡지요. 내륙의 성에 정착하는 경우는 무척 드뭅니다. 물론 무창이 장강을 끼고 있어 상선의 출입이 자유롭기는 하지만…….”

“결국 무창 같은 곳에 자리를 잡을 고려 상인은 항주에서 밀려난 만재방밖에는 없다는 말이군요?”

이번에는 원보가 물었다.

“그렇습니다. 그 이름 또한 기이하지 않습니까?”

“그렇군요. 망향원이라……. 고향을 그리워한다는 뜻이렷다.”

원보가 고개를 끄덕였다.

“그리고 좋지 않은 소식도 있습니다.”

“좋지 않은 소식이라니요?”

“금천장이 무한에 사람을 보내기 시작했다는 겁니다.”

“음, 금천장이요?”

“그렇습니다. 본시 금천장과 같은 대상들은 중원 천하에 사람을 보내지 않는 곳이 없으니 당연히 무창에도 사람을 두고 있지요. 그러나 이번의 움직임은 좀 다른 듯합니다. 항주 본가에서 꽤 많은 사람들이 무창으로 움직였다는 소식이군요. 그건 그들이 무창에서 뭔가 할 일이 생겼다는 뜻이지요. 노파심일지도 모르지만 혹여 만재방 사람들을 발견한 것은 아닌가 걱정이 되는군요."

"음, 서둘러야 하나?"

원보가 허소산을 보며 물었다.

"떠나지요."

허소산이 짧게 대답했다.

갑작스런 이별 통보를 오산금림의 수뇌들은 당혹스럽게 받아들였다. 특히 정아원은 어찌할 바를 모르고 허둥거렸다. 그럼에도 불구하고 림주 정사국은 급히 허소산 일행을 위한 준비를 마쳤다.

한 대의 마차와 다섯 필의 말이 준비됐다. 일행에는 세 명의 사람이 더 포함되어 있었다. 신황림 외천삼노 중 설도우가 허소산의 만류에도 불구하고 일행에 합류했다. 더불어 허소산 등과 함께 신황림을 찾아 여행하던 금림삼룡의 두 고수 어주복과 왕신 역시 일행에 합류했다.

허소산도 그들의 합류를 굳이 반대하지 않았다. 강호의 소식을 전해 들으려면 여전히 오산금림의 눈이 필요했다. 그러자면 일행에 각지에 나가 있는 오산금림의 문도들과 연락을 주고받을 수 있는 금림의 고수가 필요했기 때문이다.

그렇게 여덟 명이 된 일행이 대승이 무창의 소식을 가져온 그날 오후 바로 오산금림을 떠나 무창으로 길을 떠났다.

“비밀 하나 말해줄까요?”

오산을 훌쩍 벗어난 곳까지 배웅을 나온 오산금림의 고수들이 드디어 걸음을 멈추고 일행을 떠나보낸 직후 감아라가 나직하게 말했다. 마차 안에는 감천홍과 감아라, 그리고 원보와 허소산이 타고 있었다.

“비밀? 그래, 우리 꼬마 아가씨가 무슨 비밀이 있다는 말이냐?”

원보가 호기심을 드러내며 물었다.

“아원 언니가 누굴 좋아하는지 아세요?”

감아라의 말에 원보가 피식 실소를 흘렸다.

“지금 그걸 비밀이라고 말하고 싶은 거냐?”

“어? 아세요?”

“아라야, 아라야, 여기서 그걸 모르는 사람이 있겠느냐?”

“정말 모두 알고 계신 거예요?”

감아라가 확인하듯 다시 물었다.

“이 녀석아, 어른들의 눈은 그렇게 허술하지 않아.”

감천홍이 핀잔을 주듯 말했다.

“에이, 난 나만 알고 있는 비밀인 줄 알았는데. 하지만 뭐, 그래도 아원 언니에게 직접 그 말을 들은 사람은 저밖에 없을 걸요?”

“오호? 정말 소림주가 네게 직접 말을 하더냐?”

“그럼요. 그리고 신신당부를 했죠.”

"무슨 부탁을 말이냐?"

"소산 오라버니를 잘 지켜달라고요."

"에잉? 네게 소산이를 지켜달라고 부탁을 했다고? 네가 무슨 힘이 있다고?"

"아이고, 할아버지. 그런 거 말고요. 다른 여인들로부터 소산 오라버니를 지켜달라는 말이죠. 소산 오라버니가 무공으로 누구에게 보호를 받을 사람인가요?"

"아하! 그렇구나. 하지만 그건 도검을 막아내는 것보다 힘들 것 같구나."

원보가 정색을 하며 말했다.

"왜요?"

"세상에 어느 여인이 소산이를 좋아하지 않겠느냐? 인물 좋지, 마음씨 좋지, 거기에 무공까지. 아마 신황림의 경주라는 사실까지 알면 누구라도 소산이에게 달려들걸?"

"그러니까 제가 잘 지켜야죠."

"난 모르겠다. 네가 지킬 수 있을지."

원보가 고개를 저었다. 그러자 감아라가 미소를 짓고 있는 허소산을 보며 물었다.

"소산 오라버니, 한눈팔지 않을 거죠?"

"걱정 마라. 난 다른 여인에게는 관심이 없으니까."

순간 원보와 감천홍이 놀란 표정으로 허소산을 바라봤다.

"지금 그 말은 너도 소림주를 마음에 두고 있다는 말이냐?"

원보가 정색을 하며 물었다. 그러자 허소산이 고개를 저었다.

"아니요. 그렇지는 않습니다."

"그럼 애초에 여자에겐 관심이 없단 말인가요?"

이번에는 감아라가 물었다. 그러자 역시 허소산이 고개를 저었다.

"그건 아니다."

"아니, 그럼 아원 언니가 아닌 다른 사람을 좋아한다는 건가요?"

감아라의 질문에 허소산이 미소로 대답을 대신했다. 그러자 감아라가 허소산에게 다가들며 물었다.

"말해봐요, 오라버니. 도대체 오라버니의 마음을 뺏은 여인은 누구죠? 오라버니는 지난 육칠 년간 줄곧 저희들과 함께 있었으니 오라버니가 만난 여인은 제가 모두 알고 있지요. 하지만 그중에는 오라버니가 마음을 줄 만한 사람이 없었는데… 아!"

갑자기 감아라가 뭔가를 깨달은 듯 탄성을 터뜨렸다.

"왜? 넌 소산이 누구에게 마음을 빼앗겼는지 알겠느냐?"

원보가 이번에는 정말 궁금하다는 듯 감아라에게 물었다. 감천홍 역시 평소의 그답지 않게 호기심을 드러냈다.

"짐작… 이 가요."

감아라가 득의한 표정으로 고개를 끄덕였다.

"그래, 그게 누구더냐?"

원보가 급히 물었다. 그러자 감아라가 조금은 도도한 표정으로 턱을 치켜들며 말했다.

"지금까지 소산 오라버니 곁에 여자라고는 단 한 사람만 있었을 뿐이지요. 그러니 당연히… 제가 아닐까요? 소산 오라버니, 그동안 절 마음에 두고 계셨던 거예요? 하지만 전 아직 어린데……."

감아라가 얼굴을 붉히며 고개를 숙였다.

"뭐? 너… 아라 너라고? 아하하!"

갑자가 원보가 세상이 떠나갈 듯 웃음을 터뜨렸다.

"왜 웃으시는 거예요?"

감아라가 화가 난 표정으로 물었다. 그러자 곁에 있던 감천홍이 원보 대신 대답했나.

"이 녀석아, 넌 아직 어린애야. 더군다나 누구처럼 아름답지도 않고. 더구나 요즘 들어서는 내 말도 잘 안 듣고 말괄량이 짓을 하지 않더냐? 그런 널 누가 좋아하겠느냐?"

감천홍의 말에 감아라가 따지듯 물었다.

"좋아요. 그럼 도대체 소산 오라버니가 좋아하는 사람은 누구죠? 그동안 그럴 만한 여인이 있었나요?"

감아라의 말에 감천홍도 원보도 허소산을 바라봤다. 그들 역시 허소산의 대답이 못내 궁금했기 때문이다. 그러자 허소산이 엷은 미소를 지으며 대답했다.

"그런 사람이 있습니다. 나중에… 만나게 되실 겁니다."

그러자 원보가 고개를 갸웃하며 중얼거렸다.

"우리가 모르는 사람이란 말이군. 그럼 고려를 떠나기 전에 만난 인연인가 보구나."

원보의 말에 허소산이 가볍게 고개를 끄덕였다.

동정호의 물결이 차게 일렁였다. 그곳에서 허소산 일행은 배에 몸을 실었다. 상선은 커서 일행이 타고 있는 마차와 말을 함께 실을 수 있을 정도였다.

배는 한가했다. 보통은 사람을 태우지 않는 배인 듯싶었는데 허소산 일행을 태운 것은 아마도 오삼금림의 힘이 작용한 듯싶었다.

"이곳에서 배를 타고 동정호를 가로지른 후 장강을 따라 내려가는 길이 무창에 이르는 가장 빠른 길입니다."

일행의 길 안내자 역할을 하고 있는 금림삼룡 어주복이 말했다.

"무창까지는 얼마나 걸리겠나?"

설도우가 물었다.

"보통의 경우라면 닷새면 가겠지만 이 배는 몇 군데 들러 짐을 내려야 해서 조금 더 걸릴 수 있을 겁니다."

"음, 시간이 걸리더라도 번거로움을 피하는 것으로 됐지. 시간이 된다면 악양에서 며칠 묵어가는 것도 좋겠지만… 어찌하시겠습니까?"

설도우가 허소산에게 물었다. 일행의 모든 사람이 설도우를 어려워했지만 설도우는 독경의 경주인 허소산에겐 언제나 신노일 뿐이었다.

“유람을 나온 것은 아니니까요.”

“알겠습니다.”

설도우가 공손하게 고개를 숙여 보였다. 그런데 한순간 감명이 손을 들어 한 곳을 가리키며 소리쳤다.

“저 배 좀 봐요!”

사람들이 감명의 소리에 놀라 시선을 돌렸다. 그러자 동정호의 푸른 물결을 가르며 한 척의 용선이 유유히 물살을 가르고 있었다. 배의 앞머리에 솟아올라 용두와 화려하게 치장된 배의 외양으로 보건대 보통 사람들이 타는 배 같지가 않았다. 더군다나 갑판에 늘어선 자들의 모습은 자못 엄중해서 보통 사람이라면 감히 접근할 엄두를 내지 못할 위용을 드러내고 있었다.

“절대삼문의 배입니다.”

왕신이 배를 보자마자 입을 열었다.

“절대삼문? 강호팔황의 그 절대삼문 말이오?”

원보가 묻자 왕신이 고개를 끄덕였다.

“그렇습니다. 저 용선은 장강에서 유명한 존재지요. 절대삼문의 신물과도 같은 배입이다. 본래 절대삼문은 각자 그 터전이 다른 곳에 떨어져 있지만 삼문의 동맹이 결성된 이후에는 악양에 삼문의 일부 고수들을 모아 새로운 근거지를 마련했지요. 듣기로는 삼문의 고수 중 삼분지 일은 악양의 근거지에 모여 있다고 합니다. 삼문의 이름으로 행하는 모든 강호행은 악양에서 결정되지요."

"절대삼문은 어떤 문파들이 모인 거죠?"

감아라가 물었다. 그러자 왕신이 친절하게 대답했다.

"절대삼문은 전통의 강호 명문 세 문파가 모여 만든 세력입니다. 감 아가씨도 남궁세가나 상관세가, 그리고 제갈세가에 대해선 들어보셨지요?"

"그럼 그 세 개의 문파가 연합해서 절대삼문이 된 건가요?"

"그렇습니다. 가뜩이나 전통의 문파들인데 그들이 하나로 힘을 합쳤으니 호남과 호북에서 그들을 상대할 문파가 없지요. 그래서 팔황의 한자리를 차지하고 있는 것이고요. 본래 강호팔황 중 두 곳은 이렇게 여러 문파가 모여 만든 세력입니다. 절대삼문과 사천맹이 그것인데, 사천맹은 당문, 아미, 종남이 모여 만든 세력이지요. 그래서 그 문도의 숫자로 보자면 이 두 개의 세력이 강호팔황 중 가장 크다고 할 수 있습니다."

"그러니까 저렇게 대단한 배를 띄우는군요."

"자존심도 무척 세니 가급적 그들과는 마주치지 않는 것이 좋지요."

"흥, 그래도 소산 오라버니가 있으니 걱정 없어요."

"그건 그렇지요. 감히 신황림의 독경주님을……."

왕신이 말을 하다 말고 설도우의 눈치를 살폈다. 신황림의 존재는 강호에선 철저히 함구하라는 명을 받았기 때문이다.

"항상 입을 조심해야 해."

뒤늦은 설도우의 훈계가 이어졌다.

"죄송합니다, 어르신. 명심하겠습니다."

"어쨌든 은밀히 만재방의 식솔들을 찾아보려면 저런 자들과는 가급적 엮이지 않은 것이 최선이지. 그런 면에서 본다면 객선이 아니라 상선을 타게 된 것이 다행이라고 할 수 있군. 상선을 구한 일은 잘한 일이다."

이번엔 설도우의 입에서 칭찬이 흘러나왔다. 왕신과 어주복의 얼굴에 안도의 웃음이 흘렀다.

말이 씨가 된 것일까. 이틀을 걸려 동정호를 거슬러 올라 장강에 들어서려는데 절대삼문의 용선이 악양으로 향하는 대신 허소산 일행이 탄 상선의 뒤를 따라 장강으로 접어들었다.

"이게 도대체 어찌 된 일이지? 저자들이 악양으로 가지 않고 장강으로 들어서다니, 왠지 불길한데?"

원보가 계속해서 상선의 꽁무니를 따르는 용선을 보며 고개를 갸웃했다.

"장강은 넓고 주변의 성읍은 무수하니 다른 곳으로 갈 수도 있지요. 항주로 갈 수도 있고."

감천홍이 대답했다.

"우리완 상관없겠지?"

"저들이 우릴 알 턱이 없지 않습니까?"

감천홍의 말에 원보가 고개를 끄덕이면서도 불안감을 떨쳐버리지 못하겠는지 당당한 위용을 자랑하는 용선에서 시선을 떼지 못했다. 그런데 그때 문득 선실에 있던 어주복이 급히 갑판으로 뛰어나왔다. 그리고는 설도우에게 작은 기름종이를 전했다.

"무엇인가?"

"무창에 나가 있는 문도가 보낸 전서입니다. 일이 생겼나 봅니다."

"일?"

"용선이 항하는 곳이 무창 같습니다."

"응?"

설도우가 고개를 갸웃하며 전서에 시선을 주었다. 그리고 잠시 후 나직한 탄성을 흘렸다.

"오릉(吳陵)이라……. 이게 정말일까?"

"얼마간 신빙성이 있는 이야기가 아닐까요? 그러니 절대삼문에서 용선까지 띄운 것이겠지요."

"그럼 금천장의 무리가 무창으로 이동하는 것도 같은 이유겠군."

"아마도 그런 듯싶습니다."

그때 두 사람의 이야기를 듣고 있던 원보가 불쑥 질문을 던졌다.

"도대체 무슨 일인데 그러십니까?"

"어쩌면 금천장의 사람들이 무창으로 이동하는 것은 만재방 때문이 아닌지도 모르겠소이다.”

“다른 이유가 있다는 말입니까?”

“무창 인근에서 오릉으로 추정되는 묘가 발견됐다고 하오.”

“오릉이라면……?”

“한 말 삼국의 하나인 오왕 손권의 무덤을 말하는 것이오. 그런데 이상하군. 본래 그의 무덤은 금릉에 있다지 않았나?”

설도우가 어주복을 보며 물었다.

“그렇게 알려져 있긴 하지요.”

“그런데 왜 갑자기 무창에서 그의 무덤이 발견된 거지?”

“예전이나 지금이나 왕들이 도굴을 막기 위해 진묘과 가묘를 쓰는 것은 흔한 일이 아닌지요.”

어조복이 물었다.

“음, 그렇긴 하지. 하지만 오왕이 가묘를 만들었다는 소리는 듣지 못했는데……. 그럼 금릉에 있다는 오왕의 묘가 가묘란 말인가?”

설도우가 고개를 갸웃했다.

“무창에 혼란이 일면 행보가 불편해지지 않을까 그게 걱정이구만. 이거 원 어딜 가도 세파에 휘말리니…….”

원보가 혀를 차며 말했다.

“그럼 결국 저들과 함께 무창까지 가야 한다는 말인가요?”

감아라가 용선을 되돌아보며 물었다.

“그렇게 되겠지?”

“한눈에 봐도 무척 도도해 보여요. 흥!”

감아라가 용선의 난간에 서 있는 자들이 마음에 들지 않는 지 콧방귀를 흘렸다.

“그들과 부딪치지만 않으면 되는데 무슨 걱정이야. 그나저 나 그 오왕의 무덤 말이에요.”

감명이 입을 열었다.

“그 무덤이 왜요, 오라버니?”

감아라가 되물었다.

“그 무덤, 우리도 찾아보면 안 될까요?”

“오라버니, 죽은 사람 무덤을 찾아서 뭐하게요?”

감아라가 얼굴을 찌푸리며 손을 저었다.

“아라야, 넌 무척 똑똑하면서도 가끔 멍청한 소리를 하더 라.”

“뭐, 뭐라고요? 제가 멍청하다고요?”

감아라가 눈꼬리를 치뜨며 물었다.

“그래. 아주 가끔.”

“흥, 내가 왜 멍청하다는 거죠?”

“아라야, 그 오왕의 릉이 그저 시체만 묻은 무덤이라면 왜 천하의 패자들이 무창으로 몰려들겠니. 당연히 그 안에 귀중 한 물건이 있으니 몰려드는 거지.”

“어? 정말 그러네. 그럼 우리도 찾아봐야죠.”

“보물은 얻어서 무엇하게?”

원보가 퉁명스런 표정으로 물었다.

"세상에 보물 싫어하는 사람이 있나요? 할아버지는 역시 늙으셨군요? 보물이 싫다니."

"이놈! 어르신께 그게 무슨 말이냐!"

감천홍이 호통을 치자 그제야 감아라가 입을 닫았다. 그리고는 슬며시 원보의 등 뒤로 몸을 숨겼다.

"하하하, 꾸짖지 말게. 이렇게 장난을 걸어주는 것도 늙은이에게 복을 베푸는 것이라네. 그나저나 정말 그 무덤을 찾아봐야 하는 걸까?"

원보가 고개를 갸웃했다. 좀 전에 무덤에 관심이 없다던 말이 금세 변한 것이다.

"굳이 강호의 분란에 휩싸일 이유가 있습니까?"

감천홍이 불었다.

"그게 말이야. 아라 말처럼 보물에 욕심이 나서라기보다는 그곳에 가면 찾고자 하는 사람을 좀 더 쉽게 찾을 수 있지 않을까 해서 말이네."

원보의 말에 감천홍이 고개를 갸웃하다 이내 끄떡였다.

"그렇군요. 오릉에 보물이 있다면 필시 만재방의 사람들도 오릉을 찾아 나설 것입니다. 만약 보물의 주인이 될 수 있다면 무너진 가업을 금세 일으킬 수 있을 테니 말입니다."

"바로 그거네. 상계의 정도는 아니지만 지금 만재방 상황이 썩 좋지 않다니 모습을 드러낼 가능성은 충분해. 물론 만재방의 거의 모든 식솔이 서역으로 상행을 나갔다지만 남아 있는 사람들이라고 손을 놓고 있지는 않을 거란 말이야. 어떠냐?"

원보가 허소산을 보며 물었다. 그러자 허소산이 잠시 생각에 잠겼다가 어주복에게 물었다.

"오룡이 발견된 곳이 어디인지 알아봐 주시겠습니까?"

그러자 어주복이 얼른 고개를 숙이며 대답했다.

"여부가 있겠습니까. 무창에 도착하기 전에 위치를 파악하겠습니다."

십여 일을 강을 따라 이동하는 동안 사방에서 몰려든 배들이 허소산 일행이 탄 배를 앞서거니 뒤서거니 하면서 무창으로 향했다. 상선은 무창에 이르는 중간 중간 크고 작은 성읍에 들러 물건을 내려놓고 또 배에 실었다. 그래서 한동안 함께 움직이던 절대삼문의 용선도 어느새 상선을 앞질러 무창으로 간 지 이틀 뒤에야 일행을 태운 상선은 무창을 눈앞에 두었다.

"중간에 강소라는 마을이 있습니다. 무창까지는 반나절 거리인데 그곳에서 하선을 하겠습니다."

배편을 준비했던 어주복이 무창의 거대한 성읍이 눈에 들어오자 입을 열었다.

"무창까지 바로 가지 않소?"

원보가 묻자 어주복이 대답했다.

"오산금림의 안가가 강소에 있습니다. 무창에 들어가면 객잔에 머물러야 하는데 그것보다는 강소의 안가에 머무는 편이 좋을 것 같습니다만……."

"음, 그렇구려. 그럼 그렇게 합시다. 번잡한 객잔은 아무래도 사람들의 눈을 피하기 어려우니."

원보가 고개를 끄덕였다. 그러자 한쪽에 있던 감아라가 실망한 표정으로 투덜댔다.

"이곳에 와서 무창 성내 구경도 못하는 거예요?"

"걱정 마라. 언제가 됐든 결국은 들어가게 될 테니까."

"정말요?"

"그럼. 성에 들어가지 않고 어떻게 일을 할 수 있겠느냐?"

원보의 달래는 말에 감아라의 표정이 밝아졌다.

끼이익! 끼이익!

갑자기 거칠게 키를 트는 소리가 일어났다. 그러자 상선이 둥글게 원을 그리며 무창을 향해 내려가던 뱃머리를 강기슭으로 틀었다. 밀려 내려가는 물살을 거스르며 강변의 작은 마을로 향한 상선이 이각여 후에 작은 포구 마을에 잠시 닻을 내렸다. 어주복이 말했던 강소라는 마을이었다.

허소산 등은 마차와 말을 데리고 그곳에서 하선했다. 일행을 내려놓은 상선은 다시 강 가운데로 멀어져 무창을 향해 흘러가기 시작했다.

장강변의 작은 포구 마을 강소는 다른 장강변의 마을처럼 상업이 성행하는 곳은 아니었다. 대부분의 주민들이 장강에서 고기를 잡아 무창에 내다 파는 일로 연명하는 어촌이었다.

덕분에 마을은 한적하기 이를 데 없었다. 마을의 집들도 멀찍이 떨어져 있어 서로의 왕래가 많아 보이지 않았다. 집과 집 사이에는 논밭이 자리를 잡고 있었고, 그 중앙으로 제법 큰 농로가 마을을 관통하고 있었다.

일행은 농로를 따라 이동했다. 빠르지도 늦지도 않게 반 시진 정도를 이동하자 어촌 마을 강소를 품에 안듯 솟아 있는 제법 큰 산 밑에 도달했다. 그리고 일행 앞에 한 채의 작은 장원이 모습을 드러냈다.

장원은 무척 오래되어 보였지만 사람의 세심한 손길을 받아서인지 어느 한 곳 허술해 보이는 곳이 없었다. 특이한 것은 장원의 담장이 다른 민가에 비해 무척 높다는 것이었다. 대략 이 장에 이르는 담장은 장원 안의 사정을 전혀 살필 수 없게 만들고 있었다.

"다 왔습니다."

어주복이 장원 앞에 마차를 세운 후 일행을 보며 말했다.

"금림원이라……. 굳이 금림의 안가임을 숨기지 않았군."

원보가 장원에 붙어 있는 현판을 보며 말했다. 그러자 어주복이 미소를 지었다.

"그래도 이곳이 오산금림의 안가임을 아는 사람은 거의 없습니다. 등하불명이라고, 누구도 안가에 금림의 이름을 붙일 거라고는 생각지 못하니까요. 그리고 본시 강호에서 금(金) 자는 길한 글자로 여겨져서 장원이나 문파의 이름에 금 자를 붙이는 경우가 많지 않습니까?"

“오호, 그런가? 내가 미처 몰랐군.”

원보가 고개를 끄덕이자 어주복이 미소를 짓고는 장원의 정문으로 다가가 문에 매달려 있는 나무로 다섯 번 문을 두드렸다.

그러자 잠시 후 삐걱거리며 문이 안쪽으로 열리더니 세 명의 중년 사내가 모습을 드러냈다. 그들은 금세 어주복을 알아보고 몇 마디 말을 나누더니 이내 설도우 앞으로 달려와 깊이 허리를 굽혔다.

“삼왕 어른을 뵙습니다. 주표라고 합니다. 뵙게 되어 영광입니다.”

주표라 이름을 밝힌 사내는 정중하면서도 당당했다. 강호의 연륜이 절로 느껴지는 사내였다.

“자네의 이름은 들어 알고 있네. 장강의 모든 소식이 자네 손에 있다고?”

설도우가 고개를 끄덕이며 물었다.

“과장된 소문입니다. 그저 맡겨진 일에 충실할 뿐입니다.”

“좋아, 들어갈까?”

“드시지요.”

주표가 정중하게 일행을 안으로 안내했다.

장원에는 모두 세 채의 건물이 있었다. 허소산 일행은 그중 오른쪽에 위치한 건물에 여장을 푼 후 주표란 사내가 거처하는 가운데 건물로 이동했다.

건물 안으로 들어서자 십여 장 넓이의 대청에 소담한 음식 들이 마련되어 있었다.

"이곳에는 저를 포함해 다섯 사람이 머물고 있습니다. 모두 금림에서 수련하다 나온 사람들이라 음식을 만드는 솜씨가 형 편없습니다."

주표의 말에 설도우가 미소를 지으며 대답했다.

"이만 하면 어디 가서 숙수 노릇을 해도 되겠네. 척 보기에 도 담백하고 정갈한 것이 수도자의 정취가 느껴져."

"그리 칭찬을 해주시니 감사합니다. 비록 오산금림을 벗어 나 있지만 오산금림의 정신은 잊지 않고 있습니다. 해서 생활 도 금림에서와 마찬가지로 수련자의 본분을 잊지 않기 위해 노력하고 있습니다."

주표의 대답에 설도우가 크게 고개를 끄덕였다.

"가상한 일이네. 자네 같은 사람이 있어 위기가 있어도 금림 이 존재하는 것일세. 자, 일단 식사부터 하십시다. 이야기는 나중에 하도록 하고."

설도우의 말에 일행이 늦은 점심을 먹기 시작했다.

식사는 그리 오래 걸리지 않아 끝났다. 음식이 담백할 뿐 아 니라 그 양도 많지 않았다. 주표는 식사가 끝나자 차를 내와 일행을 대접했다. 차 역시 귀한 차는 아니지만 그 맛이 깔끔한 것이 역시 수련자의 정취가 느껴졌다.

"그래, 오릉의 위치는 알아보셨소이까?"

차를 한 모금 마신 어주복이 주표에게 물었다. 그러자 주표

“오왕의 유물을 눈으로 확인하지 않았소이까?”

“그렇긴 하지만… 이렇게 깊은 산중에 오릉이 있다는 건…….”

“모르는 일이지요. 구전에 의하면 후한 시대엔 이 부근까지 사람 사는 마을이 이어져 있었다고 하더구려.”

“그렇소이까? 그런데 정말 오릉에 천하를 사고 남을 만한 재물이 있겠소?”

“하하, 그것이야말로 알 수 없는 일이구려. 전설은 전설일 뿐 눈으로 확인된 전설은 없으니까 말이오. 오릉의 전설 또한 이야기를 꾸미기 좋아하는 사람들이 만들어낸 허황된 전설일 수도 있을 것이오. 그래서 일단 어른들께서 우리만 먼저 보낸 것이 아니겠소이까?”

그러자 또 다른 중년 사내가 입을 열었다.

“그러나 오릉의 전설이 전혀 허망한 것은 아니지요. 그 당시 오나라가 위와 촉을 상대로 쟁패를 하던 시기이니 오릉에 막대한 양의 금은보화를 묻어두어 후일에 대비했을 수 있다는 이야기는 그럴듯하지 않소이까?”

“이치로 보자면 그렇긴 한데…….”

그때 앞서가던 사내가 입을 열었다.

“이곳부터는 길이 좀 험합니다.”

“상관없네. 어서 서두르게.”

“알겠습니다.”

사내가 짧게 대답하고는 일행을 협곡으로 이끌었다. 천하의 어디나 그렇듯 송산으로 가는 협곡 역시 수천 년간 물이 흘러 깎아낸 기암들이 그득하게 차 있었다.

사람의 왕래가 없어서인지 협곡에는 따로 길이 없었다. 덕분에 다섯 사내는 반들거리는 바위를 넘고 때로는 산과 계곡이 맞닿은 절벽을 타고 앞으로 전진해야했다.

그렇게 반 시진 정도를 이동하자 맑고 깨끗한 소(沼)가 나타났다.

"좀 쉬어가지."

일행의 우두머리 격인 중년 사내가 입을 열자 일행이 걸음을 멈추고 누가 먼저랄 것도 없이 맑은 물에 손을 담갔다. 그리고 손에 물을 떠 가볍게 입을 축였다.

"어, 시원하다."

일행 중 누군가가 흡족한 듯 탄성을 흘려냈다.

그런데 바로 그 순간!

쐐액!

소름 돋는 파공음과 함께 벼락같이 한 대의 강전이 장내로 날아들었다.

"누구냐!"

손을 물에 담그고 있던 사내들이 제각기 몸을 틀며 허공으로 솟구쳤다. 그들의 손에는 어느새 도검이 들려 있어 늦여름 햇살을 강렬하게 반사했다. 그러나 고수들의 번개 같은 움직임도 날아든 화살을 피하지는 못했다.

퍽!

"억!"

한마디 둔탁한 신음성과 함께 사내 중 한 명의 몸이 허공으로 붕 떠오르더니 살 맞은 고기처럼 화살을 꽂은 채 뒤쪽을 날아가 커다란 바위와 충돌했다.

쿵!

화살을 맞은 자의 몸이 한순간 부르르 경련을 일으키더니 이내 움직임을 멈췄다.

"마 형!"

다른 네 명의 사내가 도검을 들고 사방을 경계하며 화살을 맞은 사내 쪽으로 달려갔다.

"죽었소이다."

사내 중 한 명이 침중한 목소리로 말했다.

"도대체 어떤 놈이?"

"저기!"

문득 길 안내를 하던 자가 가파른 경사의 산비탈을 손으로 가리켰다. 사내들이 시선을 돌리니 커다란 소나무에 반쯤 몸을 가린 자가 한 손에 활을 든 채 일행을 내려다보고 있었다.

"놈, 죽인다!"

네 명의 사내가 누가 먼저랄 것도 없이 각궁을 든 자를 향해 치닫기 시작했다. 그러자 활을 든 자가 유령처럼 나무 뒤로 몸을 숨겼다.

쏴아아!

쏟아지는 계곡 물소리가 오히려 깊은 정적을 만들어냈다. 동료의 죽음을 뒤로하고 흉수를 추격해 간 사내들은 돌아올 줄을 몰랐다. 장내에는 죽은 자의 시신만이 덩그러니 남아 있었다.

그런데 한순간 사내의 주검 앞에 일단의 사람들이 모습을 드러냈다. 허소산 일행이었다.

"죽었나?"

설도우가 물었다. 그러자 시체를 살피던 주표가 고개를 끄덕였다.

"그렇습니다. 정확히 심장을 맞췄습니다."

"놀라운 솜씨입니다. 강호에 이런 궁수가 있다니!"

어주복이 탄성을 흘렸다.

그런데 그때 시신을 바라보던 허소산의 표정이 기이하게 변했다. 무엇이라 표현할 수 없는 감정이 허소산의 얼굴을 물들였다. 그의 시선은 시신에 꽂힌 화살에서 떨어질 줄 몰랐다.

그리고 잠시 후 허소산이 마치 실성한 사람처럼 시신으로 다가가 화살 끝에 방향을 잡기 위해 붙여 놓여놓은 새의 깃털을 매만졌다. 사람들은 갑작스런 허소산의 행동에 놀라 의아한 시선으로 허소산을 바라봤다.

그렇게 천근같은 침묵이 흐르더니 허소산이 불쑥 시체에서 화살을 뽑아냈다. 그리고는 피 묻은 화살촉을 눈앞에 가져왔다.

“왜 그러느냐?”

원보가 기이한 허소산의 행동에 걱정스런 표정으로 물었다.

그러자 허소산이 나직하게 대답했다.

“아버지의 화살이군요.”

『독경(毒經)』 5권에 계속…

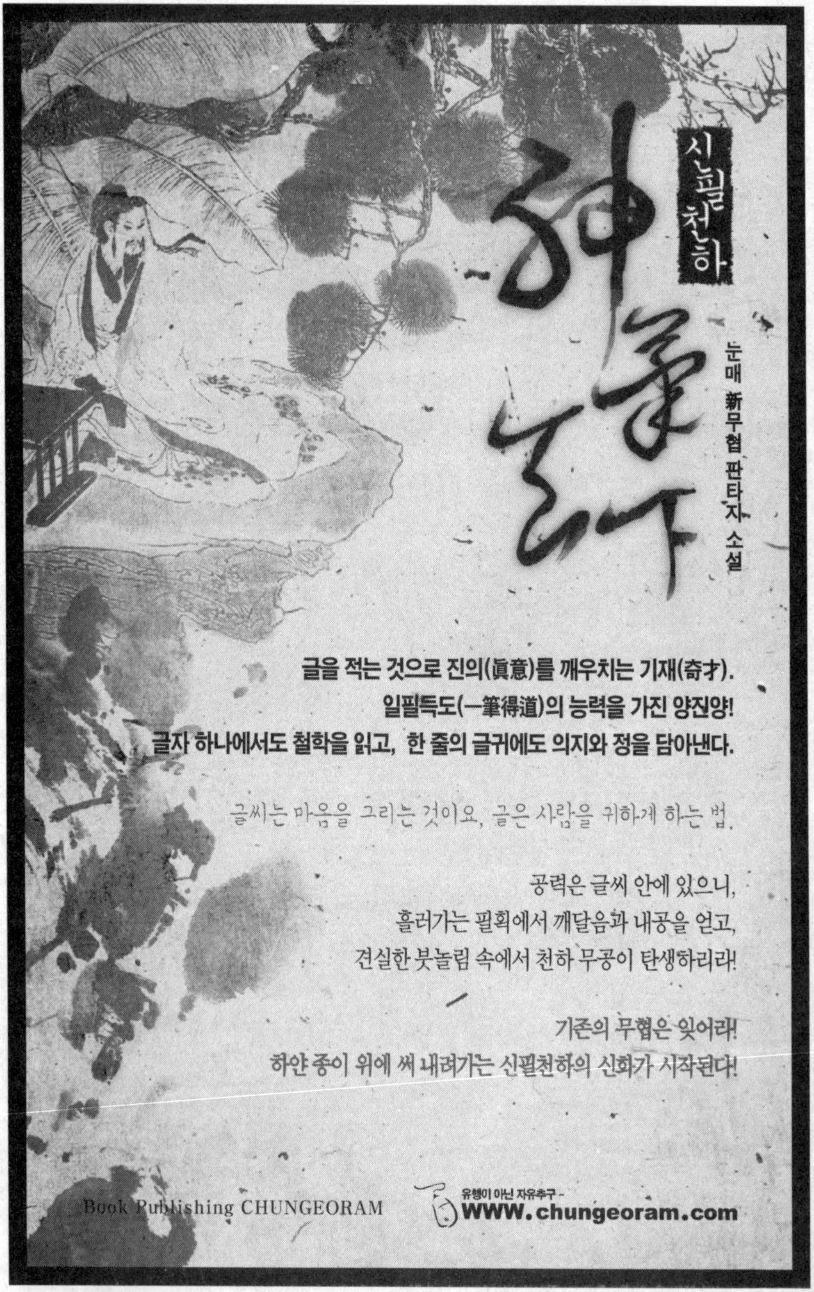